UN LIBRO ESPECIAL

UN LIBRO ESPECIAL

Soñar, dudar, amar

SILVIA ADELA KOHAN

Primera edición: mayo 2025

Título: UN LIBRO ESPECIAL. Soñar, dudar, amar.
Del texto: Silvia Adela Kohan, 2025
Corrección morfosintáctica y estilística: IKIBOOKS
Del diseño de la cubierta: Marta Benito
De esta edición: IKIBOOKS
IKIBOOKS
www.editorialvanir.com
Barcelona

ISBN: 979-13-87544-08-9
Depósito legal: DL B 3014-2025

1

Ese viernes, a Martina la alegraron los truenos que sacudían el ventanal de su despacho. Si seguía lloviendo durante el fin de semana, se salvaría de ir a navegar con Alejo, su marido. Se mareaba en cuanto se alejaban de la costa.

¿Por qué no se negaba? Por su necesidad de estar con él. ¿Necesidad o deseo? Deseaba gustarle con toda su alma.

Un relámpago que atravesó la ventana lateral la alentó. ¿Todavía era una diosa para Alejo? Se dijo que la felicidad de una mujer no debía depender del interés de un hombre, pero dudaba.

En un impulso, guardó en su bolso el último manuscrito recibido. A pesar de que le pareció demasiado largo, le atrajo el título: *"No me había pasado nunca"*. Debajo, como subtítulo: *"Escribir para despertar"* e incluía ejercicios prácticos para sanar a través de la escritura. También le movió la curiosidad la forma en que llegó a sus manos. Su secretaria le dijo que dos días atrás se lo había dejado una mujer de mediana edad envuelta en una cazadora con capucha que, sin identificarse, le pidió que se lo diera en mano a Martina. Es importante, le dijo, y se fue velozmente.

Mientras tanto, en la editorial, sus compañeros desconectaban los ordenadores y se alistaban para salir. Se preguntó si llevarían la vida que querían. Nunca le hablaba a Alejo de ellos ni de sus largas horas allí. Tampoco él le preguntaba. Sin embargo, era mucho lo que podía contarle. Como editora, resolvía sin titubear los problemas y había logrado romper con la presión por ser perfecta, que afligía a tantas mujeres. Ya era un referente para las jóvenes y acababa de recibir una invitación como ponente en la próxima edición del eWOMAN, un encuentro inspirador de futuras líderes.

¿Y si intentara hablarle de todo eso? Pondría esa expresión de falso interés que tanto le conocía y encontraría un pretexto para cambiar de tema. Tuvo un amago de rabia, respiró hondo y desvió su pensamiento hacia lo inmediato.

Otros seis manuscritos apilados esperaban su visto bueno, les echó una ojeada y los colocó en uno de los cajones que cerró con llave. Suspiró y miró el reloj. Alejo llegaría tarde a la casa que compartían en Sarriá y ella había quedado a cenar con su amiga Elisa. Aún le quedaba media hora. Irían a un pequeño restaurante vasco cercano a la editorial.

—¿Hoy duermes aquí? —Amparo se le acercó cariñosa por detrás, preparada para irse pitando.

— ¿Y tú? ¿Por qué tanta prisa? Te has pasado con el carmín, estás irresistible. ¿Sales con alguien nuevo?

—Digamos que muy nuevo no. Esta noche ha podido librar —dijo Amparo, refiriéndose al casado que no se separaría nunca, aunque le juraba que ella era la mujer de su vida—. Hasta el lunes, pásatelo bien.

Martina pensó que ella lo preferiría. Se quedó mirándola alejarse, fijada en la palabra "librar": librar, liberar… Seguramente, el casado sería más libre con Amparo que con su mujer.

Como directora de una colección, tenía asignado un despacho acristalado, pero seguía ocupando su anterior cubículo revestido en madera con una estantería en la que se destacaba entre los libros un retrato de Alejo en la playa al poco tiempo de conocerlo, cuando soñaba con un amor duradero, a la vez que le fastidiaba que esos pensamientos le ocuparan tanto espacio en su mente. Dirigió hacia allí su mirada interrogante. No eran pensamientos, eran sentimientos. Junto al retrato, brillaba una piedra turquesa que le había regalado el jefe de una tribu canadiense, al que le habían publicado varios libros.

—Recurre a ella en momentos de confusión —le había dicho.

Y ahora estaba confundida. La retuvo entre sus manos y se sintió reconfortada. Sin saber el motivo, la relacionó con el manuscrito que acababa de guardar para llevarse y acarició el bolso.

Fue una de las últimas en bajar. Solo quedaba el personal de seguridad y unas pocas personas de las otras plantas que iban en el ascensor. En la tercera, entró un maquetista que solía dirigirse a ella con evidente aprobación, de modo que minimizó la autocrítica que la atacaba.

Sus compañeros le alababan su estilo, la melena castaña cortada de forma irregular y los ojos vivaces, pero en los últimos meses su marido se ocupaba más de su trabajo y menos de ella. Eso era. Se machacaba con la idea de que su atractivo había mermado.

Se encerró en el baño de la planta baja, un lujoso rectángulo confortable, y se observó en el espejo de pared. Empezó por los *stilettos* de tacón que estilizaban su figura, siguió por el pantalón negro de pinzas, se levantó apenas la camisa negra y se detuvo en las curvas suaves con mirada analítica. Se llevó el pelo hacia atrás con ambas manos y se observó de perfil. Trató de verse como si la mirara Alejo. Al instante, descartó la idea. Se preguntó por qué siempre anteponía la mirada de Alejo a la suya. ¿Hasta dónde iba a llegar con eso? Estoy siendo pusilánime y yo no soy así, se dijo.

Reconocía que él era un hombre encantador para los amigos, destacaba su habilidad en el quirófano para tranquilizar a sus pacientes. Era famoso por las anécdotas que inventaba. No todos los cirujanos se tomaban su trabajo tan a pecho. Ella intuía que eso alimentaba la imagen que fabricaba de sí mismo. Esa faceta de él le molestaba y, en cierto modo, la alejaba. Volvió a huir de esa sensación, se echó una nube de perfume y salió al vestíbulo.

Se acercó a la puerta giratoria y se dispuso a abrir el paraguas, pero un trueno portentoso la hizo retroceder atemorizada. Lo mismo hizo un hombre con el que casi se chocó, que también estaba a punto de salir del edificio.

—Precisamente hoy se me ocurrió coger la moto —le dijo él como si ella tuviera que saber que él tenía moto.

Al verlo de frente, notó que aparentaba unos años más que ella, tenía muy finas arrugas alrededor de los ojos y una expresión franca. Había algo refrescante en su expresión. Le sonrió y él le devolvió la sonrisa.

Permanecieron unos pocos minutos de pie en el vestíbulo desierto que invitaba a la confidencia. No le dijo que le daban miedo los truenos por considerarlo un tópico, aunque dio por seguro que la respuesta de él no hubiera sido tópica.

La tormenta arreciaba y no tuvieron más remedio que esperar.

—Por suerte, me salvo este fin de semana de una salida en yate —le dijo, en cambio, alegremente, con la vista fija en la lluvia como en un milagro.

—A mí también me dan cierta claustrofobia los barcos.

Sí, era claustrofobia lo que le producía el yate. Se sintió comprendida y se hubiera colgado de su cuello como los niños cuando reciben un regalo. La asustó ese deseo y se desconoció a sí misma al mirar si llevaba alianza, como una súbita necesidad de saber más de él.

—¿Y en los aviones qué sientes? —le preguntó Martina.

—Me encanta viajar en avión. Sobre las nubes me siento libre. Viajo bastante. ¿Y tú?

—Viajo menos de lo que me gustaría.

—Demasiado en yate y demasiado poco en avión. Todos sentimos alguna vez que algo nos sobra y algo nos falta — Juanjo deseó seguir hablando eternamente con esa mujer que lo escuchaba con tanta atención. El raro color de sus ojos lo perturbaba.

Martina miró hacia el cielo encapotado.

—Creo que ya me voy — dijo.

—¿Te acerco a algún sitio? —le ofreció con la esperanza de sentirla más cerca y continuar la charla.

—Voy aquí al lado —dijo ella. En un impulso, le extendió la mano a modo de despedida, sin decidirse a salir. Alguna energía peculiar los retenía en ese cuadrilátero por el que no pasaba nadie. Supuso complacida que él estaría aspirando su perfume.

—Juanjo —dijo él, como si hubiera necesitado que ella supiera quién era y con la misma franqueza con la que le había soltado que había venido en moto. Mientras le retenía la mano entre las suyas más de lo normal, percibió la ligereza de sus dedos.

—Martina, encantada... —respondió ella. Hacía meses que se venía cuestionando su sensualidad y ahora él le daba a entender con su actitud que era muy atractiva. Su cuerpo la alertó.

El cielo ya no resultaba amenazante. Martina avanzó a paso rápido y durante el corto trayecto se preguntó qué habría venido a hacer ese hombre a la editorial a esa hora tardía. Pronto lo olvidó, aunque le duraron las chispas en su pecho.

Le pareció que una parte de ella misma trataba de animar a la otra, como si convivieran dos Martinas distintas en su interior, y se metió en el restaurante.

Se dijo que, para aclararse, apuntaría esa reflexión. Reaparecía tímido su deseo de escribir. Desde que había conocido a Alejo, lo tenía abandonado.

Escribiría unos minutos cada día durante 21 días sus primeras ocurrencias, sin dejarse dirigir por la mente, como recomendaba en uno de los apartados la autora del manuscrito. Decía que hacerlo era beneficioso para el alma y activaba el hábito, según la neurociencia. Al decidirlo, la sacudió un ramalazo de temor. Se lo contaría a Elisa, a ver si la ayudaba a tirar del ovillo. ¿A qué le temía?

2

Martina llegó antes que Elisa, como de costumbre. Se dirigió a la mesa del fondo y pidió un aperitivo.

Se habían conocido más de diez años atrás en un taller literario. Elisa lo abandonó instigada por su madre, que opinaba que no era rentable, aunque cada tanto lo añoraba. Al trabajar en una editorial, en Martina parecía estar vigente la meta de publicar un libro, por el momento solo coleccionaba pensamientos oscuros en una libreta.

Elisa captaba enseguida las preocupaciones de su amiga y tenía la virtud de ayudarla a restarles importancia o a cambiar el chip. Martina se iluminó al verla entrar y la observó orgullosa, como si su estilo la realzara a ella misma. Bajo un abrigo muy corto con cuello de zorro, que se quitó con delicadeza, llevaba una camisa verde sobre una falda negra estrecha y zapatos de tacón.

Martina tenía treinta y siete; Elisa, treinta y nueve años. La cercanía de los cuarenta le pedía a Elisa emociones distintas. En ese sentido, siempre había funcionado como un acicate para Martina, más adaptable a las circunstancias a pesar de su fuerza interior. En realidad, una alentaba a la otra. Cenaban juntas al menos dos veces al mes. Elisa trabajaba en una multinacional, ganaba un salario alto, pero no estaba conforme, últimamente estaba decidida a retomar asignaturas pendientes.

—Me gustan tus *stilettos* —dijo Elisa.

—Tú estás glamurosa, la blusa, la falda, la cara, ¿y el ánimo?

—Según cómo se mire.

Al final, fue Elisa la que habló sin parar de sus propios problemas con Félix.

En aquellos años, Martina había conocido a Alejo, y Elisa a Félix, con el que se sentía contenta y descontenta a la vez. Martina y Elisa habían intentado que sus maridos se hicieran amigos, pero los intentos habían fracasado. Las pocas veces que los reunieron circulaba un humor bastante impostado; eran muy competitivos como para entenderse.

—¿Pedimos unas alubias de Tolosa? —propuso Martina al tiempo que sacudía su melena húmeda.

—Sí, para mí sin chorizo, o mejor unas tapas y algún pincho... Bueno, unas alubias también.

—Ya veo, hoy eres doña Elisa Quiere Todo.

—Cierto. Estoy en estado de demanda.

—Puede ser peligroso o maravilloso, depende. A todos nos falta algo y nos sobra algo —dijo Martina sin aclararle de quién provenía la idea y reparó en las burbujas que persistían en su interior.

—Qué sabia estás. Vaya... Tengo la insatisfacción a flor de piel, tengo sueños eróticos con algún compañero del curso de francés, no es un buen equipaje.

—¿Por qué no?

—Porque me quedo con los sueños.

—¿Te ha pasado algo?

—No, siento que no me pasa nada. Tengo que ocuparme de que ocurra.

—A veces las cosas ocurren sin que uno las busque —dijo Martina a la vez que recordaba súbitamente a Juanjo. ¿Las cosas ocurren? ¿Y si hubiera aceptado que la trajera en la moto?

Nada hubiera ocurrido, solo eso. Ella amaba a Alejo; lo de Elisa era distinto.

—Confiar en el azar, ¿tú crees que funciona?

Martina probó el vino sin poder hablar de sus conjeturas, no sabía cómo hacerlo. Elisa esperó expectante a que el camarero le llenara la copa.

—Brindemos —agregó—. Tú estás más *sexy*, ¿te has cortado el pelo o qué?

—Son tus ojos, yo me veo en decadencia. No quiero llegar a ser como ellos —dijo Martina desviando su mirada hacia la pareja que ocupaba la mesa del rincón. Mientras él se masajeaba la nuca, ella se miraba las uñas como si mirara un paisaje.

—No sé si todas las mujeres se cuestionan tanto como nosotras —dijo Elisa a la vez que sonaba su móvil y lo buscaba dentro de su bolso bajo un gorro de niño, los guantes, un artilugio de su empresa para controlar ciertos medicamentos, una polvera...—. ¡Hola, guapa! Con Martina, cenando. Mañana tengo un hueco a las cuatro. ¿Te va bien? Perfecto. Es Alba, te manda un beso.

—Otro para ella. ¿Cómo está?

—Ya ves, tiene un marido gordo, aburrido y generoso que le cubre unas necesidades y le deja otras al descubierto. Ella le ríe los chistes, aunque no tengan gracia y no se come el coco.

—El asunto es qué hacer con lo que a uno le falta —dijo Martina a la vez que pensaba que a Elisa la notaba tan agobiada con su matrimonio que solo hablaba de maridos.

—A mí nada me alcanza. Cumplo ¡cuarenta! Espero que Félix se entere de que ya es hora de cambiar. No quiero el mismo perfume de Nina Ricci para este cumpleaños.

—¿Y cómo se va a enterar si tú no se lo dices?

—Perdería la gracia. Hablarlo contigo ya es un paso. ¡Uf, qué alivio!

—Y pasito a paso se alcanza la gloria, no hay como una amiga —ahora Martina se sentía jocosa. Sí, la vida era como las olas.

—Pondré en marcha un plan de acción —dijo Elisa, volviendo a llenar las copas de vino.

—Dame más datos —dijo Martina.

—Un dato: las mujeres de nuestra edad no son felices, los hombres hacen la suya, y si tienen niños ni te cuento —dijo Elisa, generalizando su propia situación, con el sonido acompasado de la lluvia que recrudecía como adecuada música de fondo.

—Conozco el tema: las mujeres se quedan con los niños y los hombres se van al tenis. Es el lamento de mis compañeras.

—¡Exactamente! Somos la generación de las que no disponen de tiempo ni para depilarse mientras ellos le dan a la pelotita. Estoy harta de hacerme cargo de mis hijos, de que Félix nunca esté cuando se lo necesita. Estoy harta de no tener ni un momento para mí, salvo esta cena y algún que otro encuentro con mis amigas. —Su plato estaba casi intacto.

—Siempre tan exagerada. A mí me gustaría tener un niño… Mira a tu alrededor y verás que no te va tan mal. Félix no es un insensible.

—Ya lo sé. Simplemente, es hombre. Alba dice que mi síntoma de malestar soy yo misma, que no lo coloque en Félix.

—Alba es práctica. Ni tú ni yo lo somos.

—Ya estoy en la mitad de la vida. Y tengo el espejo de mi suegra, no quiero acabar como ella, con un hombre que coloca en primer lugar el estofado y detrás a la abnegada cocinera que nunca dice ni pío. Necesito un cambio o me muero.

Martina le tomó la mano por encima de la mesa y Elisa dejó aflorar las lágrimas, que sorbió rápidamente ante la llegada del camarero.

—Unas alubias con jamón, las vamos a compartir —dijo Martina sopesando si, después de todo, ella era una afortunada, tenía un marido ideal y podía tomarse ese tiempo que a su amiga le faltaba. Se debatía entre una y otra Martina.

—¿Qué clase de cambio? —dijo, formulándose también para ella la pregunta.

—Quiero un año diferente.

—¿Solamente un año?

—En principio, me pongo ese plazo.

—¿Por dónde empezarás?

—Me apunté a un curso de pilates y a otro de autoconocimiento, por curiosidad. Aunque también me gustaría pasar una semana en un hotel, lejos y sola, y tener una noche de sexo sin más compromisos.

—¿Y si lo haces?

—Me da culpa.

—¿De dónde sacarías el tiempo?

—Tomaría otra asistenta —dijo Elisa mientras revolvía las alubias y tomaba un trocito de jamón de mala gana. —Sería un hotel grande y lujoso, pediría que me subieran una copa helada a la habitación y me quedaría en la terraza...

—¿Y entonces?

Aparecería un inglés guapísimo en la terraza vecina... Ya ves, el azar.

—¿Por qué inglés?

—Se me ocurre que tienen su lado femenino más desarrollado.

—Pero no olvides que también son hombres. Tengo un autor inglés entre mis autores. Si quieres, te lo presento. Es muy delgado, algo lampiño...

—Me lo imagino bien consistente —dijo Elisa esbozando una sonrisa pícara—. Es como si la vida fuera una fiesta y yo me estuviera perdiendo algo.

—¿Tú recuerdas lo que nos dijo Juanjo Millás desde el principio: "que, para escribir y para vivir, cuanto más uno se conozca, mejor"? —dijo Martina tratando de introducir el tema del manuscrito y de sus ganas de escribir. Como notó el interés de Elisa, siguió—: Decía que tomar nota de la propia vida es…

—Abrir una puerta que puede dar a un pasadizo olvidado, a un prado en su esplendor, a una montaña difícil de escalar, a una casa lejana, a un cruce de caminos. Es aquí donde he llegado, pero no necesito escribirlo para darme cuenta —dijo Elisa.

—A mí me ocurre lo contrario... Como mis dudas van en aumento, voy tomando notas en una libreta a la que bauticé "Espejo". Ahora voy a hacer los ejercicios de un manuscrito que me acaba de enviar una autora a la que me gustaría conocer.

—A ver si acabas escribiendo una novela. También creo que fue Millás el que decía que podemos crear un personaje muy distinto a nosotros y endilgarle nuestros problemas, a ver qué hace con ellos. ¿Tomamos postre?

—Pero si apenas has probado bocado... Un helado de té verde para mí.

—Buena idea, otro para mí, y un coñac.

—Estás muy demandante —dijo Martina pensando que para ella pilates, no, pero danza sí, como si hubiera hecho el descubrimiento que debía haber hecho antes, y como siempre, inclusive sin haberle contado nada, era Elisa quien le ofrecía una salida, aunque ahora, tal como la veía, no podía compartir sus dudas con ella—. Ya me contarás tus próximos capítulos.

Enlazadas de la cintura, salieron rumbo a sus respectivos coches. Se despidieron con un reconfortante abrazo en la esquina.

Mientras seguía hasta el parquin de la editorial, fluctuaba entre la ilusión y su incertidumbre. A menudo, miraba la vida de Elisa como "más completa" que la suya. Tenía esos dos hermosos hijos y un compañero que le prestaba atención. Lo que hasta ahora había tomado como una meta hacia la felicidad, la misma Elisa acababa de desmoronárselo. Antes de coger Vía Augusta, dudó. ¿Y si se desviaba hasta la clínica y le daba una sorpresa a su marido? Lo descartó porque volver después en dos coches no tendría nada de romántico. Llegó a su casa bastante tarde, pero Alejo no estaba. La lluvia parecía amainar y eso la perturbó.

3

Juanjo estacionó la moto en el garaje del edificio en el que vivía con su mujer y sus hijos pensando en que una desconocida de la que solo sabía que odiaba los paseos en barco le había hecho olvidar por un momento la crisis que estaba atravesando. Algo perplejo, se había quedado inmerso en su perfume y con ganas de continuar escuchando esa voz ronca, que arrastraba las vocales y las eses de una manera particular. Tardó en arrancar del portal. Y aunque seguramente ese encuentro no tendría consecuencias, había funcionado como una pequeña lucecita en la oscuridad. Le había resultado fácil conversar con ella y lo habían conmovido los matices que se sucedieron en su cara en esos pocos minutos en los que los dos se sentían a salvo mientras la tormenta hacía estragos. Y ahora, otra tormenta con negros nubarrones sacudía a Juanjo, un arquitecto reconocido que había aprovechado muy bien la oleada imparable de la construcción en Barcelona. Estaba a punto de cumplir cuarenta y tres años y adoraba a sus hijos gemelos, una chica y un chico de trece años.

Unos días atrás, una llamada de Camille, su mujer, había desencadenado el conflicto. Pasada la una del mediodía, estaba cerrando un proyecto y se disponía a salir a comer con un cliente, Carlos Llanos, con el que empezaba a tener cierta confianza, cuando recibió la llamada.

—Estoy en el centro. Quiero comentarte algo. ¿Tomamos un café? —le dijo. Generalmente, se dirigía a él con cierto apremio.

—Sí. ¿Después de la comida? —Juanjo se negaba pocas veces a sus exigencias y Camille lo sabía.

—Cerca de tu estudio. En la cafetería del hotel Condes... ¿A las cuatro?

—A las cuatro.

Mientras comían, un comentario de su cliente le provocó cierta tensión.

—Mire, Juanjo, me urge tener una casa mía y crearme nuevas costumbres —dijo.

—¿Le urge?

—Tengo el futuro en blanco. Mi mujer no me acepta como soy y yo no la acepto a ella, la ruptura está servida. Así que una casa me va a dar cierta estabilidad, pase lo que pase —Carlos Llanos le habló de los vaivenes de su matrimonio. Juanjo asoció el comentario —desconocía la razón— con la llamada de Camille. Así, una charla que podía haber sido distendida y a la que él hubiera querido dedicarle su atención, se vio manchada por una especie de alerta roja.

Los pensamientos se sucedían mientras le daba ideas a Carlos de los lugares y los tipos de casas más adecuados. El comportamiento de Camille en las últimas semanas había cambiado. Hablaba poco y, si él le preguntaba las razones, respondía con evasivas. No pudo acabar los dos platos del menú. Recorrió las cuatro manzanas hasta el Condes con grandes zancadas y tratando de alejar sus sospechas de que nada bueno se traería su mujer.

Como era habitual en él, Juanjo llegó puntual a la cita. Camille siempre se retrasaba. La esperó en una de las mesas alineadas contra un muro bajo que dividía el local en dos, con la mirada puesta en el periódico abierto que no leía, e imaginó decenas de razones por las que lo había citado tan misteriosamente. Viniendo de Camille, lo más descabellado era posible. Él cedía la mayor parte de las veces, convencido de que no había otra opción, dado que las mujeres llevaban a los hombres de la nariz, una especie de ley de vida que le habían transmitido los hombres de su familia con humor y resignación.

—Lo hacen con armas más evidentes o sutiles —sentenciaba su padre.

Juanjo había conocido a Camille en París, unos quince años atrás, cuando participó en un congreso de la Sorbona con una ponencia sobre *Ciudades para un futuro más sostenible*, que tuvo buena repercusión y de la que ella se había burlado como de una utopía. Era azafata en ese congreso y dominaba varios idiomas. Desde entonces lo había llamado Don Utópico, por lo que él solía ponerse a la defensiva al transmitirle sus ideas. Sus vidas fueron divergiendo poco a poco, ella amaba los cócteles y, desde que había llegado a Barcelona, era asidua a los que organizaba el consulado francés y todas las empresas a las que se había vinculado como traductora u organizadora de cursos de conversación para ejecutivos.

A él lo abrumaba toda la actividad que ella desplegaba, pero echaba sus famosas cortinas de humo y acababa aceptando que una mujer tan especial y atrevida, que había aceptado integrarse de tan buen grado en un país extranjero solo por estar junto a él, debía tener una vida intensa que la estimulara, aunque no supiera muy bien cuáles eran los contenidos de esa vida. Al no tener demasiada información para sus conjeturas, se dio cuenta de que se había mantenido bastante al margen de las actividades de ella, pero había sido ella misma quien se lo impidió. Era poco adepta a contar sus andanzas. Consideraba ñoñas a las mujeres que contaban todo como adolescentes. Quince años eran muchos para saber tan poco. Recurriendo a la ironía como mecanismo de defensa —otra marca de herencia paterna— se dijo que por esa misma razón su matrimonio había durado tanto. A menudo, Juanjo se preguntaba qué había visto en él.

—Me enterneciste —le decía ella.

Y así la había conquistado aquella tarde, en un patio de la Sorbona. La había visto en cuanto llegó, fue Camille la encargada de colocarle la credencial sin mirarlo. Ambos tenían alrededor de treinta años en esa época. Horas más tarde la había distinguido en un ángulo del patio, rodeada de unas cinco o seis azafatas que la escuchaban en silencio, ella parecía la jefa, se tomaba su tiempo para hablar y ninguna la interrumpía. Había nacido en París, lo llevaba marcado en su porte erguido, en sus piernas bien torneadas, en el pelo espeso y largo. Él se quedó fijado a su magnetismo y buscó una excusa para hablarle. Lo hizo desde unos cuantos metros de distancia, como temiendo que de pronto desapareciera de su campo visual.

—Oye, ¿cuándo se cierra la exposición de la primera planta?

Todas las cabezas se giraron en su dirección y él se arrepintió de su falta de tacto, pero ella le respondió con descaro, después de una de esas pausas que con el tiempo a él le resultaron familiares y que la hacían tan seductora:

—Si quieres, tomamos algo y te lo explico. ¿De dónde eres? — respondió Camille, como si hubiera mucho por explicar, mientras se le iba acercando.

Fue precisamente esa espontaneidad lo que le atrajo a ella de él, como le dijo tiempo después:

—Me pareciste algo torpe, pero esa torpeza indicaba que no me harías daño.

Así, él supo que el amor y el daño habían estado ligados en su vida y ahora lo relacionaba sin saber bien por qué con esa sed de aventura que le empezó a reclamar tras trece años de convivencia, y que él no supo cómo saciar. De todos modos, Camille era hábil para encontrar rápidamente lo que buscaba, mientras que él no acababa nunca de saber qué buscaba —y si buscaba algo más— en el plano del amor.

En momentos oscuros como el que atravesaba, Juanjo evocaba esa escena inicial, como si rebobinar la historia desde el principio le hubiese permitido entenderla mejor. Llegó a la conclusión de que sus sospechas eran absurdas y que simplemente asistiría a una de las tantas pataletas de Camille que soportaba estoico porque pasaban pronto. Pero no fue así.

Camille llegó más temprano que en otras ocasiones. Aún después de tanto tiempo juntos, a Juanjo le gustaba verla llegar, le daba la impresión de que volaba a ras del suelo. Llevaba una capa de pana sobre una blusa floreada de varios colores, le pareció que estaba excesivamente maquillada para la hora.

Lo obligó a trasladarse a la mesa junto a la ventana y les rogó a los únicos ocupantes de una mesa de la cafetería, normalmente silenciosa, unos ingleses que exponían asuntos farmacéuticos, que bajaran la voz. Todo denotaba en ella que estaba nerviosa y Juanjo ya no pudo imaginar la razón.

—Empleados que hablan de la empresa como si fuera de su propiedad —comentó Camille con desprecio. Y sin cambiar el tono, agregó: —Me pareció que este era el lugar adecuado para decirte lo que te quiero decir.

—¿Qué quieres beber?

—Un *gin tonic*. ¿Crees que son ingleses o americanos? —dijo siguiendo su costumbre de convertir las conversaciones en el análisis exhaustivo de los desconocidos, una costumbre que también a sus hijos exasperaba—. Cada día me parecen más insulsos los americanos.

—Son ingleses.

—Igualmente, me dan rechazo con esas caras bobalico-nas... —dijo, soltándose una trenza en la que se había recogido el pelo y peinándose con los dedos.

—¿Qué me ibas a decir? —la interrumpió Juanjo, que estaba a la expectativa.

—Que me siento un poco ahogada. Y quiero un poco de aire.

—¿Aire?

—Traduzco: necesito espacio para mí sola.

—¿Espacio o tiempo?

—Quince días alternados.

—A ver, explícate mejor.

—Pronto los chicos tienen vacaciones, ya sabes que en el Liceo Francés les dan unos días más, podrían pasarlos con tus padres y todos encantados.

—¿Y nosotros?

—Yo me iría a París y tú —dijo con cierto recelo, pero segura—, mientras tanto podrías buscarte un piso.

—¿Un piso? —Su asombro iba en aumento.

—Sí, creo que nos sentará bien a los dos tener espacios independientes para estar, para vivir... y como tú tienes la facilidad de conseguir buenos pisos...

—No entiendo. ¿Para qué un piso?

—Alternaríamos. Unos días en la misma casa y unos días en casas distintas. Una forma moderna de vivir, al fin de cuentas, *¿n'est pas?*

—¿Cuánto tiempo llevas planificándolo? ¿Cuál fue el detonante? ¿Hasta dónde pretendes llegar? —Juanjo le lanzó una catarata de preguntas, aunque tenía muy claro que cuando ella recurría al *"n'est pas"* nada la hacía cambiar de opinión. Se agolparon más preguntas en su mente.

—No dramatices. Ni des rienda suelta a tu fantasía. No hay nada más que lo que te digo. Es necesidad de respirar mi propio aire a solas, de vez en cuando. No reacciones como un antiguo —dijo sin ofrecerle respuestas ni disyuntivas.

Juanjo no respondió. En esas ocasiones volvía a ser el niño al que su castiza madre daba órdenes que él no podía cumplir por más que lo intentara o soltaba juicios sobre él, que le resultaban ajenos, pero a su madre la convencía fácilmente de que estaba equivocada. En cambio, Camille se sentía siempre dueña de la verdad.

—¿Por qué no te interesas en saber qué pienso en lugar de juzgar? —dijo él pasados unos minutos. Rechazaba las reglas rígidas, sabía que de antiguo no tenía nada y por eso le dolieron sus palabras.

Ella esperó mirándolo de frente, un modo suyo de dejar clara su posición y, por toda respuesta, llamó al camarero para pedirle un segundo *gin tonic.*

—Tratas de imponer tus... —Juanjo no completó la frase.

—Ya ves. Tú también tienes reclamos. El experimento nos beneficiará a los dos.

Al pasar a su lado, los ingleses de la otra mesa le dirigieron una mirada que Juanjo captó. Sus piernas descubiertas, las manos largas, las uñas impecables, su modo felino de andar atraían no solo a los hombres, sino también a las mujeres. Era casi tan alta como él.

Tras el segundo *gin tonic,* Camille estaba entonada como para mostrarle la mejor de sus sonrisas y preguntarle si había venido en coche o en moto, sin esperar la respuesta. Daba a entender que el mundo seguía igual después de que ella sentara sus condiciones.

—Me voy a *Naf Naf,* esta tarde doy clase hasta última hora —dijo.

Juanjo no pudo simular que nada pasaba como ella lo simulaba. El planteamiento lo había sorprendido. Estaba confundido. ¿Qué pretendía? La cita en ese ambiente particular entre columnas de mármol y camareros respetuosos le daba a la situación un viso extraño. De todos modos, Camille le resultaba extraña en muchas ocasiones, algo extravagante también, como un espectáculo continuado. Le pareció notar una mirada nueva en ella.

—Hasta la noche.

Permaneció unos minutos en su sitio. Intentó suponer que, si él se mostraba inflexible en su negativa, lograría convencerla, aunque sabía que se engañaba. Volvió a su estudio tratando de encontrarle un aspecto positivo a la propuesta de Camille. No lo encontró.

Por la noche, la cena fue más tranquila de lo que Juanjo esperaba. Como una familia normal, estuvieron dialogando con los gemelos sobre un caso de acoso escolar en un instituto de Badalona que los tenía muy agitados.

—Suerte que nosotros somos dos —dijo la niña— No se atreverían a molestarnos.

—No se trata de que te apoyes en tu hermano. Tú debes aprender a cuidarte sola. Yo lo hago. Hay que saber estar con uno mismo sin estar pendiente del otro.

Juanjo reparó en lo que decía Camille como en una especie de indirecta hacia él, una justificación del pedido de esa tarde, y el malestar se instaló en su pecho. En cuanto los niños se fueron a acostar, quiso volver a hablarlo, pero la tensión fue creciendo. Acordaron aplazar las decisiones hasta las fiestas.

Él continuaba en el piso compartido, pero ya tenía organizada su mudanza. Le dolía en el alma tener que dejar la casa y a sus hijos. Le dolía en el alma que la estructura que él había creído tan firme se derrumbara de ese modo. ¿Podría confiar en alguien a partir de semejante trance?

Durante esos días, Juanjo y Camille se vieron poco, siguieron el ritmo habitual, comiendo ambos fuera de casa y cenando con los niños, más él que Camille, que se escudaba tras la televisión, una costumbre poco frecuente en ella, como para no tener que decir más de lo que había dicho.

Como habían acordado, llevó a sus hijos a pasar las vacaciones a casa de los abuelos, una de las casas más señoriales del casco antiguo de Barbastro, cercana a la Biblioteca Municipal, en la que los niños habían hecho amigos, una pandilla con la que se divertían más y mejor que en Barcelona. No solo se habían integrado a esa ciudad en la que Juanjo había pasado buena parte de su vida, sino que encontraban en su abuela a una cómplice, que había logrado con los niños lo que no había podido lograr con él.

Durante el camino de regreso, acarició la leve esperanza de que la de Camille hubiera sido una explosión pasajera. Si bien sabía que ella tenía un pasaje de avión para el día siguiente, no creía que pudiera actuar de un modo tan frío, tuviera las razones que tuviera. Reconoció, al mismo tiempo, que nunca había sido una mujer demasiado ardiente a pesar de que las apariencias así lo sugerían. Desplegaba una gran seducción, pero era reticente a las caricias e imponía el ritmo cuando hacían el amor. Sin embargo, a él lo excitaban sus movimientos naturalmente lánguidos, el gusto especial para la lencería, sus expresiones a las que él le otorgaba un sentido, fuera o no fuera real, y no necesitaba mucho más.

Lo primero que vio al abrir la puerta fueron cuatro maletas rojas preparadas en el vestidor. ¿Cuatro maletas? ¿Qué iba a hacer Camille en París? Sus padres vivían en la Camargue, era hija única, ¿una razón para justificar sus acciones temerarias a veces y sus caprichos? ¿O... quién le quedaba en París?

Esta seguidilla de preguntas se las había hecho Juanjo una y otra vez en las noches de insomnio de esos últimos días, que fueron casi todas.

Camille lo estaba esperando en el saloncito colindante a la gran sala, en la que predominaban la combinación simétrica del blanco y el negro en la *chaise longue,* en el conjunto de sillones a rayas, con algunos muebles de diseño, encargados a un escultor, en metal.

—Ven, Juanjo, cariño —le dijo en cuanto lo vio.

Su actitud casi mimosa lo despistó, le hizo pensar en lo ridículo de una separación. Después de todo, ¿acaso ella no se iba de viaje cada vez que lo decidía y él se ocupaba de los hijos? ¿Qué necesidad tenían de vivir en lugares distintos? La sola idea de tener que acordar fechas para irse o para volver de la casa común le creaba tal desazón que convertía en imposible esa posibilidad.

Se sentó junto a ella. Su tono y la media luz lo incitaron a enlazarla por los hombros y a darle un beso en el cuello. Ella tembló apenas, cerró los ojos, se quedó así un momento, pero inmediatamente se enderezó, le dio un beso rápido en la boca y le dijo:

—Los niños parecían muy contentos. Me llamaron hace media hora. Tu madre quería saber si habías llegado bien. Hablemos ahora, así después cenamos tranquilos.

Tras esa última frase, él perdió toda esperanza. Nuevamente, lo embargó la sensación de que ella programaba incluso lo concerniente a los afectos. ¿Lo había hecho siempre y él había estado ciego?

—Te escucho —dijo.

—Ya sé que me escuchas —dijo ella condescendiente — Pero además de escucharme, quiero que me entiendas y lo apruebes de buen talante.

Con esa respuesta, ella le dio la oportunidad de decirle lo que había rumiado: que no aceptaba el pacto. La cólera y el orgullo herido le hicieron ser contundente.

—O seguimos juntos o nos separamos, sin medias tintas —dijo sentándose en una de las banquetas tapizadas en seda negra que se alineaban en la zona más estrecha del salón, que le hicieron recordar a los bancos del colegio en los que debían aguardar antes de una reprimenda.

—No son medias tintas. Será algo beneficioso para los dos.

—¿Beneficioso?

—Saludable.

—¿Y los niños?

La asistenta los interrumpió para decirles que la cena estaba servida.

—Gracias. Puede retirarse. Vuelva después de las fiestas y atienda, por favor, al señor Juanjo, que estará solo durante una semana. *Bonnes vacances* —se limitó a responder Camille y de ese modo dejaba claro que tampoco ella volvería hasta esa fecha—. A los niños les resultará divertido —continuó.

En ese momento la odió. No acababa de comprender ni de aceptar que ella se tomara tan a la ligera una cuestión que para él era vital, que quisiera mover las piezas del juego como si la vida fuera un tablero y ella estableciera las reglas a su antojo. Durante esos años se había dejado llevar porque la quería y quería a sus hijos. La llamó egoísta, vacía e histérica, con una carga desacostumbrada en él.

Ninguno de los dos cenó. Impasible, ella se arregló, abrió y cerró cajones, recogió algo en el baño y llamó un taxi.

—Me marcho al hotel del aeropuerto porque mi vuelo sale muy temprano —se limitó a decir.

Cogió el equipaje, llamó a uno de los porteros para que la ayudara y, mientras esperaba el ascensor, se acercó y le dio a Juanjo un rápido beso inesperado que lo hizo sentir peor.

En ese tiempo, se había encontrado varias veces con su cliente, Carlos Llanos, el jefe de prensa de la editorial, que atravesaba una situación parecida. Acababa de separarse y entre ellos iba naciendo una amistad. A él había ido a verlo esa misma tarde, sin encontrarlo, y se había cruzado con esa chica en el vestíbulo, a la que, con seguridad, su amigo conocería un poco más.

4

Mientras esperaba a Alejo, Martina se puso a mirar fotos de varios años atrás con la intención de pescar las diferencias con las actuales, como en los entretenimientos de los dominicales: *Busque las siete diferencias*. Se percató de que no había fotos actuales, salvo una en la última comida familiar en casa de sus suegros, en la que se destacaban los sobrinos de Alejo y ellos eran dos puntitos lejanos en la mesa, así que se enfrascó en las de los primeros años juntos. En la mayoría, aparecía ella sola, él la sacaba desde distintos ángulos y le decía que hacerlo lo erotizaba. En unas cuantas estaba con el vestidito verde escotado estilo princesa, solía repetir las prendas que le gustaban a su médico azul, como ella lo llamaba en esa época.

Pensó en hablarle de su inquietud, pero sabía que pronto las hazañas de él en el quirófano ocuparían la conversación. Y ella llegaría a la conclusión de que, frente a tantos dramas como los que sucedían en la clínica, lo suyo era un granito de arena. Además, la elocuencia de él lo hacía más atractivo. Eso la había atrapado cuando lo conoció en la clínica Teknon. Ella estaba cuidando a su tía, a la que Alejo había ayudado a operar. En esa época, añoraba a su abuelo, muerto hacía poco, y lo buscaba en los rasgos de los jóvenes que la rondaban y le tiraban los tejos, y acabó cayendo en las redes de Alejo, que no se parecía en nada a su abuelo y se encaprichó en conseguirla en cuanto la vio. Como también más adelante lo hizo su madre, la tía de Martina —con la que Martina tenía una relación cordial, a pesar de que no se había ocupado demasiado de ella cuando la necesitó—, lo trató de forma preferencial, con excesivo respeto. Desde entonces, había ascendido vertiginosamente en su profesión. Decían que tenía alma de triunfador. Martina consideraba que ser mejor que otro no era un hecho mágico, sino un producto del esfuerzo constante, le molestaba que él demostrara de algún modo lo contrario; tenía la sensación de que esa obsesión por ser el mejor se vinculaba con llegar más alto, no con hacer mejor su trabajo. Trataba de rechazar la idea que la fastidiaba, de que a él le importaban demasiado las apariencias. Eran varios los indicios que la llevaban a esa idea, incluido el arsenal que crecía en su botiquín y que una de esas tardes contabilizó con humor: un gel hidratante y un sérum de Dior contra las patas de gallo, una laca de L'Oreal, jabones, ampollas para el pelo, y lo que más le llamó la atención fue un reductor abdominal de Adolfo Domínguez, lo atribuyó a la angustia a envejecer que atacaba cada vez más a los hombres y le restó importancia.

Ella lo veía único, con su casi metro noventa de altura que los obligó a comprar una cama especial, más ancha y más larga que la estándar.

—Apta para todo tipo de contorsiones —le había dicho al oído a Martina cuando la encargaron.

Recordó que cuando trajeron la cama, él no había esperado a colocar las sábanas. Estaba embelesado, la miraba embobado, como un objeto valioso. La alzó en vilo y la atrajo hacia sí, se desnudaron y giraron abrazados sobre el colchón nuevo hasta quedar extenuados.

¿La seguía mirando del mismo modo? En los últimos tiempos estaba hecho un clásico y lo notaba algo más brusco.

Dio una vuelta por la casa con cierto nerviosismo, y abrió el manuscrito que le intrigaba. Notó que el libro no estaba bien estructurado, no se correspondía exactamente la teoría con la práctica. Sin embargo, el contenido en su conjunto la absorbía y le hablaba directamente a ella. Se quedó fijada donde decía: *Existen imágenes que nos obsesionan.* Las reflexiones y las preguntas funcionaban como una flecha en sus incógnitas. Daban en el blanco de lo que vivía y la llevaban por caminos impensados. El ejercicio que leyó en ese momento formulaba:

Conjetura acerca de un personaje visto al pasar.

Eso mismo le acababa de ocurrir. El personaje visto al pasar era Juanjo. La coincidencia le hizo vivir un acto mágico, ¿sería porque había puesto la piedra junto al manuscrito? Conjeturó sobre Juanjo con una lista de adjetivos *(atento, dialogante, interesado, decidido)* y a continuación hizo la prueba con Alejo, que desplazó a Juanjo y ocupó todo su espacio mental, pero le costó más escribir lo que escribió *(variable, desatento...)*, como si del que no supiera nada fuera de Alejo o tal vez se negara a aceptar sus percepciones.
Siguió leyendo:
Escribe lo que sientes acerca de ti y de ese personaje en el presente.

Acerca de mí:
¿Cómo soy yo en el presente? ¿Qué narración me "muestra"? ¿En qué momento estoy?
¿Seré capaz de mostrarme realmente cómo soy?
¿Pero acaso sé cómo soy?

¿Y por qué motivo si el ejercicio pedía un "único" personaje, agregué a Alejo? No tengo todavía la respuesta. Pero ya he abierto esta puerta y avanzaré por aquí.

A continuación, para Juanjo, respondió: *En el presente, curiosidad.*
Y para Alejo: *En el presente, me siento menos creativa cuando hacemos el amor, como si algo me frenara. Quizá podría innovar yo.*

Guardó el manuscrito y su cuaderno en el cajón de su escritorio y se dirigió hacia la pequeña bodega que Alejo había hecho instalar en el cuartito colindante a la cocina.

—Para los grandes festejos —había decretado él.

Esa noche podía ser una de esas ocasiones. ¿Festejar qué? Que me estoy despertando de un letargo y nos merecemos un *whisky,* dijo Martina en voz alta, cogiendo una botella de Ballantine's y aplaudiendo entusiasmada como si la bodega fuera un teatro y ella la actriz principal.

Aceptar de buen grado lo que la vida ofrecía, era uno de los pocos lemas que recordaba de su abuelo, confiado y bonachón, y que se tomaba muy a pecho. Ahora intentaba convencerse de que la vida no le ofrecería nada más si ella no ponía algo de su parte.

5

Al día siguiente, Martina se despertó con dolor de cabeza. A Alejo no lo escuchó irse. Avisó a la editorial que iría por la tarde.

Lloviznaba y salía el sol. A primera hora de la tarde, se vistió con parsimonia y se fue al Colegio Alemán, donde había quedado con el director para organizar como cada año, el festival literario, de forma conjunta, que tanto le entusiasmaba.

Puesto que su ánimo fluctuaba como el tiempo, a la salida de la reunión, se dijo en el camino: escribiré cartas, a ver si me aclaro. Sí, eso es, cartas, repitió con una convicción que reconoció como nueva.

¿Pero cartas a quién? Ya vería.

Retomó la idea en el autobús en el que volvía a su casa desde Plaza Molina con unos cuantos libros interesantes que le había regalado el director y pesaban mucho. Puso la bolsa con los libros en el suelo y al agacharse le dio una puntada en la espalda. ¿Por qué no había tomado un taxi? El taxista le hubiera ayudado. Aplicó la situación al momento raro que vivía: cargar un peso, agacharse y pedir ayuda. Ya llegando a la esquina, a cien metros de su casa, dejó las bolsas en el umbral de un edificio y tomó nota de esa serie como representativa de su presente, y de título, la primera palabra que su mente registró: *Naufragio*. Seguramente esa palabra habitaba en algún rincón de su subconsciente y por algo asomaba. De hecho, se conectaba con su aversión al barco. Le resonó: "Demasiado en barco y demasiado poco en avión". ¿Era así? Escribirlo le hizo sentir que debió haberse dado cuenta antes, durante las largas travesías en las que el mareo no le permitía concentrarse en la lectura. Llevaba cada vez el ordenador portátil, pero pocas veces pudo abrirlo. ¿Cuántos barcos le quedaban todavía si seguía ignorando su sentimiento, que cubría con el mandato de su madre? A ella le escribiría una carta. Evitaría los reproches, no quería machacarle. De hecho, no hubo tiempo suficiente para saber más de lo que su madre realmente sentía. Pensó que tal vez si hubiera vivido unos años más… se propuso ser compasiva, conciliadora…

Ensayó mentalmente el encabezamiento y la primera frase mientras llegaba a su casa. Fue al entrar en su despacho cuando encontró las palabras. Abrió la libreta que inauguraba con esa intención, y apuntó:

Añorada mamá:
Tengo que decirte algo.
Lo tachó y escribió:
Quiero decirte algo. En estos últimos días tuve una revelación, es una sensación rara, como si habitasen dos Martinas en mí.
Respiró hondo y continuó:
Te hago una pregunta: ¿Fuiste feliz con papá? ¿O era una farsa que tú misma decidiste? ¿Lo sobreponías a todo como cuando él llegaba y me mandabas a mi habitación para que no hiciera ruido ni lo molestara?
Recuerdo tus palabras cuando conociste a Alejo: "Será un buen marido. Trata de seguirlo". Lo he hecho hasta hoy, pero me

acabo de dar cuenta de que me escucha cada vez menos y siento que debería rebelarme, aunque me cuesta. Escribirte es un primer paso. Me decías, mamá, que, si mi marido me hacía feliz, sería el mejor apoyo para mí. Recuerdo que te pregunté: ¿Y yo para él? Y me dijiste. "Naturalmente".

He pensado que, si vivieses, me felicitarías. Te lo juro. Y ahora que decidí destapar lo que llevo tapando hasta hoy, necesito decirte (lo siento) que tu "naturalmente" me resultó extraño, como una muletilla que usabas tú también de paraguas. Y bajo un paraguas no se puede vivir. Esta carta es un modo de rasgarlo y ver el cielo. Siento que algo de naufragio hay en nuestro matrimonio. Ya ves, la palabra naufragio no me disgusta. ¿Será por lo que me has transmitido: que tratase de que mi matrimonio fuese para toda la vida? Y yo te obedecí. No estaba en desacuerdo contigo, pero era como si me hablaras en un idioma que no acababa de entender. Ya ves. Me estoy cuestionando todo esto mientras espero a Alejo para que me cuente su día y beberme sus palabras. La diferencia es que ahora trato de entender (¿de soportar?) lo que él hace. Repetías, como un mantra esta frase: "Al marido hay que cuidarlo", que se convirtió en un mandato para mí. Pretendías que no alzara la voz sobre lo que Alejo dijera. Te quiero decir que estoy empezando a alzarla, al menos en mi fuero interno.

Lo bueno es que en la editorial desconecto y soy otra. Y que si quiero tener un niño no es solo por complacer el deseo de Alejo. No se lo digo, pero yo preferiría que sea una niña para ser la madre que me hubiera gustado que fueras.

Ah, algo más, me gustaría poder estar diciéndote esto en voz alta, me gustaría que estuvieses y me contases tu vida, que me abrazases...

A ver si me mandas una señal desde donde estés...

Antes de seguir —por deformación profesional— releyó la carta. La idea puesta por escrito le dio vértigo y tachó la frase: ~~En estos últimos días tuve una revelación, es una sensación rara, como si habitasen dos Martinas en mí.~~

Escuchó la llegada de Alejo y la guardó en un cajón.

6

Como cada noche, Alejo dejó el coche junto al de ella en el garaje y entró a la casa tarareando una ópera. Al escucharlo, Martina corrió a darse unos toques de color en las mejillas. No soportaba que le dijera que estaba pálida.

—¿Dónde estás? —la llamó Alejo desde la cocina.

Martina salió a su encuentro con una botella en la mano y la apoyó en la mesa rodante. Él se le acercó a darle un beso, le dijo que venía muerto de hambre.

Martina puso a calentar un pastel de patatas congelado en el microondas mientras él se lavaba las manos.

—¿Cómo resistes sin comer hasta estas horas? Yo he cenado con Elisa.

—Mucho trabajo.

—¿Pero acaso no son los hospitales los que se colapsan? ¿Una clínica como esa también está colapsada?

—Recuerda que yo ya no atiendo urgencias —dijo él evasivo y remarcando su papel de personaje importante en ese mundo.

—Mi médico azul —dijo Martina, jovial, recordando las fotos que había estado mirando y pensando que sería bonito que uno de esos días las volvieran a ver juntos y cada uno dijera cuál era esa diferencia entre antes y ahora, mientras él devoraba el pastel y bebía, una tras otra, dos copas de vino.

—Esta mañana vino un paciente importante, un político, esta tarde lo operé de un quiste en el cuello.

—¿Algo grave? —Martina no entendía por qué se lo contaba.

—No, no reviste gravedad, él se temía lo peor, así que está encantado.

—¿Entonces?

—Que prepares tu mejor atuendo, me dijo que nos invitará a una recepción especial en su finca de Begur. Le daré de alta el martes. La fiesta será la semana que viene —le dijo tomándola por la cintura y dándole otro beso, mientras ponía a calentar el café y sin tener en cuenta que a ella no le gustaban las fiestas con gente desconocida.

—¿Ha venido hoy y ya lo has operado como si fuera algo urgente?

—Un turno especial, no fue fácil.

—Y le has dado la mejor *suite*.

—Obvio.

—¿Hubieras hecho lo mismo con otro paciente sin influencias? —le preguntó Martina, sin ambages. Lo último que hubiera querido esa noche era discutir con Alejo, pero la exasperaba la certeza de que su ascenso dependía más de episodios como ese que de su capacidad.

Alejo no respondió.

—¿Qué opina Samuel? Se habrá enterado... —continuó Martina. No le pasaba desapercibido que, en los últimos tiempos, Samuel, un ginecólogo de la clínica, amigo de los dos, lo cuestionaba, aunque no decía nada. Sentía un aprecio especial por Samuel. Estaba segura de la desaprobación de su amigo y se lo transmitió.

Alejo estalló en un ataque de celos. Como ya lo había hecho en otras ocasiones, le preguntó enfadado de parte de quién de los dos estaba.

—Tendrías que ponerte de mi parte, ¿no crees? Y pareces estar de parte de él.

—No estoy de parte de nadie, es una cuestión de convicciones. Se trata de una situación evidente.

—Qué casualidad, también Samuel esgrime el argumento de lo evidente. Me tiene un poco harto.

—Lo que te decimos, te lo decimos por tu bien. Samuel es una persona solidaria, que se preocupa por la gente sin averiguar qué cargo ocupan —dijo Martina, con la contundencia que le había reforzado un rato antes la escritura.

—Sois un tándem. Papito y mamita me lo dicen por mi bien.

—No seas agresivo.

—Perdona. Pero tú pretendes que yo tome en cuenta a todo el mundo, como hace él, que está al tanto de vida y obra, incluidas las enfermeras, y tiene toda clase de contemplaciones con ellas —Alejo lo consideraba demasiado blando.

Martina no se atrevió a agregar que los planteamientos de Samuel eran más transparentes que los suyos. Pensó que, si ella fuera enfermera, le hubiera gustado que un médico tomara en cuenta sus opiniones y se preocupara por su bienestar. Supuso que, si se lo decía, Alejo le contestaría: "Tú no eres enfermera", y cerraría el tema.

A pesar de todo, ella estaba enamorada de su marido, de su mirada penetrante y de su aspecto de jugador de rugby.

Fue hacia la cocina y le preparó un batido energético que a él le encantaba beber antes de dormir. Alejo se extendió en un sillón. Ella le alcanzó el batido haciéndole un mohín de "final de combate". Él hacía *zapping* sin prestar atención a la pantalla, tomó en una mano el vaso y con la otra, la mano de Martina, que llevó hacia su mejilla, la mantuvo unos segundos así y apagó el televisor. Nunca le duraban los enfados.

—Cuéntame tu vida, princesa —le dijo.

Por la mente de Martina pasaron todos los temas de los que hubiera querido hablarle con un *whisky,* en lugar de un batido, pero se reprimió. El problema era que, a pesar de que parecía escucharla con interés, no era el mismo interés de esos primeros tiempos en los que Alejo se había tomado un mes completo de vacaciones en pleno octubre, algo inusual en él, y se los dedicó, bebiéndose sus palabras entre copa y copa de cava en ese hotelito rústico de Sant Martí de Ampurias, del que no salieron de la habitación dedicados a explorarse de modo incansable.

Ahora le restaba importancia a sus comentarios. Ella acababa perdiendo el impulso inicial y se arrepentía de haber iniciado la conversación. Se dijo a sí misma, con tristeza y una pizca de ironía, que esos días estaban muy lejos. Se le ocurrió que, tal vez, tampoco habían sido como ella había imaginado... Y que se habría equivocado... y que posiblemente Alejo no sabía escuchar.

—A veces, las palabras... —dijo en voz alta, sin completar la frase y con un matiz de tristeza que él pasó de largo.

Alejo acabó su batido y ella bebió una infusión en silencio.

El *whisky* había quedado abandonado en la mesita, se lo reservó para la siguiente ocasión, con el firme propósito de hacerlo mejor. No quería discutir, pero le costaba contenerse, algo impensado en ella.

Él recogió las revistas científicas que habían dejado en el correo, le dio un pellizco en el trasero y se fue a la cama diciéndole a Martina que viniera pronto.

Ella se duchó y se puso un camisón azul que había comprado esa mañana, muy escotado, y bastante gel de fresa en los labios. Cuando llegó a su lado, Alejo estaba dormido con la lámpara encendida y una de las revistas abierta sobre su pecho. Martina la deslizó al suelo junto a las otras, se acostó, se apretó a él y apagó las luces.

Sin embargo, no se podía dormir dándole vueltas a todo eso. Mientras que muchas de sus compañeras contarían de alguna manera con el hombre que tenían a su lado, Martina se apoyaba en sus dos amigas con las que se admiraban mutuamente: una era Elisa, de la que valoraba su valentía para enfrentar sus conflictos internos y externos y, dentro de la editorial, era Amparo, de la que apreciaba su agudo sentido del humor y su mirada positiva. Al reparar en eso, tuvo ganas de hacerle un regalo a cada una. Un regalo que les procurara alegría, pero ¿qué? No lo había pensado hasta ahora, pero apelando a su modo de ser conciliador, pensó que, gracias a la manera de ser de Alejo, pudo llegar a ser tan autónoma y conservar a sus amigas, eso era un punto a favor. Seguramente, habría otros.

Estaba convencida de que, si algún día al fin tuvieran un niño, o dos, o tres, como también él deseaba, todo sería distinto. Ella tendría en quién depositar esa enorme carga de amor y él tendría otro motivo tanto o más importante que su trabajo por el cual luchar juntos. Mientras tanto, con términos científicos, Alejo desviaba la posible anomalía hacia ella. Así se lo había hecho notar Amparo:

—Qué cabrón. ¿Pero acaso las pruebas no te han dado bien? En cualquier momento llega el esperado embarazo, y dirá que es gracias a él. ¿Acaso tu amigo Samuel no te ha tranquilizado?

—Es cierto, Samuel y Paula también buscan un hijo...

Amparo le habló de hacer visualizaciones para conseguir los deseos. A Martina le atraía la idea, pero dudaba. En cambio, había notado que empezaba a sentir eso que decía Jung: "Quien mira hacia afuera, sueña, quien mira hacia adentro, despierta".

Mirar hacia adentro... volvió a la carta, volvió a su madre y la comparó con la madre de Elisa, que no se ocupó nunca de la cocina ni de la limpieza y, a la larga, tampoco del marido, del que se separó. A ella le hubiera gustado una madre así. Sin embargo, a Elisa le caía bien la suya. "Por su coherencia y su dulzura", decía. Para Martina, eso era sumisión.

Por el momento, se apuntaría al curso de danza para conectar mejor con el cuerpo y demostrar lo que sentía desde allí y no desde la mente. No pudo esperar hasta que se hiciese de día, se levantó, atravesó la habitación en la oscuridad, encendió el ordenador y se puso a mirar los cursos de danza por Internet. Escogió uno del que le interesó el horario y el lugar, e iría a apuntarse. Con esa idea se durmió.

7

Elisa estaba sola. Su madre y sus suegros habían venido a pasar el día y se habían ido a dar un paseo por la playa con los niños, Félix se había ido a ver unos solares cercanos al muelle con un vecino.

Se fue andando hasta el centro sin un objetivo preciso, necesitaba andar. Hasta el último diciembre, estaba convencida de que si un marido como el suyo la había elegido era una buena señal. Casi atractivo, casi atento, casi buen padre, casi marido ideal. En eso se sustentaba su valía. El problema era que se dormía convencida de que era feliz y se despertaba hecha un lío, presintiendo una catástrofe. La insatisfacción se instalaba un día en la espalda, un día en la cabeza, un día en el estómago: la pinza que atenazaba la boca de su estómago era el jefe y el marido. Uno la tenía harta con sus edulcoradas imposiciones, el otro aceptaba sus decisiones sin rechistar, debido a que estaba poco y participaba poco en la casa.

Esa semana, al volver de una cena en casa de otro directivo de su empresa, se sorprendió preguntándose qué era ella para su marido y si él se preguntaría lo mismo con respecto a ella. ¿Pero los hombres se hacían esa pregunta?

Su marido solía aceptar esas veladas complacido y, en ocasiones como esa, se mostraba como si él hubiera sido el único que trabajaba en la casa. Pensó que a Martina le pasaba algo parecido, o peor: Alejo se jactaba de sus progresos; Félix, no, a pesar de que era un abogado reconocido de una multinacional. ¿Era un precio que se pagaba por ponerse el listón muy alto?

Para la cena, se había puesto el pantalón de piel, que notó algo más ajustado que unos meses atrás, una camiseta bordada color marfil, una chaqueta corta y el *foulard* de telar a rombos, que le daba un toque. A último momento, siempre salía airosa y le elogiaban su aspecto; el problema era que abría el armario y no encontraba nada especial, rebuscaba en las tiendas un complemento vistoso y hacía mil piruetas hasta dar con el peinado que le diera un aire desenfadado sin exagerar. Extendió dos capas de rímel en las pestañas. Se probaba una falda o un pantalón y se imaginaba entonando o desentonando con el marido, un hombre clásico, pero con cierto aire de travesura que volvía a la mayoría de la gente a favor de él, bastante más alto que Elisa, con pies grandes y pelo abundante que acentuaban el aire de niño bueno. Con ese aire, ocupaba un cargo importante que le absorbía más de diez horas diarias. Ella sentía que no lo podía defraudar, y lo acompañaba como si estuviera cumpliendo una misión en la vida, aunque a él siempre le parecía bien lo que ella hacía o decía.

Volvieron de la reunión y se tomó un Alka Seltzer, no porque hubiera comido en exceso, sino porque se amargó en exceso. Se aburría, mientras su marido se la pasaba bomba, hablando buena parte de la noche con personas que lo acaparaban. A ella se le acercó un corredor de bolsa insípido, aunque cualquiera le hubiera resultado insípido porque estaba pendiente de los gestos del marido. Al verlo hablar con el anfitrión, observó en él la expresión del suegro cuando miraba a otro hombre con un cargo igual o más alto. Notó que se erguía en la silla mientras hablaba con la encargada de productos electrónicos, percibió el aire paciente que adoptaba cuando hacía una pregunta y la sonrisa que le cubría toda la expresión.

Después, se entretuvo explorando la decoración de la sala, el agente de bolsa decía frases hechas con la cabeza ladeada hacia ella como un náufrago y ella se acercó imperceptiblemente a la mujer que estaba a su izquierda, que le daba la espalda. Estaba acorralada, pero no hizo nada por cambiar la situación. Bebió más de la cuenta y se alteró su percepción, supo disimularlo y resultar encantadora.

Fue ese estado de simulación uno de los pilares de su rebelión.

A la mañana siguiente, leyó que una chica vivió 738 días en una secuoya y se convirtió en símbolo ecologista; otras consiguieron heredar los derechos de pesca en su comunidad; otra consiguió que las mujeres pudieran trabajar en la mina.

Cuando había amoblado su primer piso, se la pasaba imaginando el mar. Ahora tenía el mar a tres calles: lo que había imaginado existía. Pero necesitaba algo más. Aspiró el aroma salino que llegaba hasta la casa, pensó que era afortunada de vivir en Sitges, hizo unos ejercicios al aire libre y se instaló en el porche. Como decía la conciliadora Martina, a todos les falta algo y les sobra algo.

Entró a buscar un café y se lo sirvió.

Volvió al porche con la convicción de que no podía seguir adelante por inercia y sus ansias de cambios la hicieron sentir algo mareada. Lo atribuyó a los treinta y nueve. Muchas mujeres hablaban de la crisis de los cuarenta.

Llamó a Félix al móvil, que sonó a dos metros de donde estaba ella, se lo había dejado en la casa. Salió a la puerta varias veces para ver si lo veía llegar. Se escuchaba el murmullo de otras familias entre platos y copas, y se sintió triste escudriñando la calle vacía. Recordó esa novela de una autora francesa en la que el marido se va a comprar pan y no vuelve nunca, ¿qué podría haber hecho mal y qué podía rectificar en adelante si él volvía? Al fin llegó con su entusiasmo de siempre, dijo que el vecino, un hombre simpático que vivía solo, vendría a tomar el café, le mostró los planos de los terrenos a su padre y empezaron la comida con normalidad a las cuatro de la tarde mientras a Elisa se le deshacía el nudo y miraba a todos con buena cara.

Ella no hubiera sido capaz de invitar a un desconocido o a una desconocida a tomar café sin consultar. Pero Félix lo hizo con tanta naturalidad que a nadie se le ocurría que las cosas podían ser distintas. ¿Qué sentiría él por dentro? Se lo preguntaría. El problema era cómo hacerle la pregunta. ¿Qué quería saber? ¿Lo que le pasaba a él o lo que le pasaba a ella?

— ¿Come solo el pobre hombre? —dijo su suegra.

—No. Vino su ex con el hijo, tienen una mesa reservada en Can Tilos, ella se irá y el hijo se queda con él.

—Yo no pienso jugar con ese niño —dijo la niña.

Elisa pensó que algo positivo le había transmitido a la niña. Decía lo que quería claramente.

—¿Y tú en qué piensas? —le dijo Félix, tocándole la frente con el índice.

—En que me iré un rato a la salita a retomar la lectura de mi novela.

La salita era una pequeña prolongación del salón, que ella había pintado de azul, y en la que había colocado un escritorio que había pertenecido a su padre, un sofá de piel; una estantería en la que abundaban las novelas cubría la pared lateral.

La suegra le preguntó si había descongelado la carne para la noche. Elisa la miró como si su voz surgiera del televisor, que estaba encendido en un programa que a todos les hacía gracia menos a ella. Le repitió la pregunta, las venas de la frente se le tensaron. Pero no le respondió, nunca lo había hecho antes. Su suegra se levantó molesta y fue a la cocina. Su suegro insistía en son de chanza: "A las mujeres hay que educarlas desde el principio. De lo contrario, ¿se olvidan de sacar la carne del congelador?", dijo orgulloso al ver que su mujer llegaba con el guiso.

Eso había heredado Félix de él. De ese humor, Elisa se había enamorado. ¿Qué le estaba pasando?

8

A pesar de que ese sábado continuaba nuboso y con ame-
nazas de lluvia, Martina sintió una opresión en el corazón. Salió a caminar por Sarriá para combatirla. Le
hubiera gustado desayunar con Alejo en una cafetería pequeña
de la esquina de la calle principal en la que servían los mejores
mini cruasanes del mundo, pero él dormía, y no hubiera podido
soportar su negativa, puesto que en lugar de salir a navegar irían
a casa de los padres de Alejo.

Dio una vuelta por las calles estrechas del núcleo antiguo,
se detuvo en una plazoleta, rodeada de casas antiguas de poca
altura que conservaban el aire plácido del pueblo que había sido,
uno de los últimos en anexarse a Barcelona como barrio.

En esa calle sinuosa, atestada de vecinos con papeles de
regalo que pululaban entre las tiendas de escaparates coloridos y
bien ordenados sobre los que parecían estar muy cerca las nubes
redondas, la única que no parecía tener una meta clara era ella.
Deslizó su mirada hacia los árboles de flores pequeñas tratando de
precisar el origen de su opresión.

En cuanto lo supo, fue volviendo más calmada, tomando
nota mental.

Por mejor que estuvieran juntos, Alejo siempre añoraba
algo, más aún cerca de la Navidad y los Reyes. Se comparaba con
esas parejas con dos, tres, cuatro niños que parecían pasárselo

tan bien y se amargaba. Recordó un día en que volvían de Niza y pararon a comer en un restaurante de la carretera, se quedaron mirando a unos padres y unos hijos de esos que parecían interesados solo en ellos mismos mientras devoraban las patatas fritas.

—¿Ves, Martina? —le había dicho Alejo señalando discretamente la escena como si le diera una lección práctica de lo que ella tenía que conseguir —Esa situación es idílica. No se aburrirán nunca.

—Lo conseguiremos —dijo ella, remarcando inconscientemente el plural.

Cuando regresó, él ya estaba esperándola en el coche. En lugar de ir a navegar, Alejo había renunciado al barco por una de las pocas razones que le hacían renunciar: la amenaza de tormenta, las fiestas navideñas o cualquier acontecimiento familiar en casa de sus padres. Martina volvió a recordar la escena mientras él conducía cantando a dúo con la ópera que sonaba en la casetera. Lo observó por el rabillo del ojo, se detuvo en la mirada altiva que apenas traslucía su estado anímico. Estaba y no estaba a su lado mientras ella deseaba en secreto que él fuese un compañero que la entendiera sin demasiadas explicaciones. Sabía que armonizaban con el entorno de casonas ajardinadas de construcciones personales y también entre ellos, y los pocos transeúntes que a esas horas pasaban por allí los observaban con admiración.

Contuvo un deseo intenso de palpar con dos dedos los labios en movimiento de Alejo entonando una ópera, la barbilla, el pecho, bajar hasta la entrepierna como antes, cuando acababan revolcándose en un recodo del camino. Ahora se hubiera puesto tenso, como ocurrió en una ocasión reciente, y se hubiera quedado frustrada. Y, aunque así se quedaba igual algo frustrada, al menos evitaba implicarlo y hasta cabía la posibilidad de decirse que tal vez se equivocaba y, en realidad, era una cobarde por no atreverse a enfrentar sus miedos. ¿Por qué colocar las culpas afuera?

¿Pero acaso algún hombre respondía tan sencillamente a las necesidades de una mujer pasados unos años de convivencia?

—Si los desmontas, verás que todos tienen el mismo mecanismo, todos son similares, después de un cierto tiempo te aburren —era una de las bromas de Amparo.

Imposible aburrirse con Alejo, su energía era permanente, siempre estaba dispuesto a viajar, a cambiar de aires, a cambiar de rumbo. Pero, a la vez, reconocía que esa misma energía que él desplegaba, y que le exigía constantemente algo más, la agotaba.

—Seguimos hasta Casteldefells y en Paradis le compramos unas flores a mi madre, ¿quieres? —El "¿quieres?" lo preguntaba por cumplido, él decidía y lo llevaba a la práctica. Fueron bordeando la costa. El mar refulgía, cruzaron un paseo peatonal que a Martina le gustaba particularmente, la zona le traía recuerdos de su infancia, mucho más agreste en aquella época.

—Te invito a un aperitivo —dijo Martina entusiasmada.

—Mejor vendremos otro día especialmente, ahora se hará tarde —le respondió Alejo a la vez que le hacía un mimo en el cuello.

Compró un bonito ramo de pensamientos. Martina esperó en el coche. Él lo colocó en el regazo de Martina y siguió a voz en cuello con la ópera rumbo a Gavá.

Martina sabía que cantar como lo estaba haciendo era su modo de espantar la irritación que lo dominaba cada vez que su hermano y la mujer anunciaban un nuevo hijo —iban por el cuarto—, y ellos se dirigían a festejarlo en casa de sus suegros.

—Un nuevo nieto, abuelos —exclamó Alejo al entrar en la casa paterna, aparentando buen humor. Siempre lo habían dominado unos celos enfermizos de su hermano pequeño, y a pesar de que no hubiera alcanzado el éxito que él había alcanzado en su profesión, de que considerara a su mujer menos agraciada que a Martina, de que el hermano le pidiera a menudo su opinión, nada le bastaba mientras el otro siguiera ganador en la carrera de los hijos. El cuarto era una injusticia para él, que no tenía ninguno. Así lo pensaba.

—Sigues siendo el ganador. Os felicito —dijo extendiéndoles el ramo.

—Todo es cuestión de empezar —respondió el hermano, conciliador.

—Es Martina la que no se decide —dijo Alejo deslindando su responsabilidad.

—Sin embargo, me da la impresión de que la gente sin hijos parece más alegre, más despreocupada —intervino la mujer del hermano.

—No los desanimes —se exaltó el suegro, un médico conservador que colocaba a su familia, la de los Capdevila, a la altura de una dinastía tan poderosa como los Guggenheim o los Toyota, orgulloso de que su hijo siguiera la tradición familiar, y para el que Martina o cualquier otra mujer eran personas de segunda, que acompañaban, atendían y comprendían al hombre, y les daban hijos, y el hombre las reconocía atendiendo a sus caprichos materiales—. Sí, sí, todo es cuestión de empezar —aseguró.

Estaban en Gavá, en la casona en que había nacido Alejo, una casa elegante, con un comedor inmenso, unas ventanas de cristales biselados, muy grandes, que se abrían de par en par y que daban a una galería con muebles de mimbre, que desembocaba en un patio con un aljibe en el centro. El comedor y la cocina estaban al final del pasillo y comunicaban con el patio. Desde allí, los mayores observaban a los dos niños, de cinco y tres años, que jugaban con un trenecito de madera que les había fabricado el abuelo, más pendientes del bebé.

La madre de Alejo trajo una gran fuente de pastas dulces y empezó a repartir los cafés, cuando llegó corriendo el niño mayor, diciendo asustado que no encontraba a su hermano del medio.

Todos salieron en forma instantánea, Martina se quedó espontáneamente a cargo del pequeño, que estaba dormido, y pensó desolada que el niño podía haberse caído al aljibe, a ella se le había
cruzado que algo así podía pasar, pero su propia insatisfacción la
había bloqueado hasta el punto de que no se permitió intervenir
ni para manifestar un presentimiento. ¿Y ahora? Una familia des-
trozada, se dijo acunando al bebé con pena, justo en el momento
en que entraron todos con el mismo atolondramiento con que
habían salido, pero con una expresión de alivio, precedidos por
el abuelo que llevaba al niño en sus brazos, embarrado, lloroso y
sin un rasguño.

—¿Qué ha pasado? —preguntó Martina, sin ocultar su
perturbación.

—Que se escapó por debajo de la alambrada a la casa de al
lado persiguiendo a un gato y se perdió. Se lo encontró la vecina
en el huerto —dijo el abuelo— Es que las mujeres sois unas irres-
ponsables, todas parloteando y ninguna controlando al pequeño
—agregó.

La madre cogió al niño y se lo llevó a la bañera sin responder a la agresión. También su mujer recogió en silencio la vajilla,
dándole la espalda. Nadie estaba a gusto en esa casa.

Martina, que aún no había superado su conmoción, cogió
una revista y se fue al patio. Desde allí, observó el interior de
la casa como si mirara una película. Por primera vez, los veía
tal como eran, el padre de Alejo un machista recubierto por un
barniz de mundanidad por la profesión y por el estatus econó-
mico; la madre, una sometida por conveniencia. ¿Qué beneficios
le redituaba ese sometimiento? ¿De esos padres, qué hijo podía
resultar? ¿Un Alejo? Lo observó desde esta nueva perspectiva.

Alejo daba vueltas como un animal enjaulado mientras su
hermano lo seguía intentando que lo escuchara. Allí estaban el
padre y la madre, tirano y sometida, representados en ambos her-

manos. ¿Cómo podía acabar una película así? Martina se lo estaba preguntando cuando Alejo le dijo perentorio que se iban.

—¿Quieres que conduzca yo?

—No es necesario. Gracias —le respondió él con tono formal.

Hicieron el trayecto de regreso sumidos en sus pensamientos.

A Martina le llegó la imagen de sus padres, pensando que en esa generación abundaban los machistas y las sumisas, mientras él apretaba el acelerador más de lo conveniente, aferraba el volante con una sola mano y llevaba la otra al techo. Solía recordarlos en ocasiones puntuales, las imágenes que guardaba de ellos eran precisas, pero muy pocas. Qué distinta era la familia de Alejo, el único punto en común era la actitud de ambas madres frente a los maridos. Se alegró de haberle escrito la carta a su madre diciéndole lo que le decía. Tras escribirla, algo se había afirmado dentro de ella. Le dio vueltas a esa idea. Imaginó la vida que llevaba su cuñada y sintió pena. ¿Pero acaso no era la vida que ella añoraba, tres hijos, el cuarto en camino, un marido que colaboraba con ella...? No lo quería de esa manera, tenía la sensación de que ellos tenían hijos para que los entretuvieran. Sin embargo, no pudo hablarle a Alejo de todo lo que pasaba por su cabeza. Solía filtrar lo que le contaba sin saber el motivo.

Lo miró por el rabillo del ojo. Le pareció tan guapo. Era un tirano, pero no era soso como su hermano. Nuevamente estuvo a punto de extender el brazo y acariciarlo, pero la expresión ausente, casi hosca, de él la detuvo, hasta temió que se sobresaltara y perdiera el control del volante. Era una fantasía que cada tanto la asaltaba. No hablar, no tocar. ¿A pesar de todo le resultaba divertido? En todo caso, enigmático.

—Tengo que detenerme un minuto en la clínica, un control rápido y vuelvo —dijo estacionando en la acera de enfrente y salió disparado antes de que ella reaccionara.

Siguió fijada en su jersey azul claro que iluminaba sus facciones algo duras, la boca cerrada a cal y canto. En los veinte minutos que tardó en volver, se propuso recuperar el júbilo de los primeros tiempos, cuando ella se sentía tan hermosa como él la veía. La convicción la hizo sentir eufórica y al llegar se observó de cuerpo entero frente al espejo del baño mientras tiraba la ropa por el aire antes de entrar a la ducha, que abrió al máximo, mientras Alejo se enfrascaba en la guerra soterrada entre el corredor Fernando Alonso y el equipo de McLaren por televisión.

Se enlazó el pelo en una larga trenza, se enfundó en una camisola corta, sacó dos mousses de arándano de la nevera, le extendió una sobre una servilleta y se acomodó junto a él, concentrado en el telediario que empezaba y a los pocos minutos se quedó dormido.

9

Juanjo seguía intentando superar la parálisis que lo dominaba. Se quedó hasta tarde en el despacho, aunque la mayor parte del personal se había tomado vacaciones, salvo Julia, una arquitecta veterana de pelo canoso cortado al ras, a la que admiraba por sus ideas y su tenacidad a pesar de los duros trances que le había tocado vivir, y a la que poco a poco se fue confiando.

Estaban los dos en el apogeo de su carrera profesional. Se complementaban perfectamente. Llevaban adelante la conversión de un monasterio en centro cultural, habían contratado a dos artistas que respiraban polvo, sufrían martillazos y manipulaban bronce hirviendo con tal de que el diseño se convirtiera en realidad, una combinación de estuco suave en las paredes, puertas de bronce para separar las estancias y en el centro un cubo traslúcido que permitiría conducir los rayos de sol hasta las plantas inferiores. Estaban orgullosos y deseaban verlo acabado.

Tras innumerables tardes trabajando juntos, Julia intuyó que la vida de Juanjo había cambiado. Se lo preguntó sin ambages. Juanjo acabó pidiéndole su parecer.

Interrumpieron el análisis de los tipos de madera adecuada en cada estancia y bajaron a cenar en una taberna de Balmes y Roselló donde los conocían bien y ellos se sentían a gusto.

—Me mudo este domingo al ático de plaza Concordia—dijo Juanjo refiriéndose a un departamento de ciento cincuenta metros cuadrados más una terraza espectacular en uno de los mejores edificios de Les Corts que también habían diseñado juntos respetando el entorno de casas bajas.

—¿Irás tú a vivir a ese edificio? No lo entiendo —dijo Julia. No dejaba de jugar con las gafas, necesitaba tener algo entre las manos cuando un tema la absorbía.

—Sí. Antes de tener que sufrir revelaciones dolorosas, me separo. Me mudo antes de que mis hijos vuelvan de Barbastro. Me adelanto a los hechos. Iré a buscarlos después de la mudanza y me los quedaré conmigo una semana hasta que Camille vuelva de París. Y después no sé. No puedo ni imaginarme no verlos cada día —dijo Juanjo, anudándose la bufanda que se había quitado al entrar, sentía frío. Estaba vestido de negro y la bufanda blanca le daba un toque especial. Pidió una sopa de calabaza bien caliente y prefirió no beber alcohol.

Julia pidió una ensalada de aguacate y una copa de vino blanco.

—A veces separarse es lo más fácil. Yo me apresuré, por si te sirve de ejemplo. ¿Tu mujer y tú lo habéis hablado a fondo? ¿Por qué supones revelaciones dolorosas?

—Sí, pienso que oculta algo.

—En ese caso, sería más saludable que ella pusiera las cartas sobre la mesa.

—No es su estilo conversarlo. Ella resuelve durante la marcha. Si miro hacia atrás, veo una película en blanco y negro —Juanjo entrecerró los ojos tratando de precisar su visión.

—Hay películas en blanco y negro que son obras maestras.

—Esta precisamente no lo es. Lo blanco son instantes luminosos, que los hubo, lo negro es dolor. Ahora se me hace doloroso. Durante años fui ciego.

—¿A qué te refieres?

—A que Camille no ha sido la buena persona que se adaptó a mi medio, sino que ha hecho lo que quiso.

—Que haya hecho lo que ha querido no me parece mal —dijo Julia sacando a relucir su talante feminista.

—Yo la traté como a una heroína y hoy en día todo el mundo cambia de país de forma natural. Que no fue una víctima como trató de hacerme creer.

—En ese caso, haz lo que sientas.

—No sé si hago bien o mal...

—No hay bien ni mal en estos casos. Yo creo que tendrás suficientes motivos por los que tomas esta decisión y no otra. No te exijas respuestas. Nunca es uno solo el que desencadena los hechos en una pareja. Uno de los dos habrá iniciado el deterioro, pero el otro se lo permitió,

—¿Lo dices por mí?

—Digo que tal vez, a la larga, descubras que viviste alienado, que separarte era una buena opción a pesar de lo que sufres en este momento.

Más que aconsejarlo, Julia hizo hábilmente de espejo. Le despejó las dudas, no porque aprobara o desaprobara su decisión, sino porque lo guió en el laberinto con lúcidas preguntas que él, en realidad, se respondió a sí mismo más que a ella, y así entendió que por el momento estaba haciendo lo mejor para él y para sus hijos, a pesar de que no fuera lo más fácil.

Ella le habló de muchos aspectos de su propia vida, de los caminos que había escogido para sentirse mejor. Había quedado viuda de su gran amor, que murió en el incendio de un hotel mientras estaba en viaje de negocios, y desde entonces vivía sola. Había intentado formar nuevas parejas, pero con nadie había conseguido sentirse tan libre como se sentía sola.

—Lo prefiero, en lugar de conformarme con premios consuelo —dijo.

Tras la cena, el cansancio los abatió.

Julia no conducía, decía que buena parte de su vida transcurría en los taxis. Acompañó a Juanjo al parquin, él la acercó hasta su casa y se despidieron hasta el martes.

En el camino de regreso, le dio vueltas a esa idea de sentirse libre en la que Julia había hecho hincapié. Decididamente, se sentía alienado con Camille. Tenía por delante tres días cruciales de su vida. Camille era la causante. Él no le había comunicado su decisión final.

—Estoy haciendo buenos contactos para mis traducciones —le había dicho en una de las dos ocasiones en las que lo había llamado y en las que él esperó inútilmente sus demostraciones de cariño— Me quedaré unos días más. Hablé con los niños, se lo están pasando bomba. ¿Tienes mucho trabajo?

¿Si se tenía más o menos trabajo, qué más daba? Demasiado formal, pensó.

Permaneció la mayor parte de la noche repasando su conversación con Julia, tendido en la cama de la habitación de su hijo, puesto que no había podido volver a la cama matrimonial desde que su mujer había partido y la habitación de huéspedes le resultaba demasiado impersonal. Le cayeron unos lagrimones al constatar que, una vez que se mudara, en contadas ocasiones volvería a esa habitación y a esa casa que contenía tantas vivencias a pesar de los sinsabores. Seguía sintiendo frío. ¿Se estaba engripando o era la tristeza? Se levantó a prepararse un té para alejarse del tema, tomó una aspirina e intentó hacer el inventario mental de lo que se llevaría al día siguiente. Pero no pudo. Pasó el día siguiente con unas líneas de fiebre, entre aspirinas y durmiendo de a ratos. Por la noche, otra vez los ojos como platos, la fiebre había remitido y todo le resultaba más negro aún.

No había podido preparar nada.

El sol insolente del primer domingo que Juanjo iba a pasar en su nueva casa, lo entristeció. Sin embargo, el orgullo herido estaba menos herido desde que le había contado sus pesares a Julia. Eran las nueve de la mañana. La llamó para preguntarle si lo acompañaba en la mudanza, pero la encontró en Ibiza, en casa de unos amigos.

—¿No puedes posponerla? Mira, te tomas el primer vuelo y te vienes a Ibiza, como hice yo, me llamaron ayer por la mañana y me vine. Aquí hay lugar y gente variopinta, el cambio te hará bien. Mañana lunes me quedo, si quieres nos volvemos juntos el martes.

—Gracias. Pero mañana debo ir a Barbastro.

La invitación de Julia le hizo percatarse de que iniciaba una nueva etapa de su vida en la que tendría que empezar a moverse solo por el mundo. Si bien con Camille no iban juntos a todas partes, porque al fin de cuentas tenían sus propios compromisos, generalmente compartían las vacaciones y los días de fiesta. En cuanto a sus hijos, no los quería usar como tabla de salvación. Además, ellos se acercaban a la edad de la independencia, no podía pretender aferrarse a ellos como un padre ancianito. Decidió que, una vez que acabara con el trámite, llamaría a Carlos Llanos.

10

Elisa se quedó junto al ventanal sin hacer nada mientras sus hijos jugaban al dominó con el abuelo y con su marido. Su suegra colocaba los platos en el lavavajillas y su madre se había ido a hacer una siesta. No tenía muchas oportunidades para dejarse llevar por los pensamientos como en esa semana festiva.

Como inicio de su plan, se había apuntado a ese curso, algo que antes rechazaba, convencida por influencia de padres y marido, de que el rigor científico era lo único en lo que se puede confiar, y ante el primer síntoma de malestar había que acudir al médico. Todo lo demás, según ellos, era una estafa. Ya había tenido las primeras clases.

Su síntoma de malestar era una nebulosa, aparecía y desaparecía, ¿Qué medicamento podía haberle recetado un médico? Los grumos se le atascaban desde hacía tiempo. ¿Qué médico sabía de eso, un psiquiatra?

Cuando conoció a Félix, él le hacía reír todo el tiempo. Estaba encantado de provocarle semejante hilaridad. Cuanto más él lo intentaba, más lo aplaudía Elisa. ¿Y ahora, lo festejaba?

Una vecina le había dicho en aquella época: "Qué felices se os ve. Es la clase de joven que toda madre quisiera para su hija". Pero a su madre, más que un buen marido, la complacía que ella trabajara en una empresa como la que la había contratado.

Recordó el período del taller literario. Al año siguiente conoció a Félix, en el baile de egresados de la Universidad. Había venido con un compañero suyo que los presentó. No volvió al taller literario porque coincidía con el tiempo libre que tenía Félix para ella y por no soportar la irritación de su madre.

—¿Para qué sirve la literatura? Pon tus energías en una gran empresa, no en fantasías —le decía a su regreso del taller. La gota horadó la piedra y consiguió que encontrara trabajo en una multinacional—. Eso sí sirve, hijita —La llamaba "hijita" cuando pretendía que le obedeciera o cuando le obedecía. Sin embargo, desde que se había casado con Félix y le había dado una nieta y un nieto, su madre no se inmiscuía en sus decisiones y era una buena abuela.

¿Habían sido esos los motivos? ¿Qué había hecho su madre para impedírselo, acaso? ¿Avinagrar la expresión? ¿El que la mirara mal había virado su destino?

Antes de encontrar la respuesta, cayeron unos minúsculos copos de nieve, un fenómeno poco habitual en Sitges, y todos se arracimaron junto a ella. Su hija entró a buscarla, la llevó de la mano al jardín y le dijo que lo dibujaría y guardaría el dibujo con una notita en su caja de tesoros. Elisa fue tras ella pensando que por su parte podía ser una buena idea escribir lo que sentía, dejar volar la imaginación y los fantasmas.

Al volver, revolvió entre sus antiguos papeles, que estaban en lo alto de un armario. Al bajar de la escalera, se encontró a Félix con expresión interrogante. Como ella no le dio explicaciones, le dijo que tenía unas piernas muy bonitas.

—¿Qué son esos papeles, mami?

—Es lo que escribía cuando usaba esa camiseta de la foto.

—¿Me los lees?

—Son muy sosos.

—¿Tienes alguno que diga algo de una nevada?

Félix se fue a colocar un DVD. Mientras todos miraban la película, Elisa y su hija se quedaron leyendo y al final se pusieron a escribir las dos.

—Tú escribe lo que desees como si ya hubiera ocurrido y se te cumplirá —le dijo a su hija.

Con el portátil sobre sus rodillas, Elisa siguió con sus pensamientos. Llegó a la conclusión de que se tendría que hacer cargo de sus propias decisiones sin desviar las culpas hacia su madre o su suegra. Ante la constatación, se sintió grandilocuente, una especie de Montserrat Caballé de la vida.

Su madre preparó café. Le alcanzó un trozo de coca, sin mirar qué hacían. Elisa apuntó:

Me ataca un deseo febril de vivir un año diferente. El detonante fue que, para mi cumpleaños, mi marido me regaló lo mismo de cada año, como si yo fuera la misma, sin averiguar si mis gustos eran otros. Tenemos una vida estable, parece que todo avanza por donde debe ser. Pero ¿qué es lo que debe ser?

Por la noche, les contó a los niños la historia de un lince del bosque que hacía favores a sus amigos y no se atrevía a decirles que no por miedo a que lo dejaran de querer. Así, a pesar de la intensa tormenta, atravesó el bosque para llevarle unos plátanos a la familia de monos, se enfermó y tuvo que quedarse en cama. Todos los animalitos le llevaron regalos y comprendió que, aunque dijera que no, lo seguirían queriendo igual.

¿Por qué había elegido ese cuento? ¿El lince era ella misma?

—Pobre lince. Pero también era un poco tonto —dijo la niña.

—Claro, hijita.

Al día siguiente, los niños se fueron a pasar el día a la casa de unos compañeritos de la escuela. Su hija eligió su propia ropa, un peto de pana que ya le iba pequeño y una bufanda de Elisa de cachemira con la que hacía de mamá, y le hizo el favor de vestir a su hermanito.

¿Qué recordaría de su infancia su niña algún día?

Los llevó Félix, camino de su trabajo. A ella le quedaba una semana de vacaciones. Se fueron entusiasmados ante la perspectiva de que por una vez los llevara su padre. También los recogería al volver. Elisa estuvo a punto de advertirle que no los pasara a buscar muy tarde, pero no lo hizo. Estaba demasiado ocupada consigo misma como para preocuparse por los demás.

Él le dio un beso rápido y le dijo:

—Cualquier problema, te llamo al móvil.

¿Por qué esa idea de llamarla si había problemas? ¿Era una fórmula o…? Se preparó un té con leche muy caliente, un plato de cereales, un yogur, puso todo en una bandeja y se metió en la cama.

Reparó en la casa vacía, sintió frío a pesar del té y de las mantas, se puso calcetines de lana y encendió la calefacción. Lloró y le hizo bien. Estuvo por llamar a Martina, pero con un gran esfuerzo se resistió y siguió con su plan de hacerse cargo de lo que le pasara.

El sol se metió adentro de la habitación, el espejo le devolvió la imagen de una mujer joven con el pelo revuelto, las mejillas rojas, los calcetines gruesos sobre los pantalones del pijama. Estiró los brazos hacia el techo unas cuantas veces. Se apoltronó en el sofá. El cuerpo ganduleaba para que su mente pudiera trabajar. Conectó con su vocecita interior. Se preguntó si su agotador empeño de que su marido estuviera más tiempo con ella era por una auténtica necesidad de su compañía: era la pregunta del millón para la que no encontró respuesta.

Le gustaba su casa y el olor del mar que se colaba adentro, pero no como cuando una casa así era un sueño. A veces, se quedaba mirando a los niños jugar sobre la moqueta y pensaba que si los dos hubiesen ganado un sueldo como el que ella ganaba, no hubieran podido pagar una casa así. A pesar de que ella trabajaba tanto como él, ganaba menos, y él alardeaba más.

En lugar de lamentarse, pasar a la acción fue su consigna. Se rio al darse cuenta de la pinta que tenía y de que lo decía desde un sillón.

Al final, llamó a Martina y se lo contó.

—A muchos les pasa. En cuanto el sueño se cumple, creen que tocan la felicidad, y pasado un tiempo, quieren vender la casa, irse a un sitio distinto. Tal vez, tienen menos conflicto los que no llegan a cumplir el sueño.

—Lo mío está ligado a Félix. No sé si es la casa que quería yo o la que quería él. Hasta ahora me parecía que todo estaba bien. Ya no lo tengo claro. Y me pasa con otras cosas. Tampoco sé por qué insisto en que esté más con nosotros.

—Sí, me suena. Ser tú misma o complacer al otro y dejar de ser tú misma. Todo un tema. Bienvenida al club.

Más tarde salió a comprarle un diario íntimo a su hija, con ositos en las tapas y una llave. ¿También para un hombre podía ser una buena terapia escribir sus cosas? Pensó que Dustin Hoffman, que le gustaba tanto, tenía pinta de haber escrito un diario. Su hijo acababa de cumplir seis. Tenía un año para decidir si le regalaba uno cuando supiera escribir con fluidez. Mientras tanto, le compró unos patines, que era lo que él había pedido.

Regresó más animada. Doscientos metros antes de llegar a su casa, se topó de pronto con Suso, el hermano de su amiga Alba, que acababa de mudarse a Sitges, y estaba a punto de abrir el portal. Si bien nunca lo había mirado más que como hermano de su amiga, frenó, se quedaron hablando en el coche y lo vio de una manera distinta.

En la época de la secundaria, no había intimado demasiado con él, el tercero de los hermanos, eran siete. Estaba casado con una chica rubia, muy pálida, menor que Elisa, con un alto puesto de investigadora, que hacía horarios de trabajo imposibles de compaginar con la atención de una familia, pero como él trabajaba en la casa, por internet, lo tenía resuelto.

Elisa se despertó dispuesta a comerse el mundo, gracias al encuentro.

—Poeta frustrado —le dijo, cuando le preguntó cuál era su trabajo— y escritor de mail.

Le miró los dientes blancos, la cazadora gris algo gastada sobre una camiseta de franela blanca, la bufanda anudada de cualquier manera, la mirada directa, y le gustó. Pensó que no lo habría mirado nunca. Porque era una mirada difícil de olvidar.

Lo tenía frente a ella y le costaba asociarlo con el jovencito de siempre y, a la vez, estaba encantada de que lo fuera.

—Bueno, cuéntame —le dijo como si continuaran una conversación pendiente. Las ideas se le agolparon. Le provocaba ganas de hablarle de lo que nunca hablaba, de lo que guardaba con candado, incluso para ella misma. Esa fue la sensación.

Era tarde, el momento tenía visos de aventura adolescente, no solo recordaron lugares y personas, sino que empezaron a hablar del presente. Pasó casi una hora, y Elisa sintió que una corriente los unía, que les costaba salir de la nube para volver a su mundo cotidiano. Intuyó que él sintió lo mismo. Cuando llegó de regreso a su casa, los niños dormían y Félix la esperaba.

—¿Dónde estabas? —dijo.

—Una casualidad, el hermano de Alba es el nuevo vecino, me quedé hablando con ellos —dijo Elisa lacónica, pero usando el plural. Su necesidad de guardarse los ecos del encuentro en su interior la agitaron.

—¿Un momento?

—Están a dos manzanas de aquí —continuó en plural. A ella no la conocía. Y él no cambió mucho desde aquella época, lento en sus movimientos y en su conversación —mintió y no mintió Elisa, algo sofocada.

Félix aceptó la explicación de buen grado. Elisa sintió una oleada de cariño por la confianza que le otorgaba y los dos se quedaron leyendo en la cama, él una revista de coches y ella, la entrevista a un escritor que contaba cómo lo había marcado su primer maestro. ¿Quién la había marcado a ella? Apagó la lámpara de su lado y se durmió con una sonrisa casi involuntaria.

Por lo tanto, después de todo, si bien ciertas cosas no estaban del todo bien en su vida, tampoco estaban del todo mal.

11

El domingo amainó la tormenta y el sol ocupó buena parte del cielo.

Alejo madrugó, le trajo el desayuno a la cama, le dio un sonoro beso y le dijo que irían al yate a buscar unos documentos. De mala gana, Martina se puso una malla negra que destacaba la esbeltez de sus piernas y una camisa blanca larga con tres enormes botones de pasta en el frente.

—Ese conjunto te favorece — dijo Alejo cuando salían del garaje mientras encendía el contacto de su SAAB descapotable metalizado para los fines de semana que cuidaba como una prolongación de sí mismo. Siempre que iban hacia el yate, se excitaba y veía todo maravilloso.

Tomaron un café en el club náutico. Martina se vio reflejada en uno de los espejos laterales del lugar y confirmó que estaba guapa.

—Lo muevo unos metros mar adentro y volvemos al amarre —dijo Alejo como si la idea se le acabara de ocurrir.

Maniobró excitado, con excesiva velocidad, a pesar de que sabía que a Martina ese jueguecito le disgustaba. En ocasiones similares, cuando la notaba algo desencajada, se burlaba de ella, le ofrecía fórmulas para que no fuera tan quisquillosa. Ella lo soportó estoica con el fin de evitar otro altercado tras la discusión de la noche anterior. Se colocó de cara al viento, el aire fuerte le aliviaba las molestias.

A unas cuantas millas, Alejo detuvo el motor mientras Martina se acomodó en un banco con las piernas extendidas que cubrió con una manta.

—El mar y nada más. Recarga las pilas, Martina. Mira qué color más extraño dijo extendiendo los brazos al cielo y haciendo crujir los nudillos—.

Martina no le respondió, estaba habituada a esos estados de excitación que lo atacaban y que nunca se sabía cómo acababan. Se sirvió una copa de Martini tras otra.

Resignada, suponiendo que era apenas un paréntesis y que pronto volvería a ponerlo en marcha, se dispuso a leer los manuscritos que traía. Pero Alejo se le acercó, le quitó la malla con cierto ímpetu, le acarició las ingles, las caderas, la cintura, la acercó a él con tanta fuerza que ella lanzó una exclamación de dolor. A pesar de que el yate contaba con tres camarotes, uno VIP, un espacioso salón principal, una magnífica galería equipada, el comedor, el puente con *jacuzzy,* solárium y bar, hicieron el amor en una de las seis tumbonas de cubierta al ritmo del oleaje, revuelto como Alejo, que se pegó a ella con furia, el movimiento de las olas parecía enardecerlo.

Aunque aceptó hipnotizada su juego, a Martina le llamó la atención, le produjo más temor que placer la violencia contenida que descargaba en ella. Tras su estallido, sin decirle una palabra, se metió en el jacuzzi. No la invitó a compartirlo como hacía tiempo atrás. Pero tampoco Martina hubiera ido. ¿Qué le estaba pasando a Alejo? ¿Tanto lo enardecía su posible ascenso? ¿Hasta dónde ascendería? Suponía que pretendía postularse como ministro de Salud Pública, y estaba segura de que lo conseguiría. ¿Qué necesitaría de ella, en ese caso?

Se saltaron la hora de la comida y después comieron en un restaurante de la Vila Olímpica, pero ella no tenía apetito, le dolían las articulaciones a causa del esfuerzo al que la había sometido.

Fueron hasta el coche sin decir palabra. Se levantó una brisa fresca extraña para esa época del año. Martina se abrigó y se quedó observando al horizonte y a él, que apretó a fondo el acelerador por las calles desiertas de Barcelona a esa hora. ¿Qué le ocurría? Nuevamente, las dos Martinas se agitaron en su interior, la que lo seguía reconociendo como su médico azul y seguía deseando gustarle, y la que lo observaba como a un extraño. Sintió que Alejo estaba y no estaba con ella.

El resto del día transcurrió como muchos domingos, cada uno enfrascado en lo suyo. Alejo se encerró a contestar los mensajes del móvil y Martina, que generalmente aprovechaba a contestar los correos electrónicos que no alcanzaba a leer durante la semana, siguió avanzando en la lectura del manuscrito. Todavía no había acabado de procesar el episodio del barco. Necesitaba estar más tiempo a solas con ella misma. Y, aunque la autora pasaba de una cosa a la otra, la distendía, después de tanta tensión, lo necesitaba. Notó que se sentía identificada. Tras clasificar los distintos tipos de mujeres, decía:

La mayoría de las mujeres desestiman los indicios, se niegan a reconocer ciertas reacciones que en los tiempos iniciales del enamoramiento anuncian que algo falla.

Martina reconoció que ella también lo había hecho. En ese entonces, se sentía demasiado dichosa para aceptar el mínimo fallo. Lo cubría con lo que imaginaba y se entregaba a él. Enumeró mentalmente esos indicios. El resultado le hizo pensar que tenía que levantar algunos velos y hacer algo con lo que estaban cubriendo. Pero inmediatamente lo dejó pasar.

Revisó el móvil, tenía una llamada perdida de Elisa. No se la devolvió. A la vez, pensó que apreciaba la fuerza de su amiga. A su modo era más libre que ella, que en lugar de darle tantas vueltas a lo que le agobiaba, se marcaba metas. ¿Tal vez por esa razón había quedado embarazada cada vez que lo había decidido?

Ya lo conseguiría si encontraba los mecanismos para atraer a Alejo hacia su territorio. Seguramente, debía empezar a tomar la iniciativa. Convencida de que allí radicaba su fallo y el malestar de él, se animó con la idea en lugar de centrarse en lo negativo. Hacia esa lucha dirigiría sus energías.

Por consiguiente, lo invitaría a cenar en un pequeño restaurante con solera de la avenida Pedralbes que estaba abierto la noche de los domingos, pero lo encontró en el vestidor escogiendo una camisa blanca y un pantalón de color crudo.

—¿Vas a salir? —le preguntó desilusionada.

—Pasaré un momento por la clínica a ver a uno de los pacientes que operamos ayer. Tiene bastante fiebre. Me preocupa. Si quieres, ven conmigo, me esperas en el coche y después vamos a cenar.

Martina ya lo había acompañado en otras ocasiones y finalmente tardaba tanto que la espera resultaba un calvario.

—Si no vuelves muy tarde, nos vamos al restaurante de Pedralbes —dijo con decisión. Al fin de cuentas, ella sabía que esos imprevistos podían suceder en la vida de un cirujano.

Se quedó esperanzada de que podían iniciar una etapa más estimulante. Estaba inspirada. Ocuparía esa noche en perfilar mejor su plan. Como Elisa, ella también tenía un plan. A esa edad, la mayoría de las mujeres revisarían si las metas coincidían con las necesidades y los deseos. En eso estaban las dos. Influenciada por el resultado del ejercicio, esta vez dejaría los temores a un lado y le diría lo que pensaba. Pero Alejo volvió pasada la medianoche y se quedó dormida. Soñó con una mujer y un hombre, vestidos de negro, que llevaban un abrigo largo casi idéntico. Eran muy altos los dos, hieráticos. No podía separar la vista de la visión. Era la muerte que llegaba acompañada. Al despertar, estuvo a punto de contárselo a Alejo, pero tuvo miedo de que al decirlo en voz alta se borraran los pequeños detalles; además, imaginó su reacción tibia y se lo calló.

El sueño la persiguió durante todo el día, hasta que pudo desplazarlo hacia el fondo de su cerebro, donde quedó agazapado.

12

En una hora llegaría la furgoneta que Juanjo había contratado y aún no sabía qué necesitaba llevarse. Solo lo esencial acudió a su mente. Los tableros de dibujo. Las camas de la habitación de huéspedes para sus hijos, con unos cuantos juegos de sábanas y algunas mantas. Su ropa. Sus libros. Metió todo desordenadamente en las cajas que le habían dejado y se sentó en el salón a esperar, como si desde ese momento fuera una visita en esa casa. Se compadeció de sí mismo hasta que llegó la furgoneta y las cuestiones prácticas desplazaron a las sentimentales. Dudó entre dejar las llaves o llevárselas, le pareció una duda absurda y se las llevó consigo. No se giró al salir.

Una vez en el piso nuevo, les hizo colocar los trastos en una de las habitaciones. El martes vendría una persona a hacer la limpieza y él se encargaría de comprar lo básico que, por el momento, le resultaba una montaña.

Lo que menos había imaginado era que él iba a ocupar el último piso de ese edificio, aún disponible. Recordó por enésima vez el instante en que Camille le dijo que tenían que hablar y el instante preciso en que decidió instalarse allí en forma definitiva cuando le pidió lo que ella llamó "un respiro", con la insolencia con la que enfrentaba las situaciones más escabrosas.

Paralizado en el centro del salón, miró a su alrededor como sin entender qué hacía allí, a pesar de que él mismo había sido el que tomó la decisión de abandonar la casa que había compartido con su mujer y sus hijos durante casi quince años. ¿Lo había decidido? Era un modo de decir. Volvía a echar una cortina de humo sobre las verdaderas razones por las que estaba como plantado en medio del vacío. Si quería que las cosas mejoraran para él, tal vez debía empezar por conectar con la realidad. Que tenía pajaritos de colores en la cabeza era una de las tantas críticas de su exmujer. "Acepta que la fantasía es útil solamente en tu trabajo", le había dicho en una ocasión con su tono de "dueña de la verdad", recordó,

—Mi exmujer —repitió en voz alta, como si no se lo creyera del todo.

Se detuvo en uno de los dormitorios y, a pesar de su estado, apreció la vista del cielo que desde ese ángulo se podía captar. Trasladó la cama hasta allí, la colocó de modo que pudiera mirar en esa dirección y se tendió agotado, después de otra noche de insomnio. Se adormeció apenas y en el duermevela alcanzó a entrever la expresión de Camille, diciéndole:

—Tú eres torpe, Juanjo.

De tan vívida que era la escena, se sobresaltó. Se preguntó si sería un sueño anticipatorio y si se arrepentiría de haber abandonado su casa. Todavía contaba con la opción que Camille le había ofrecido, quince días alternativos en cada casa. ¿Cuánto había de falso en esa propuesta? Se quedó un largo rato con la vista fija en una nube que extrañamente le parecía estática. Pensó que el motor que movía a Camille era su actitud infantil, una niña caprichosa que se negaba a desprenderse de sus juguetes, los quería todos. La comparó con un huracán, arrasaba con todo sin discriminar. Con su tendencia a traducir sus pensamientos en imágenes visuales, vio a Camille como una topadora. Eso lo detuvo. Salió a la terraza en busca de aire. Arrasará conmigo si no me aparto, se dijo. Llegó a la conclusión de que los días que ella determinara como "días compartidos" no lo serían, sino que serían días cargados de discusiones y recriminaciones. Supo que solo una improbable marcha atrás de ella podía hacerlo retroceder a él.

Estaba pensando en qué sentía ahora por ella cuando sonó el interfono. Tuvo la súbita esperanza de que Camille, arrepentida, hubiera tomado un vuelo cualquiera, hubiera averiguado dónde estaba él y estuviera llamándolo. La creía capaz de un acto así, la vio en su mente con la alegría de los primeros tiempos mientras iba a atender.

—¿Quién es? —dijo en un hilo.

—Soy Ana —escuchó la voz de su amiga. El día anterior le había dejado en el contestador los datos de su mudanza.

En realidad, tras la llamada a Julia, había llamado a Ana, la compañera de carrera que siempre había estado a su lado para apoyarlo, para tranquilizarlo, para echarle un cable en las mejores y en las peores ocasiones. La sospecha de que no quedaba nadie en Barcelona le hizo dudar. O podía haber llamado a Carlos, él se lo había ofrecido. Pero allí estaba Ana. Su ánimo se elevó unas cuantas décimas.

—Traigo ropa de fajina —dijo animosa, señalándose la camiseta y los pantalones azules de algodón holgados y las zapatillas de flores rojas y azules.

—Te falta el sombrerito y eres una yanki de catálogo. Ocúpate de mi mudanza interior más que de la externa —le dijo Juanjo cariñosamente, enlazándola por los hombros y llevándola así a recorrer el piso, que Ana alabó con aspavientos cuando llegó a la terraza.

—¡*Enchantée*!

—No me hables en francés, Anita.

—¿Entonces la cuestión es seria?

—Sí, lo es. Ya habrá ocasión de hablar de eso. Ahora mejor sigamos paseando por el piso —Ana le recordó a Julia en su manera de ser. ¿Por qué esa forma positiva de mirar la vida de sus amigas era tan distinta de la agitación constante de Camille? ¿Por qué no se enamoraba de mujeres como ellas?

Reprimió un súbito impulso de abrazarla. Sabía que a Ana no le resultaba indiferente, que de algún modo lo distinguía entre sus amigos y entre sus novios. Abrazarla en ese momento era un riesgo, le crearía falsas expectativas. No tenía derecho. En la época de estudiantes había sentido una cierta atracción hacia ella, pero acabó enzarzado con otra compañera tan complicada como Camille que le amargó la existencia. Tenía un imán para los problemas o las problemáticas, debía cuidar las relaciones sanas. Se entretuvo midiendo zonas de la sala para ocultar las contradicciones que lo dominaban.

Como Ana sabía que el ambiente más entrañable para Juanjo era la cocina, allí se detuvo.

—La verdad es que, en una cocina como esta, la mudanza interior puede resultar muy dulce — dijo y se puso a lanzar ideas y a preparar café como en la época de estudiantes, hasta que acabó haciéndolo sentir mucho mejor.

Juanjo pensó que, después de todo, una cocina a estrenar podía tener su encanto.

13

A la aparición de Suso, se le sumó a Elisa la llamada que la
tarde anterior la había hecho su jefe, algo que solo por
circunstancias extraordinarias hacía en días festivos. Se
trataba de una circunstancia peculiar.

Sonó el teléfono cuando se estaba vistiendo para el aniversario de una pareja amiga a los que apodaba "los simbióticos". Le
encantaba poner apodos; a su jefe le había puesto "el pavo" por
su modo de moverse.

—Perdona que llame a estas horas, espero que tu esposo
no se sienta molesto por mi intromisión en un día de descanso...
—le dijo el jefe con uno de los circunloquios que solía utilizar
cuando necesitaba pedir un favor. La agobiaba bastante. ¿Qué
pretendía ahora con ese tono edulcorado?

—No, no pasa nada —dijo Elisa mientras pensaba con fastidio: "¿Mi esposo? ¿Me estás llamando a mí o a mi esposo?".
Lo conocía lo suficiente para no indignarse y siguió tratando de
extraer de su ristra de frases hechas, la razón de la llamada.

—Mira, Elisa, voy al grano. La empresa me ha encomenda-
do un viaje a Canarias la semana próxima. Me acaba de surgir un
contratiempo ineludible en esa fecha —dijo al fin.

—¿Y entonces?

—Quería pedirte si podrías viajar tú, reemplazarme. Son
tres días en total, no es complicada la gestión.

Elisa se quedó algo cortada y estuvo por decirle que se lo pensaría. Al cabo de un minuto, y mientras él le explicaba lo que llamó "la gestión", percibió ese viaje como una oportunidad.

—Sí, lo haré —le respondió sin demostrar lo que le pasaba por dentro.

Félix estaba en el jardín hablando con el vecino de un asunto de la comunidad, así que no se enteró de la llamada. Prefirió esperar a decírselo, saborearla a solas, alejar el nerviosismo que a la vez le producía. Llamó a Martina, pero se encontró con todos sus contestadores.

La fiesta estuvo mejor de lo que había esperado. La comida y los músicos excelentes, conocía a varios de los invitados, unos cuarenta en total, y habló y bailó, siempre con el viaje en la mente como un paisaje de fondo. Con los simbióticos se mostró más simpática que nunca. Los observó con lástima, nunca iban a ningún lado el uno sin el otro. Para ella, el amor no era un encuentro con la media naranja, sino que cada uno debía ser una naranja completa. ¿Era ella una naranja entera? Sintió que estaba cerca de serlo. Entre otras novedades, había cumplido con un sueño que siempre postergaba, se apuntó en una academia de pintura, tampoco se lo había dicho a nadie todavía.

Entre los brazos de Félix, mientras bailaban, estuvo radiante, la cabeza le daba vueltas con tantas emociones, su teoría de que la vida se equiparaba a las olas del mar funcionaba, se apretó a él, Félix la apretó aún más al compás de la música, ella percibió su mano traspasándola, ardiente, y un leve mareo la dominó. Entrevió a Suso y a los imaginarios colegas de Tenerife como en una extraña película mental. Los dos estaban excitados.

—Vamos a casa —dijo Félix.

—Vamos —dijo Elisa.

Vivían a unas pocas manzanas de allí. Hicieron el amor en cuanto abrieron la puerta de la calle. Velozmente, con urgencia.

¿Quería un año diferente? Ese viaje a Canarias podía ser una oportunidad. Se durmió con esa idea. Soñó que llegaba a su casa después de unos días de vacaciones y le habían robado todos los objetos de valor; sin embargo, estaba intacto su ordenador portátil en medio del desolado panorama que ofrecía la casa vacía. Pero lo primero que recordó al despertarse fue la proposición que le había hecho el jefe.

Era domingo y los niños se habían quedado en casa de su madre. Seguía mascullando el posible significado del sueño mientras disponía en la cocina los cereales, el yogur, el café, las tostadas. Untó una tostada con mantequilla, se sirvió un café corto y se quedó revolviéndolo con la cucharilla hasta que se enfrió. Sabía que, si le contaba su sueño a Félix, él le daría alguna de sus recetas mágicas para situaciones molestas, una reacción típica de los hombres. ¿A pesar de todo seguía siendo el depositario de su amor? Pronto aparecería a desayunar. Hasta el momento, el que se había ido —a Ámsterdam cada tanto, a Río de Janeiro, a Luxemburgo...— había sido él. ¿Qué mandato ancestral le hacía temer que no admitiría que ella viajara? Martina se reiría de ella. En ese aspecto, era más consecuente con ella misma.

Fue a poner un fado, pero se arrepintió, volvió a la cocina, se sirvió un café largo esta vez, lo bebió de un trago quemándose el paladar. Con un vaso de agua de vichy se tendió en el sofá y sin una razón evidente se anegó en lágrimas. ¿Esto es comerme el mundo? ¿La angustia provenía del sueño, del viaje, de que con Félix resolvían todo como un trámite? Tenía que soltar lo que le molestaba y se deslizaría mejor. Su viaje era un hecho, ¿por qué callarlo?

Escuchó a Félix trajinar con las tazas.

—¡Elisa! ¿Quieres un café? —le ofreció.

—No, un zumo.

Se frotó los ojos y se dirigió a la cocina dispuesta a contar hasta diez antes de hablar. Estaba en pijama y seguiría en pijama el resto de la mañana. Seguramente, él le propondría ir a comer al club, del que ser socios les costaba mucho dinero; Félix lo amortizaba, por cierto, haciendo uso de casi todas sus instalaciones regularmente. Si bien el aire decadente del edificio modernista le resultaba agradable, ella prefería ir cuando estaban los niños; si estaban solos, prefería quedarse en casa sin obligaciones. Tenía mucho que pensar. ¿Qué le habría querido transmitir el sueño con el ordenador brillando en medio de la nada? Exaltada por su revolución interior, se le acercó y se pegó como una lapa a la espalda de Félix que manipulaba con la juguera. Supo que él no permanecería indiferente. Recordó lo que le había señalado Martina en la cena y reconoció que tenía razón:

—A pesar de todo, todavía tendrás que recorrer un largo camino hasta que Félix deje de ser tu Félix o el gran Félix.

—No te escuché levantarte. Madrugaste, ¿no? —dijo él girándose para extenderle el zumo que le acababa de servir—. ¿A qué se debe? ¿Tanta energía cargaste anoche?

—Tenía mucho en qué pensar —dijo, misteriosa.

—Por ejemplo...

—En un pedido de mi jefe. Quiere que viaje a Canarias la semana próxima en su lugar. Le dije que iría. Son tres días. Tú te quedas con los niños si mi madre no puede, o tal vez sería mejor que se queden directamente contigo, les irá muy bien a los tres —dijo en una sola parrafada.

En lugar de responderle, Félix se le acercó meloso, como si no la hubiera escuchado. Elisa no ignoraba que, si la notaba segura, Félix la seducía. No era la primera vez que le daba a entender que ella tenía su propio mundo independiente de él. Las pequeñas comedias le daban buenos resultados para atraerlo cuando lo notaba lejano. Ese juego la tenía un poco harta, pero admitió que ella lo alimentaba, y cedió fácilmente, se dejó conducir dócil hasta la cama. Sin embargo, esta vez no era una comedia, no quería continuar con las comedias, quería una vida plena.

¿Estaba en el camino adecuado o erraba la dirección? Alcanzó a preguntarse antes de flotar en el éter que Félix le ofrecía y que le ponía la sangre a mil.

En cuanto volvió a la realidad, se le cruzó la quimera de la aventura en Canarias. Se quedó estirada boca arriba, inmóvil.

—¿En qué piensas? —dijo Félix, tendido a cierta distancia de ella y dirigiendo una mano hacia su hombro.

—En que tal vez haya más viajes este año, ya me lo anunciaron —mintió Elisa. Sintió que con su comentario ejercía una especie de venganza y de poder sobre él.

—No tienes obligación de aceptar.

—Lo mismo dirá mi madre. No hago las cosas por obligación.

—Lección número quince del curso de crecimiento personal. En serio, Eli, no abarques más de lo que puedes —insistió.

—Ahora pareces mi padre con sus sentencias.

Félix se levantó de un salto y se metió en la ducha. Elisa hizo lo mismo. Dos baños dispuestos simétricamente coronaban la confortable habitación, un proyecto común que les había costado unos años realizar y que los había tenido pendientes e ilusionados. La casa tenía ahora todo lo que habían planificado: tres terrazas, una que daba al salón, otra al cuarto de los niños, y una tercera, al dormitorio, rodeada de cristales en la que había colocado Elisa el ordenador que no le habían robado en el sueño. Salió de la ducha antes que él, envuelta en una bata de raso sobre el cuerpo desnudo y se fue directa al ordenador, lo encendió, abrió un archivo nuevo con la fecha de ese día y apuntó de forma compulsiva una especie de declaración. Se abstrajo frente a la pantalla. Unos minutos después, se sobresaltó al recibir un abrazo impetuoso de Félix. ¿Espiaba lo que escribía?

—¿Qué haces?

Por respuesta, él deslizó sus manos por dentro de la bata hasta rozarle los pechos mientras ella se ponía involuntariamente a la defensiva. Pensó que no había sido lo más acertado instalar allí su espacio privado y se imaginó encerrada con llave en el altillo. A pesar de todo, él volvió a vencer poco a poco su resistencia, le desanudó la bata, la giró con delicadeza. Ella se dejó hacer, cerró los ojos, echó hacia atrás la cabeza. Él la besó en el cuello y fue bajando, hasta que acabaron sobre el espeso tapiz, ovillados y exhaustos.

Cuando despertaron del sopor, pareció que Félix iba a formularle una pregunta, pero sonó el teléfono.

—Será mi madre... o los niños —dijo Elisa.

—Es Martina— dijo Félix, alcanzándole el teléfono.

Elisa se envolvió en la sábana y se sentó en uno de los escalones que conducían al salón, mientras Félix se dirigía a la cocina y ponía en marcha la cafetera.

—Tenías el móvil apagado estos días. Te llamé.

—No estaba apagado, no sé dónde tenía la cabeza que no lo escuché. Acabo de ver tus mensajes.

—No te noto muy animada. ¿Dónde estás?

—En casa de mis suegros, hoy toca, acabo de llegar —dijo Martina— Me deprimo entre esta gente por más amables que traten de ser conmigo. Se creen que su hijo es Dios, yo veo el daño que le hacen y el que le hicieron.

—Contra eso no puedes hacer nada. Solamente él podría ponerle freno. Te conviene mantenerte al margen.

—Es verdad. Bueno, cuéntame de ti, así me distraigo.

—Tengo una novedad importante. El jueves o el viernes vuelo a Canarias. Me llamó mi jefe para proponérmelo. Acepté y a Félix creo que no le hace mucha gracia —dijo bajando la voz.

—Qué decidida, al fin, no me lo puedo creer. ¿Con quién vas a estar?

—Aún no lo sé. Pero también fue eso lo primero que pensé. Iré a la peluquería, me haré unas mechas. Tengo algo más para contarte.

—¿Vinculado al viaje o a Félix?

—Ni a uno ni a otro.

—Uy, qué misterio, me dejas intrigada. Dame algún dato.

—Ahora no te lo puedo contar. Es únicamente una percepción. No hay que hacer lo que uno no quiere hacer, Martinita. Lo aprendí estos días en que sentía que el mundo se me estrechaba. No es así. El mundo es ancho y variado. Es como un largo pasillo con puertas a los lados, puedes ir por el pasillo sin prestar atención a las puertas o asomándote a ver qué encuentras. Si el ambiente en casa de tus suegros te deprime, ¿por qué sigues yendo?

Martina no supo contestarle, se quedó dándole vueltas a la respuesta.

—Me llaman a comer —dijo.

—Cuídate, ¿de acuerdo?

—De acuerdo.

Tras la llamada de Martina, volvió a sonar el teléfono. La niña preguntaba a qué hora los irían a buscar. Elisa tuvo ganas de abrazarla y sintió que, por sobre todas las cosas, deseaba que su niña fuera feliz a su edad. Se vistió con ropa cómoda, consultó los programas infantiles en El País, escogió la Feria de la Magia dispuesta a que los cuatro disfrutaran de una tarde inolvidable.

—Félix, vamos a recoger a los niños y hagamos un paseo divertido.

—Ve tú. Yo voy a adelantar trabajo. Mañana tengo un día espantoso.

Como solía ocurrirle con Félix, en un instante, Elisa vio diluirse sus planes, pero no se amedrentó, le estaban pasando demasiadas cosas.

Mientras iba sola en el coche hacia la casa de su madre, pensó que hacer el amor y amar tal vez no fueran exactamente lo mismo.

14

Antes de bajar a desayunar, mientras revisaba el correo electrónico, Martina levantó la vista y se encontró a un joven con una gruesa carpeta entre sus brazos, que esperaba paciente frente a su mesa que ella le dirigiera la palabra.

¿Cómo había sorteado los controles de seguridad y llegado hasta allí?

Pronto abandonó esos interrogantes para pasar de sus manos a sus ojos y de sus ojos a sus manos. Una pulsión fuerte la dominó e hizo un esfuerzo para retomar la compostura. ¿Qué le ocurría?

—Hola —le dijo al joven con un hilo de voz mientras calculaba que tendría unos diez años menos que ella.

Él le extendió la mano, apretó la suya y su cuerpo se agitó. La mayoría de sus compañeros estaban desayunando. Amparo, que tenía su *box* en el otro extremo del gran salón compartido por distintos sellos, la esperaba. Pero ella estaba clavada en su sitio por unos ojos y unas manos que la trastornaban.

—Ve tú, yo iré en unos minutos —se escuchó a sí misma asombrada decirle por el teléfono interno a Amparo—. Bueno, ¿qué me traes? —se dirigió al joven, temiendo que percibiera su estado.

—Me gustaría dejarle mi novela, me hablaron de su eficiencia y por esa razón la traje personalmente. Para poder pasar, mentí en recepción. Les dije que era su primo.

Martina sintió una mezcla de fastidio y de admiración por la puerilidad. Se rio y él se rio con ella.

—No soy yo la que toma las decisiones —le dijo como les decía a los numerosos autores noveles que le enviaban sus manuscritos—. Sin embargo, la leeré —agregó, a diferencia de lo que hacía con los otros principiantes. Una promesa que encerraba visos misteriosos para la misma Martina.

—Gracias —le dijo el joven extendiéndole la novela.

En lugar de colocarlo junto a los que se apilaban en su mesa o en uno de los estantes, lo abrió. El joven le preguntó si se podía sentar y, antes de que le respondiera, acercó una silla y se acomodó frente a ella, todo ojos y todo manos.

En la primera página decía: "Michel Gas vive en Barcelona. Esta es su primera novela".

—¿Michel Gas? ¿De dónde es? —preguntó Martina. Conjeturó que sería francés, aunque a ella le gustaban más los italianos. Era sensual como un italiano.

—Soy de Barcelona. De abuelos catalanes y aragoneses. ¿Y usted?

Pensó que decididamente era un descarado.

—Me puse esos nombres porque sonaban mejor que Miquel Gasat —continuó ante el silencio de ella.

—Gasat no está mal —Martina pensó que, si le acercaban una cerilla, estallaba. ¿Qué indicaba esa conmoción? Continuó una conversación sin sentido que no sabía hasta dónde la podía llevar. Sintió que le subían los colores y bajó la vista hacia el primer párrafo de la novela. Notó que varias de las páginas siguientes estaban pegadas en las puntas.

—¿Es autobiográfica?

—En parte —titubeó él— ¿Es más recomendable que sea autobiográfica? —preguntó como para acomodar su versión a las consecuencias.

—Déjeme sus datos, que ya le diré algo —Martina se puso de pie, volvió a extenderle la mano, el contacto con su piel acrecentó la agitación. Algo le estaría pasando también al joven o se aprovechaba de la situación, su apretón fue más largo de lo normal. Un futuro encuentro alentó a los dos.

No bajó al Don Pancho. Le avisó a Amparo que todavía tenía trabajo.

—¿Tienes problemas?

—No, simples gajes del oficio —le dijo con un tono ambiguo.

Prefería no encontrarse con sus compañeros. Bajaría más tarde cuando su sangre volviera a circular con normalidad. Se desplomó en la silla giratoria, extendió las piernas. Llamó a Elisa y se lo contó.

—Acabo de tener una revelación.

—¿Buena o mala?

—Puede ser muy buena según cómo se mire. Me trastornó un chico de veintipocos que me trajo un manuscrito. Creo que él se dio cuenta, eso es lo peor.

—Lo peor o lo mejor. ¡Aleluya! Déjate llevar, no le des tanta trascendencia. —dijo Elisa restándole magnitud a lo que para Martina suponía una montaña.

—Hacía tiempo que no me pasaba algo tan repentino con nadie.

—Si te sirve de consuelo, a mí también se me mueven cosas. Cenemos mañana y te cuento. Hay que aprovechar a fondo la treintena, Martinita. A mí me queda poco, a ti te queda más, no la desperdicies —dijo alegremente Elisa.

—Mañana no puedo. Alejo está cultivando las relaciones públicas e iremos a cenar con un peso pesado del Parlamento.

—Y a ti no te gusta nada ese programa.

—Nada.

—¿Y si le dijeras que no vas?

—Ya sé que tú lo harías. A mí no me resulta fácil.

—Te enseñaré.

—Pero, además, Alejo está raro.

—¿Raro? No soportará que, además de guapa, seas tan lúcida, ni que te miren más que a él. Y menos que le descubras sus flaquezas —dijo Elisa remarcando sin disimulo que Alejo no le caía nada bien.

—Bueno, tenemos mucho de qué hablar. Quedemos pronto.

Pasó la tarde desbordada de trabajo y con las hormonas revolucionadas. Reconoció que su revolución era puramente física. Le atraía la voz del joven, pero le parecía demasiado rebuscado su lenguaje. ¿Sería así su novela?

Finalmente, se apoyó en las palabras de Elisa y tomó su aparición como una de esas casualidades que sucedían en la vida, un modo de reforzar el estado de incertidumbre que atravesaba y que se disponía a dilucidar provocando a Alejo en esos días. Al fin de cuentas, también su marido le aceleraba el pulso.

Despegó pacientemente las páginas y se dirigió al *box* que ocupaba Amparo para conocer su opinión. Juntas leyeron la primera y coincidieron en que parecía buena, aunque había algún aspecto que les levantaba ciertas sospechas. ¿Qué era? La guardó en uno de los cajones bajo llave. Ya en la calle, se le ocurrió que podía estar esperándola en la puerta, su osadía la asustaba.

No fue así. La calle le resultó más diáfana que de costumbre. La primavera se condensaba en la floristería de la esquina y en el cielo azul todavía a esa hora. Compró un ramo de alhelíes y aspiró su aroma. Las depositó con cuidado en el asiento del acompañante y condujo sin prisa, percibió más verdes y acogedoras que nunca las calles cercanas a su casa. La sensualidad que la dominaba la impulsaba a escribir. ¿Poesía? No, no era poeta, ella necesitaba contar historias. Poco después de la muerte de su madre, su hermano, siete años mayor y doctor en física, se había instalado en Suecia, por lo que nadie la había obligado a nada, y al trabajar en una editorial, parecía estar más vigente en ella que en Elisa la meta de publicar algún día su propio libro, aunque se pasaba las tres cuartas partes de su vida leyendo lo que escribían otros, sin dar un paso más allá. Sin embargo, estimulada por el manuscrito que me ha dejado esa autora misteriosa, escribo unos minutos cada día, se dijo mientras aminoraba la marcha ante tantos pensamientos que se le cruzaban. Recordó de memoria el ejercicio pendiente que justamente pedía:

> **Escribe la historia de un personaje a partir de un gesto que observes en una persona de tu entorno. Más que en el conjunto, fíjate en un gesto particular de esa persona e imagina una historia a partir de dicho gesto.**

La autora ponía como referencia las primeras páginas de *La insoportable levedad del ser*, de Milan Kundera, en las que el protagonista estaba recostado en una camilla frente a la piscina y miraba fascinado a una señora sola que salía del agua, pasaba junto al instructor, se giraba hacia él, le sonreía y elevaba su brazo en el aire con encantadora ligereza en un gesto de despedida.

Martina ya tenía el gesto: Michel Gas entrecerraba los ojos, dijo en voz baja como una posible frase inicial. Pronunciar el nombre la erotizaba. Paró el coche. Tenía que tomar nota. Escribió lo que acababa de experimentar con lujo de detalles, la mezcla de fastidio y admiración, pero más que sus gestos era lo que él le había despertado. Volvió a probar con el apretón de manos inicial. Leería las dos páginas de la novela de Kundera y, para no bloquearse, las copiaría paso a paso, colocando al joven y a sus propias reacciones en lugar de la mujer. Retomó la marcha entusiasmada.

Hasta ahora, ella solo descargaba de tanto en tanto sus pensamientos negros en la libreta. ¿Y si empezaba con los pensamientos rojos? Se rio sola.

Se preguntó si no escribía una novela por miedo, por autoexigencia o porque tenía que adquirir el hábito de mirar lo nuevo. La idea de mirar lo nuevo le surgió como si alguien se la dictara. Dejó que resonara en su interior. ¿Era una puerta que se abría? Ya vería.

15

Encontró a Alejo estudiando en internet una página de compraventa de yates de lujo y bebiendo un *whisky* del que había quedado en la mesa rodante.

—¿Cómo pasaste el día? —le preguntó él automáticamente—. Sería fantástico un yate como este —dijo sin esperar su respuesta— Deslumbraríamos a los invitados.

—Ya los deslumbra el que tenemos.

—No hablo de Samuel, ni de Elisa, sino de gente más encumbrada.

—¿Encumbrada? —dijo Martina, que se sentía como un volcán en erupción, mientras Alejo seguía obsesionado con la recepción del político, y disponía las flores que había comprado en el camino en el florero que más le gustaba, uno azul de porcelana con el borde superior pintado a mano en relieve.

—Irán algunos ministros y hasta se puede esperar que vaya el presidente. Por esa razón, cambió la fecha, no es mañana, sino el viernes —dijo Alejo.

Martina pensó que el viernes era el plazo para poner en práctica lo que su cuerpo le estaba pidiendo. Se arreglaría muy bien. Ya vería él de lo que podía ser capaz. Buscaría la forma de demostrárselo antes de la recepción, con esa seguridad que acababa de adquirir en sus primeras clases de danzas en las que, comparándose con las otras alumnas, constató que no estaba en inferioridad de condiciones, como creía. Al contrario, la profesora le dijo que tenía un cuerpo flexible y que fluía con gracia. La idea de fluir le provocó un gran bienestar. Definitivamente, lo que había experimentado con el joven novelista había sido un breve anticipo de lo que empezaría a ocurrirle de ahora en adelante. Se sentía viva, con ganas de que la relación con su marido fuera lo plena que podía ser, como al principio. Él era el hombre más atractivo del mundo y ella tenía armas suficientes para encenderle el corazón. Fue a la cocina y se preparó un licuado energético mientras Alejo seguía plantado frente al ordenador. Pero ahora todo adquiría el color de la esperanza.

Al fin de cuentas, podía resultar agradable una reunión como esa o como cualquier otra. Si el ánimo era el mejor, iría dispuesta a pasárselo muy bien y la usaría como un medio para llevar a cabo su plan.

16

También a Elisa, todo empezó a parecerle romántico. La ilusionó que Félix le dijera que iría a despedirla al aeropuerto y hasta imaginó que a él le caería alguna lágrima a medida que la escalera mecánica la acercaba al cielo de Tenerife. Pero de romántico no tuvo nada. En el último momento, a su hija le subieron unas líneas de fiebre, pensó en quedarse, pero el pediatra la tranquilizó. Félix no pudo abandonar su despacho y no la acompañó al aeropuerto.

De todos modos, recuperó el entusiasmo cuando, antes de embarcar, la canguro le dijo que la fiebre de la niña había remitido completamente.

Estaba en la fila, cerca del mostrador de embarque. Pasó de un pensamiento a otro. La preocupaba Martina. No la notaba feliz últimamente. Se sintió más capaz que ella de disfrutar una aventura. Lamentó que su amiga no se planteara la vida más a la ligera como ella se la estaba planteando. Un año diferente podía ser un año cargado de amor. ¿De amor? No sabía si era amor lo que la agitaba. Lo sentía en la piel. Lo percibió con Suso. Se turbó al recordarlo. ¿De qué se turbaba si no había pasado nada? Contempló mentalmente a Félix desde un nuevo ángulo, como un centro de interés más en su mundo, no el único. ¿Por qué no se podía querer a dos hombres?

—¿Es la única maleta que lleva? —interrumpió sus pensamientos la empleada.

En el avión, se colocó unos calcetines de algodón, extendió las piernas todo lo que le permitía el espacio de primera clase y pensó que no le preocupaba el trabajo, lo sabía hacer bien y llevaba una misión concreta (le mostrarían proyectos, calcularía conveniencias e inconvenientes, no tenía que contestar inmediatamente), sino con quiénes se encontraría. Al fin de cuentas, lo imprevisto era la esencia de la vida. En realidad, le provocaba morbo la distancia. Desde el aire, Tenerife se le antojó mágica.

Una vez en el taxi volvió a llamar a la canguro, que le aseguró que su hija había recuperado las energías. No sintió la necesidad de hablar con su marido, como era habitual en ella.

Se convirtió en una reina en cuanto bajó frente al hotel. Era imponente. Las columnas se multiplicaban. La habitación era una *suite* con un saloncito muy acogedor. Se cambió rápidamente, se retocó en los espejos que encontró a su paso y el botones la condujo al comedor donde ya estaban los de la compañía farmacéutica esperándola. Al acercarse a la mesa, escondió la barriga, un gesto mecánico cuando deseaba gustar. La recibieron con cordialidad.

Eran seis, una mujer gordita que gesticulaba mucho y tenía voz de niña pequeña y cinco hombres. Uno de barba y coleta le resultó interesante, aunque a ella le gustaban los hombres de pelo cortado a lo militar. Cada uno representaba a una sucursal de la compañía en un punto geográfico diferente. Hablaron casi todo el tiempo los hombres. Al final de la comida, ya eran tres los que le resultaban interesantes. Imaginó lo excitante que sería la cena y la velada posterior con esa compañía, un pensamiento nuevo para ella, y le dio cierto vértigo. El de la barba le tendió un cigarrillo y fuego sin averiguar si Elisa fumaba o no.

Después de una intensa jornada de papeleos, tender manos, cotejar ideas, recibir mensajes para tal o cual, ninguno de esos tres hombres se alojaba en el hotel y no aparecieron por allí, habían venido solo a comer y únicamente compartió una tediosa cena con la gordita, que sacó fotos de sus tres niños y le explico toda clase de parecidos físicos familiares. Un guía tan soso como ella las llevó de paseo nocturno por la ciudad.

Antes de irse a dormir, mientras se atiborraba de bombones de chocolate en el saloncito contiguo a su habitación, se interrogó acerca de si no debía haber sido más atrevida y haberles hecho una proposición para la noche al de la barba y a los otros dos, y si se hubiera divertido con alguno de ellos o se hubiera puesto frenos. No encontró respuestas. Lo tendría en cuenta en la próxima ocasión. Le dejó un mensaje a Martina, preguntándole a qué hora podía llamarla al día siguiente.

Salió muy temprano por la mañana con el propósito de comprar unos cuantos manteles y camisones para regalar. Ni bien llegó a la avenida, tuvo un encuentro brutal con el de la barba. Brutal, porque el corazón se le alborotó. Se relajó como pudo mientras aceptaba su invitación a desayunar, aunque había tomado el bufé libre del hotel con macedonia de frutas incluida. Aceptar le hizo creer que era una reacción sagaz de su parte, considerarse sagaz elevó su autoestima. Era bastante más alto que ella. No se había dado cuenta de eso en la comida. Fueron a una cafetería acogedora (o a ella se lo pareció).

—¿De dónde vienes?

—De Granada. Aquí me alojo en casa de una hermana que está casada con un tinerfeño. Sé que tú vienes de Barcelona, pero también Granada tiene sus encantos. ¿Irás en algún momento?

—Me gustaría. Hace años fui a la Alhambra con mis compañeros de la secundaria y nunca más —dijo Elisa recordando súbitamente que a Félix le había dicho jugando que empezaba una etapa en la que viajaría bastante. ¿Sería así? Y a la vez recordó a Suso por la época de la secundaria.

Él le dijo que era guía turístico y que le avisara cuando lo decidiera. No dijeron si estaban casados, aunque Elisa estuvo a punto de averiguarlo, pero no lo hizo. El café se pasó rápidamente y tuvieron que apresurarse para llegar a la reunión de la empresa.

El de la barba le propuso cenar juntos como despedida. Elisa aceptó. Quedaron a las siete en el hotel (la gordita se iba a Zaragoza a las seis de la tarde y el avión de Elisa a Barcelona partía a las doce de la noche).

Se distrajo mientras la secretaria le explicaba el plan del día y también se distrajo después pensando en que las cosas se dan o no se dan y no hay que forzarlas, pero llegó a la noche sin tener claro qué cosas quería que se dieran. Reparó en dos señales que la estimularon, una era que él ya había averiguado que ella venía de Barcelona; la otra, que evidentemente le había estado sugiriendo un viaje a su lugar de operaciones. Así lo pensó y le hizo gracia. Practicó unos cuantos movimientos de pilates y canturreó una melodía suave. Se vistió como aconsejaba la Cosmopolitan. De blanco no, un recurso fácil. Todo negro, un recurso extremado. Una prenda negra al menos le daba seguridad. Debía ser porque en su adolescencia su madre solía decirle que parecía una viuda, lanzaba la sentencia cuando sus amigos tocaban el claxon de las motos y estaba a punto de salir, y para defenderse de la agresión, se encaramaba en lo alto de su rebelión agitando una imaginaria bandera negra. Se puso la faldita de seda verde con la camiseta negra, las sandalias de tacón, y el anillo de la piedra grande como único complemento. Se sentía estupenda. Cerró la maleta —así que tendría que viajar en el avión con ese atuendo—, y bajó.

La estaba esperando, apoyado en una columna del vestíbulo. Le notó gratamente desconcertado al verla. La tomó del codo y fueron andando hasta un restaurante cercano en el que un pianista daba el toque sentimental. No había tiempo para mucho. Se le acercó con la intención de clavarle la mirada, elegir las palabras más melosas, no ponerle ningún tipo de pegas y alabar sus comentarios.

Alabó sus comentarios, pero cometió el error de adelantarse. Le dijo que le interesaba lo que le estaba diciendo cuando le acababa de hacer un comentario elemental sobre los tipos de vinos que prefería, se olvidó de cumplir con una regla básica: escucharlo. No lo interrumpió, pero tampoco prestó suficiente atención a su conversación y no pudo replicarle con gracia porque seguía sin descubrir sus propias intenciones y el rímel le jugó una mala pasada; cuando intentó abrir grandes los ojos para resultar más expresiva, percibió pegadas las pestañas. Él seguía hablándole de muchas cosas, entusiasmado con su propio discurso, y el tiempo voló, se acercaba la hora de su vuelo. Le dijo que era una mujer singular y que le gustaría volver a verla. Frenó el deseo de preguntarle a qué se refería con "singular". Cerca de las diez, abrió la puerta de un taxi y quedaron en otro encuentro librado "al azar que lo hace todo", dijo. Elisa pensó que eso de tener una asignatura pendiente no era para nada desagradable. Y ella ahora la tenía.

En el viaje al aeropuerto, se quedó pensando en que tal vez tampoco escuchaba a Félix. Al llegar, se alegró de verlo a lo lejos mientras recogía el equipaje. Eran las tres de la madrugada. Le dio el beso apasionado que había imaginado sería el prólogo de la aventura que al final no vivió, y él le correspondió.

Desde el aeropuerto hasta su casa, le habló a Félix de casi todo, cambiando el sexo masculino por el femenino en su relato para evitar momentos incómodos (así lo pensó).

Al día siguiente no fue a la empresa. Habituadas a sus regalos que consideraban "excesivos", ni su madre ni sus amigas pudieron entender cómo había estado en Canarias y no se había venido cargada de manteles y camisones, mientras ella se alegraba por dentro de que se había venido cargada, no sabía bien de qué.

Más tarde, la niña quiso leerle a Elisa algo de lo que había escrito en su diario durante esos días:

Mi mami tiene un pelo muy bonito que se parece al mío y a las dos nos gustan los cuentos de fantasía. Hoy me ha dicho que un día me vendrá a buscar al cole y las dos iremos a tomar Coca—Cola en una cafetería. ¿Lo hará?

Me gusta mucho leer. La abuela me contó que mi mamá leía debajo de la mesa del comedor cuando tenía ocho años como yo, y ella le alcanzaba la leche con galletas, que le hacía una trenza con un lazo de colores y mi mamá quería el pelo suelto. Será por eso por lo que ahora lo lleva tan largo como yo y nunca me hace trenzas.

Elisa se emocionó. Le pidió que lo volviera a leer. Había condensado la historia de su propia vida en unas líneas. Y ella tardaba tanto en dar un paso. Tendría que pedirle a Martina que la orientara para que en la escuela no le coartaran tanta creatividad. Le pediría que le aportara algunas ideas para estimularle ese deseo. Finalmente, tal vez ella cumpliría con su asignatura pendiente.

Su hijo le preguntó:

—¿Para qué lo escribió si te lo podía contar en voz alta?

Entonces, se prometió estar atenta para que algún día su hija no se dejara arrebatar los deseos por un hombre y para que conociera de la mejor manera posible lo que para ella era la autenticidad de la experiencia femenina.

Por la mañana, se despertó contenta. Se esmeró en su vestuario sin ninguna razón. Se puso un traje pantalón color beige y una camisa de seda gruesa verde agua, unas botas de tacón cuadrado de un verde algo más subido que la camisa. Se sujetó parte del pelo a la altura de la nuca con un pasador plateado y llamó a Martina para decirle que contara con ella para lo que necesitara, que se había cargado las pilas. No se imaginó cuánto la iba a necesitar.

El coche no arrancó. Tomó el tren de cercanías para llegar a la multinacional. Ir en coche era estar a solas con ella misma. Ir en tren la obligaba a enfrentarse con otros, en el metro las historias se montaban en las vísceras, no en la mente: le impactó una chica que se coló la primera, cargaba una mochila de turista, saboreaba gozosa un caramelo, llevaba un sombrero con naturalidad, leía con desenfado un libro y no le dirigió ni una mirada mientras ella no podía dejar de mirarla. Amó en su recuerdo la mujer que fue, con una mochila, con un sombrero, con un libro, y comprendió que no debía darle la espalda a los fantasmas. Entonces se puso a enumerar mentalmente lo que recordaba de ella a la edad de esa chica (se dijo que eso no hubiera podido hacerlo mientras conducía):

Usaba tacones de aguja, no sé cómo podía con el equilibrio.

Tenía el pelo muy rizado. A veces, usaba dos pañuelos superpuestos, dos triángulos que me ataba por debajo de la melena...

Quería conocer Bahía, en Brasil. Nunca conocí Bahía.

Quería ir a ver a mi primo a Canadá. Nunca fui a Canadá, pero recogí información sobre la tribu de los cri que me gustaría releer. Se reúnen a contarse lo que soñaron y descubren la vida en silencio. Como Suso.

Me compré un póster del Che Guevara que le regalé a un noviete. Me acuerdo más del póster que del noviete.

Un chico me dio el primer beso en un tren de cercanías. Viajábamos en grupo, llevaba una blusa azul de mangas cortas y empezaba la primavera. Pero no era el chico que más me gustaba.

Deseaba tener cinco niños, tengo dos.

Le robé un sombrero a mi primo y lo perdí en una excursión de fin de curso. No me animé a confesárselo.

Me hice amiga de Alecia.

Leía a Pérez Galdós y lloraba mucho, pero seguramente me servía como disparador para llorar por más motivos.

Me gustaba Mick Jagger. A todas les gustaba. Pero a mí me gustaba también un actor catalán desconocido que se llamaba Miquel Puigros, que no le interesaba a nadie.

Me apunté a un taller literario.

Me hice amiga de Martina.

Casi nada de eso le había contado a su hija. Se lo contaría.

17

E lisa llegó a la empresa, saludó mecánicamente a la recepcionista y a los compañeros de trabajo, todavía imbuida en ese tiempo recordado que le resultaba lejano, pero que le provocaba un cosquilleo al recordarlo, como las canciones de *Abba* o como el sol fuerte antes de mediodía que caía a pique sobre su mesa de trabajo. Recordó aquel bistró de París a sus diecisiete años. Habían ido con su curso de bachillerato, se extasiaba mirando en lugar de hablar o moverse como los demás. ¿A qué se debía esa actitud de espectadora que la atacaba? Se había enamorado del profesor y lo miraba, se enamoró de un francés de pelo largo que apareció en el grupo y los ojos le ardían de tanto mirarlo. Suponía que para ellos era una estrella fugaz, una mera carga para su ego. ¿Y en la actualidad? ¿A los hombres les importaba saber quién era ella? ¿Qué les interesaba a los hombres de las mujeres?

Archivó sus recuerdos que fluían desbocados. Todavía era temprano y ya tenía en la mesa una pila de análisis para clasificar. Después la llamó su jefe por el teléfono interno. Tenía que encargarle una misión. Le preguntó si él había tenido que leer a Pérez Galdós, creyendo que lo movería de su molde, pero él evadió la pregunta. Lo imaginó como un muñequito de un pastel de bodas tan empalagoso que le dio una arcada. Recordó que Flaubert había vomitado cuando tuvo que envenenar a Emma Bovary y se identificó con su espíritu de novelista. ¿Entonces qué hacía ella en unos grandes laboratorios? Por algo, su mejor amiga era editora y le insistía para que volcara sus ocurrencias en el papel. Pero por ahora ese era otro tema.

Con ademanes exagerados y palabras edulcoradas, el jefe aprobó su "gestión". Elisa pensó que se dirigía a ella como a una mujer; si al que hubiera necesitado convencer hubiera sido un hombre, le hubiera ofrecido algo muy concreto a cambio: hechos en lugar de palabras.

Sin embargo, volvió contenta a su casa. Cerró los ojos, se quedó quieta (como indicaba el manual), pero tardó un buen rato en verse como protagonista de su deseo porque pasaba un avión que no acababa de pasar. Como le pareció que la onda de sonido se prolongaba en exceso, abrió los ojos temiendo una catástrofe y dirigió su mirada al rectángulo de cielo que recortaba la ventana. Solo distinguió una estela blanca normal, no pasaba nada. Se esforzó y volvió a concentrarse en la imagen de sí misma en una situación placentera: estaba en una tienda y se compraba todo lo que le apetecía.

Aguantó la mitad del tiempo estipulado y sonó su móvil: Félix le avisaba que no vendría a cenar. Sacó del congelador el pastel de verduras para la cena, abrió todas las ventanas, se encontró una nota de la chica que venía por las mañanas a hacer la limpieza diciéndole que al día siguiente no vendría y, en lugar de sentirse agobiada, no paró hasta que llegaron los niños. Estar en actividad continua, la distraía, le gustase o no esa actividad. Jugó un partido de ajedrez con su hijo.

—Espera, mama...

Imaginó a su jefe de pequeño, le fue imposible verlo jugando con su madre. Más bien lo veía agazapado bajo un árbol, así iba por la vida. Después probó con otros hombres. De Félix sabía cómo era: lideraba a su pandilla y salía por las calles del barrio mientras su madre se desesperaba buscándolo. Siempre decía cuánto la había hecho sufrir, ¿las mujeres de esa generación recurrían al victimismo como mecanismo de defensa?

—¿En qué piensas, ma?

Movió un alfil y les sirvió la cena a los dos.

Después que los acostó, le mandó un WhatsApp a Martina.

18

Los miércoles, Martina se dedicaba la tarde para ella, un regalo que se había hecho el día que cumplió treinta y cinco: las tardes de los miércoles para ocuparlas como quisiera. Llevaba el pelo recogido con una cinta de raso, parecía tener unos cuantos años menos. Estaba aprendiendo a moverse o, como decía la profesora, a darse cuenta de que tenía mucho por mover y que la sensualidad se podía potenciar.

Salió exultante. El centro de danzas estaba en la calle Verdi, al pasar frente al cine se quedó mirando a las parejas que hacían cola para entrar a las distintas salas. Hacía mucho tiempo que no iba con Alejo a ver una de esas películas en versión original, que después comentaban a la salida frente a un suculento cuscús o una ensalada de feta. Ahora, viviendo en Sarriá, habían cumplido el sueño de la casa digna en un barrio digno para un médico de prestigio y tenían otras costumbres. Desde que había entrado a trabajar en la Clínica Corachán y se había comprado el yate, Alejo se movía especialmente por los barrios altos: Pedralbes, la Bonanova, Sant Gervasi. Atravesaba Barcelona cuando iban al puerto o a Gavá sin mirar a los lados. Si alguna vez Martina le proponía que viniera a buscarla al centro, siempre encontraba una excusa que se lo impedía. Aunque tampoco salían por Sarriá, todo lo hacían en su supercoche, pocas veces en el de ella.

Había dejado su coche a unas cuantas calles de allí. Desde que practicaba las recomendaciones del manuscrito, observaba el entorno y registraba lo que sentía mientras iba andando por Gracia y trataba de mirar hacia las pocas puertas abiertas y el interior de los salones iluminados. Se preguntaba cómo sería la vida de sus habitantes. Se cruzó con una madre embarazada que llevaba una niña de cada mano y le dio una punzada en el estómago. Pero el bienestar que le había dejado la clase de danza la recompuso. Había respondido el mensaje de Elisa e iba hacia la cafetería en que solían quedar. Cantando a dúo con la radio, como hacía Alejo. Decidió que, al día siguiente, y a pesar de todas sus resistencias, convencería a Alejo de ir al Verdi, escogería antes la película. Daban una americana titulada *Entre copas*, que una compañera de la empresa le había recomendado porque mostraba la amistad entre dos hombres y confirmaba su idea de que los hombres dependían de las mujeres. Uno lloraba a mandíbula batiente y el otro estaba a punto de hacerlo. Le entusiasmó la idea de verla con Alejo y saber qué podía hacerlo llorar a él. La cafetería estaba en penumbra, le encantaban las mesas de madera gastada, el ambiente, como Elisa le avisó que finalmente no llegaba, se quedó igualmente allí escribiendo esas sensaciones. A medida que levantaba la vista y trataba de concentrarse en la periferia, como recomendaba la autora del manuscrito, se quedaba fijada en alguna pareja. En la mesa contigua, una mujer dirigía explicaciones banales a un hombre mientras él la escuchaba aparentemente embelesado, y Martina se dijo que cabían dos posibilidades: o realmente estaba embelesado (y no se daba cuenta de que ella era banal) o fingía porque la engañaba. La engaña, apuntó al oírlo hablar por teléfono cuando la mujer se dirigió al baño y su expresión se transformó en soñadora.

Llegó a su casa inmersa en lo que había escrito y programó los pasos para que la recepción del político acabase siendo una especie de corolario de todo lo que se había propuesto.

Iría a la casa de su tía y buscaría el vestido verde que llevaba en aquellos primeros tiempos con Alejo, se lo probaría y, si todavía le sentaba bien, lo sorprendería con su nuevo modo sensual de llevarlo.

Se imaginó que al volver él la ayudaría a sacarse el vestido, se tumbarían al unísono en la cama y ella lo atraería con esos movimientos que sus compañeras aplaudían. Empezaba a sentir una compulsión mayor a la que la atacó con el joven novelista, que ya reconocía como un episodio insignificante. Imaginó la decepción de Elisa cuando le dijera que el joven había sido un simple conejillo de Indias para ella. Cerró los ojos e imaginó que Alejo y ella se besaban más intensamente cada vez y en el colmo del placer se quedó dormida.

No lo escuchó llegar ni irse muy temprano por la mañana, sumergida en un sueño raro en el que Alejo la distraía justo cuando aparecía la autora del manuscrito, a la que en la realidad no conseguían localizar, y la autora se esfumaba.

A la mañana siguiente, al llegar a la editorial, fue directa a contarle su sueño a Amparo.

—¿Será que Alejo me interrumpe para fastidiarme?

—Podría ser…

—Pienso que muchas cosas de las que hago con Alejo son las que no debería hacer en el futuro… En cambio, no hago otras cosas que debería hacer para que ese futuro sea feliz.

—Poco a poco. Está bien que lo veas. No se trata de forzar las cosas. Ten paciencia hasta que la solución te llegue espontáneamente.

Durante toda la mañana, la conversación con Amparo sumada al sueño mismo le abrió nuevos interrogantes.

Se dijo que lo que estaba por hacer era un poco forzado, pero el deseo le surgía naturalmente, como le había recomendado Amparo.

Así que siguió los pasos tal como los había planificado. Compró un ramito de violetas para su tía, y se fue a buscar el vestido durante la hora libre de la comida, era bastante escotado, le dejaba los hombros al descubierto, se lo probó, le quedaba perfecto. Su tía se la quedó mirando algo intrigada, aunque al mismo tiempo seguía la serie que pasaban por la televisión.

Llegaría a la clínica con suficiente tiempo antes de que Alejo acabara con su trabajo, para sorprenderlo. Mientras él se prepararía para salir, ella se iría a conversar con Samuel. Después se las ingeniaría para convencerlo de que la siguiera hasta el fin del mundo. Dio un saltito junto a su mesa. Había vuelto la excitación.

Nada se lo impidió en la editorial y llegó a su casa dos horas antes de lo habitual. Se dio un baño con sales, se calzó el vestido verde. Se movió con gracia, se maquilló y salió entusiasmada rumbo a la clínica. Fue en taxi, puesto que volverían juntos.

Su ilusión crecía a medida que el taxi se acercaba. Se preguntó por qué nunca había ido a buscarlo. De ahora en adelante se proponía cambiar.

Se fue directa al despacho de Alejo. Atravesó los espaciosos pasillos con alegría. Imaginó su grata sorpresa. Era posible que tuviera que esperarlo bastante. Entre los pacientes que controlar y alguna urgencia, podía fracasar su plan de cine, pero también había previsto esa posibilidad.

Abrió la puerta de la consulta con cautela, sin llamar. Pero la sorpresa se la llevó ella.

Como en una película americana mala, encontró a Alejo con una chica rubia muy joven sobre sus rodillas. Se quedó clavada en el lugar, suspendida entre el pasmo, el dolor, la incredulidad. Pese al impacto, pudo distinguir que, bajo la chaquetilla blanca que usaban los médicos, ¿era médica?, la chica llevaba una camiseta corta a rayas azul marino y blanca que dejaba al aire la cintura, a pesar del frío. Martina se sintió ridícula con el abrigo cerrado hasta el cuello sobre el vestido antiguo. Deseó que se tratara de una ilusión óptica, que la chica fuera un invento de su excesiva exaltación o de sus miedos, que se esfumara. Se esfumó, escapó por una puerta lateral como una flecha. Alcanzó a reparar en su pantalón excesivamente ajustado, era una de esas mujeres que se echan el pelo hacia atrás en una coleta alta y les sienta bien o que comen un bocadillo, hipnotizan al que la observa con el vaivén armonioso de sus labios y contagian el hambre. Una chica de anuncio.

Alejo se puso de pie muy alterado. Él y Martina se quedaron enfrentados sin articular palabra, como a la espera de una orden para iniciar el combate. Inmediatamente, Alejo reaccionó, se le acercó, intentó abrazarla, le pidió perdón.

—No es lo que imaginas. Si me quieres, me perdonarás, Martina. Tú eres mi mujer. Fue un error, un momento de debilidad, en este ambiente de enfermedad pasan estas cosas.

Martina no quiso que él la viera llorar, se dio media vuelta y salió corriendo. Sintió una necesidad acuciante de escapar de la clínica. Siguió corriendo hasta que pudo parar un taxi. Tardó en darle una dirección. Pensó en ir a casa de su tía, pero lo descartó, no quería que la compadeciera. Tampoco se iba a sentir libre en casa de Elisa, aunque sabía que su amiga la habría recibido con todo su cariño, pero estarían Félix y los niños. Pensó en esperar cerca de allí y buscar a Samuel, tal vez él era el más indicado para ayudarla a aclarar la confusión en la que estaba sumida.

Sentía que se iba a desplomar. No pudo hacer nada más que volver a su casa. Nuevamente, el cuerpo determinaba su estado. Podían desfilar por su mente una serie de marchas y contramarchas, pero el cuerpo decidía. Se encerró en su estudio, una habitación grande, una especie de altillo forrada en madera que amortiguaba los sonidos exteriores, con un cómodo diván y baño privado. Se le ocurrió que la famosa insonorización que tanto había buscado, la habría alejado de las conversaciones telefónicas de Alejo con su niñata boba. Lo imaginó con el auricular pegado a la oreja frente al deseo que ella pretendía activarle. ¡Qué ilusa! En lugar de pensar hacia delante, su mente era como un torbellino que revolvía palabras, gestos, horas de partida y de llegada, todo lo que pudiera formar parte de la historia de Alejo que la excluía, la necesidad de reconstruir esos momentos, la martirizaba. Recorrió paso a paso esas últimas semanas y calculó en qué ocasiones habría estado él con la niña de azúcar. ¿Cuándo? ¿Cuánto? Creyó que iba a enloquecer. Se tiró boca abajo en el sofá y se tapó los oídos como se hace ante un estruendo. No podía soportar la luz. Bajó la persiana, cerró las cortinas y permaneció en la absoluta oscuridad.

Él le había fallado precisamente en el momento en que ella venía a entregarse como nunca lo había hecho. En esos días en los que ella estaba preparando su cuerpo y su alma, él se liaba con una muñequita de plástico. La imagen le martilleó la mente de forma angustiante. Había sido tan fuerte el choque que en su desesperación lo veía como una especie de monstruo del que debía escapar a pesar de su terrible necesidad de que el mismo Alejo la arropara y la consolara. En ese momento cruel, el mundo perdía sentido para Martina.

Casi tras ella, llegó Alejo. Entró de forma atropellada. Subió los escalones a grandes zancadas, como temiendo no encontrarla, y aporreó la puerta del estudio. A Martina no le importó, por primera vez era más fuerte su dolor que las exigencias de él.

—¿Me abres? Tenemos que hablar, Martina.

¿De qué iban a hablar? ¿Del ridículo *show* que ella había organizado y que fracasó antes de empezar? Ese pensamiento le hizo reparar en que todavía llevaba puesto el vestido verde. Se lo quitó. Lo tiró a la papelera. Aunque estaba empapada en lágrimas, ese gesto impulsivo la sosegó. Se puso un jersey azul de lana que colgaba del perchero y le llegaba hasta las rodillas, mientras Alejo no se cansaba de explicar y aporrear la puerta.

En un minuto comprendió que todos sus sacrificios habían sido inútiles. Acababa de tirar por la borda sus largos fines de semana navegando a disgusto, las visitas a los padres de él en las que lo que no se decía era tan hiriente como lo que se decía, su desvelo por atenderlo y estar atenta a sus caprichos. En medio de la desesperación, algo había aprendido para siempre: era inútil sacrificarse y menos para mantener viva una pareja. No era el sacrificio el mejor conductor, evidentemente no.

Ante cada nuevo intento de él para que lo perdonara, ella se sentía peor y, a la vez, más reforzada.

—Te quiero. ¿Me perdonarás? Pídeme lo que quieras. Verás haremos… —le dijo él con tono de súplica.

—Se acabó. No tienes la menor idea de lo que es querer. Vete al barco por unos días, necesito estar sola. —Se escuchó como si la otra Martina se dirigiera a él desde su interior. No habría podido imaginar que le saldrían esas palabras y, menos aún, unas frases coherentes como las que formulaba. Se mostraba entera por fuera, aunque estaba rota por dentro.

Un silencio largo las siguió.

Alejo no tenía más argumento. Como era obstinado, optó por esperar que ella fuera a la habitación, se hizo un ovillo en la cama y esperó.

Desecha, Martina se recostó en el diván, los espasmos de llanto la dominaron. Entró en un sopor, exhausta de tanto llorar, hasta que se adormeció rogando a quien fuera que al despertar todo fuera un mal sueño.

Se despertó a la madrugada algo aturdida. Al recordar por qué estaba en ese lugar, la desolación la invadió. Se quedó pensando en que si aquella noche que ahora le parecía lejana hubiera cambiado el batido por el *whisky* y se hubiera abierto como una flor, tal vez la que hubiera acabado en sus rodillas hubiera sido ella, aunque en el fondo sabía que lo que ella pretendía, seguramente él no se lo podía dar. Se echó a llorar nuevamente y no paró hasta la hora en que calculó que él ya no estaría en la casa. Abrió la puerta con cautela. Deseaba y no deseaba verlo a la vez. Un silencio profundo la recibió. La casa y su alma estaban igualmente silenciosas. Fue descalza a buscar un vaso de agua. En la cocina, había una nota de Alejo:

Eres la persona que más quiero en el mundo. Te pido, por favor, que no tomes decisiones absurdas. Tuve una urgencia. Volveré pronto. Estaré pendiente de tu llamada.

Se quedó con la nota entre los dedos, leyendo entre líneas hasta que abolló el papel como había hecho con el vestido. Era la persona que más quería en el mundo. ¿A cuántas otras querría algo menos? Había tenido una urgencia y había salido, ¿acaso no era también una urgencia lo que les pasaba? Como siempre, la clínica, ante todo. Alejo se le había caído del pedestal y para poder digerir el trago se tomó un antidepresivo de baja concentración que guardaba él entre las muestras.

Sabía que no tardaría en volver. Pasaría por la clínica a dejar todo bien atado y tal vez a hablar con su amante. ¿Su amante?, la angustia se multiplicó con toda su fuerza. Después, le compraría un ramo de flores y algún otro obsequio tópico y volvería al cabo de una o dos horas dispuesto a convencerla de que no se repetiría, insistiría en que había sido un desliz sin importancia, que no había pasado nada más que lo que Martina vio, que fueran esa noche a la recepción y que lo olvidaran —le convenía mostrarse con una esposa formal, pensó con rabiosa ironía y además, ella era una mujer apta para ser mostrada a personajes como ese: culta, amable, con una frase aguda siempre a punto, no tan joven pero joven, ni rubia teñida ni llamativa en exceso y con un toque personal—. Era viernes. Al menos, eso había ocurrido antes de su reunión. ¿No iría o iría solo?

No tuvo fuerzas para llamar a la editorial. El antidepresivo le hizo efecto y pudo llamar a Elisa. Le contó lo que había pasado.

—Llama tú a la editorial, pide con mi secretaria, inventa cualquier excusa y después dile a Amparo que cubra lo que pueda, que estoy mal.

—Te voy a buscar ahora mismo.

—Más tarde estaré más repuesta, te lo prometo —pensó que tomaría otra pastilla y con el efecto acumulativo podría sostenerse en pie.

Sin embargo, no quería que él volviera y la encontrara. Se dio una ducha rápida y se vistió como si estuviera de luto. El color negro la confortaba. Metió unas cuantas prendas en una maleta pequeña, el manuscrito, su cuaderno y el frasco de pastillas en el bolso y, antes de salir, tomó el bloc, le escribió a Alejo una nota que dejó en el mismo lugar en el que él había dejado la suya:

Yo ya no sé si te quiero. Me siento herida. Tú eres el que mejor conoce el alcance de una herida profunda. No hay marcha atrás.

19

Se metió en el coche como un autómata rumbo al centro. Estacionó en el parquin de la empresa de Elisa. Le pidió que bajara y hablaron dentro del coche. Martina no había comido nada. Elisa la convenció y fueron a tomar algo en una cafetería tranquila, le pidió un té con leche bien caliente y unas tostadas que Martina ingirió a regañadientes.

—Me pregunto qué me habrá querido demostrar Alejo al reemplazarme por otra. Y yo sin enterarme —volvió Martina a llenarse de culpas.

—No lo mires así, no te ha querido reemplazar, es la crisis de los hombres. Se le adelantó la pitopausia y se buscó una jovencita estúpida —trató de alentarla Elisa.

—No me pareció ni tan jovencita ni tan tonta, aunque intente convencerme de que lo es. Bueno, joven sí y atractiva.

—¿Cómo puedes tan rápido sacar tantas conclusiones? Tu fantasía te juega malas pasadas. Tú también eres muy atractiva —aseguró Elisa untando una tostada con mantequilla y mermelada para su amiga.

—Escapó de mí como una ladrona, como ladrona que es —dijo Martina, enfadada mientras acababa una y otra tostada sin darse cuenta.

—Olvídate de ella. Da igual quién sea. No te ha robado nada, ¿acaso Alejo no insiste en volver contigo? Es, como otros, un inseguro que necesitaba confirmar su virilidad.

—¿Inseguro? Pero si yo nunca he dejado de admirarlo, de apoyarlo, de comprenderlo…

—De aceptar.

—¿Por qué me lo dices?

—No sé, creo que deberías haber sido más mala desde el principio con Alejo. Dejar de ser de una vez por todas la nena buena que te enseñaron a ser y a la que festejaban. Y menos sentir culpas. ¿Por qué no cambias el foco?

—¿A qué te refieres? —A pesar de que absorbía las palabras de Elisa como una esponja, no conseguía dejar de pensar en Alejo como en el hombre ideal y la angustia le martilleaba las sienes.

—A que todo es según el cristal con que se mire. Y tal como lo veo yo, Alejo es un diablillo de mucho cuidado. Mira, desde que yo aprendí a cambiar el foco en mi vida, me siento menos exigida e invisible. Has hecho todo lo que Alejo quiso —insistió Elisa tratando de abrir una luz en la oscuridad que cubría a su amiga— ¿Acaso no te hubiera gustado vivir unos años en un lugar como Brasil y escribir sobre esa experiencia? Al menos yo recuerdo que era tu propósito cuando conociste a Alejo. Y te acabaste conformando con escuchar a Caetano Veloso. Bruno, aquel compañero del taller literario que te tiraba los tejos, vive en Brasil.

—¿Lo sigues viendo?

—Tengo sus correos. ¿Quieres que organicemos un encuentro? —le propuso Elisa, mintiéndole para distraerla y alegrándose de que el invento surtiera efecto.

—No quiero ver a nadie —El efecto duró poco. La propuesta de Elisa le produjo una especie de desolación. El encuentro con gente a la que hacía años que no veía haría más real su fracaso. Por eso le parecía fuera de lugar.

—¿Por qué no vienes a dormir a casa y charlamos después de cenar?

—Creo que me voy a casa de mi tía —. Aunque la tía no había sido nunca muy cariñosa con ella, era parte de su infancia y de su adolescencia, su madre la dejaba a menudo con ella, había hecho el papel de segunda madre como pudo y ahora necesitaba refugiarse en esa parte suya tan interna. También barajó la posibilidad de irse a Suecia con su hermano, pero no se comunicaba demasiado con él y tal como se sentía no le pareció lo más recomendable.

—¿Quieres que vaya contigo?

—Bueno, acompáñame y te quedas un momento. Le diré a mi tía que Alejo está de guardia y que en mi casa cortaron el agua. Esas cuestiones domésticas son las más creíbles para ella y así podré estar tranquila. Lo único que deseo es recuperar la paz.

—Sin embargo, no te notaba muy tranquila últimamente. No me refiero a esta inquietud que sientes ahora, pero algo te faltaba.

—Sí, algo buscaba —como un fogonazo la asaltó la aparición súbita del joven escritor, pero lo colocó en otro plano y no le dijo nada a su amiga.

Tal como Martina calculó, su tía no se molestó en conocer más datos, le preguntó a Elisa si se quedaría a cenar y se puso a limpiar el pescado sin cambiar la expresión.

Martina despidió a Elisa, que la abrazó reiteradas veces, y le repitió que aun en mitad de la noche podía llamarla y ella vendría. Le rogó a su tía que si llamaba Alejo no le dijera que ella estaba allí.

—¿Estás enfadada con él? Tu madre hacía eso mismo cuando se enfadaba con tu padre. Pero una hora más tarde todo se arreglaba.

—¿Por qué se enfadaba?

—Porque él no le seguía los caprichos. Era muy caprichosa tu madre.

—¿Y cómo hacían las paces?

—Tu padre se plantaba aquí y no me dejaba hasta que yo admitía que tu madre estaba en la otra habitación. Sabía que no se iba a otro sitio.

Se encerró en su antiguo cuarto, en el que conservaba un oso descolorido de su niñez, cerró la puerta, se abrazó al oso y lloró bajito hasta que la tía la llamó a cenar. El televisor estaba encendido. Se obligó a tragar el pescado, pero pronto le dijo a su tía que tenía un fuerte dolor de cabeza, se recostó y llamó a Samuel. A la mañana siguiente se reuniría con ella.

A los pocos minutos, la tía vino a avisarle que acababa de llamarla Alejo.

—Dijo que lo llamaras al móvil o a tu casa.

—¿Le has dicho que yo estaba aquí?

—No, me dejó el mensaje por si venías.

Martina supuso que —igual que su padre— Alejo sospechaba que ella se refugiaría en casa de su tía, pero —a diferencia de su padre— no era capaz de seguir su corazonada y venir a comprobarlo.

Además de un antidepresivo, tomó una de las pastillas que tomaba su tía en ocasiones para dormir. Tenía claro que la mezcla era peligrosa, pero no le importó.

20

Martina se despertó a las siete de la mañana con el estómago revuelto, el cuerpo dolorido y un vacío en el alma. ¿Un estado nuevo? Relativamente. Era verdad lo que le había dicho Elisa, a pesar de sus esfuerzos por encontrar caminos que la llevaran a la felicidad, últimamente se encontraba mal y los hechos confirmaban las oleadas de inquietud que la aquejaban.

Supo que había hecho bien en quedarse allí, aunque debía reencontrarse con su casa. Su tía estaba dándole de comer al canario. Sintió una oleada de cariño y enlazó a su tía por los hombros y se quedó un momento aferrada a ella. La tía le dio unas palmaditas en la espalda y le sirvió un tazón de leche caliente, pan y mantequilla. Solo pudo beber unos sorbos de leche.

—Te debilitarás, el desayuno es la comida más sustanciosa del día —le dijo igual como se lo decía años atrás.

—Lo sé, pero hoy me duele la garganta.

—Quédate. Te prepararé un caldo de pollo —volvió a escuchar Martina otra de sus frases conocidas.

¿Ella sería igual a la tía? ¿Reiterativa? Tal vez radicaba allí el aburrimiento de Alejo. ¿Lo habría aburrido? Sintió un molesto martilleo en la cabeza. Se lavó la cara, buscó una camisa blanca de organza, que conservaba en esa casa, y se la puso con el pantalón tejano que traía. Llamó a Samuel. Quedó en encontrarse con él en una taberna inglesa, cercana a la empresa de Elisa y de la editorial, dos referentes que le daban cierta seguridad.

Le dio un beso tibio a su tía y huyó.

Dejó el coche en un parquin de la Diagonal. El sol ya calentaba hacia el mediodía. Se notaba que la gente deseaba que llegara el verano. Para Martina, el frío era más acorde con su estado de ánimo.

Atravesó el edificio del "Corte Inglés" sin entender que todo el mundo pudiera estar revisando con tanta devoción los percheros cuando ella sentía que el mundo estaba a punto de estallar. Salió por la calle Buenos Aires. Le gustaba esa calle, por ser arbolada, por la sonoridad del nombre. Los argentinos que trabajaban en la editorial hablaban del erotismo de esa ciudad, decían que en sus esquinas la gente contaba su vida. ¿Y si pidiera un traslado al otro lado del océano? Suecia, Buenos Aires… No, no debía huir.

—Todo lo que a uno le pasa, le pasa por algo —recordó las palabras de Elisa.

Lo que le pasaba le pasaría por alguna razón. ¿Cuál?

Mientras esperaba ansiosa a Samuel, se puso a apuntar en su cuaderno lo que le estaba pasando. Releía cada frase antes de escribir la siguiente, algo que desaconsejaba la autora del manuscrito, pero no lo respetaba, porque todavía escribía para entender lo que no acababa de comprender.

Como era natural, el tema central fue "Alejo y alrededores", como dijo el bueno de Samuel, tratando de quitarle dramatismo y de serle a Martina lo más útil posible, aunque no tenía demasiada información.

—Lo noté bastante introvertido a Alejo últimamente. Especialmente ayer estaba muy nervioso. Le pregunté la razón y se limitó a contestarme: "Pregúntaselo a Martina".

—Me echaría las culpas a mí, es su costumbre. Y lo peor es que yo me hago cargo.

—¿Culpa de qué?

—Tiene una historia con una chica de la clínica, seguro que la conocerás y tal vez lo hayas visto más de una vez con ella. Fui a buscarlo a la clínica el jueves y me lo encontré... No sé qué hacer con el dolor que me oprime —Martina no pudo continuar, un nudo le cerró la garganta.

—Vamos, Martina. No te desmorones. Habrá sido un ave de paso. Tal vez te hago más daño al decírtelo, pero es así. Muchas de estas chicas... no sé, son bastante pesadas, lo persiguen a uno, no dan tregua, y más a alguien como Alejo —dijo Samuel de modo algo confuso tratando de dar una explicación que no tenía.

¿Con esa respuesta le estaba insinuando que otras aves de paso recalaban en Alejo de forma habitual?

—Entonces, peor todavía. No ha de ser la primera. Hubiera preferido que se mostrara débil, asustado, no sé, pero lo primero que me dijo fue que, si lo quería, debía perdonarlo.

—Tiene una necesidad terrible de que una corte de admiradoras lo rodee, pero te quiere a ti —agregó Samuel después de unos segundos, como si hubiera encontrado la frase que antes no encontró y para mitigar el golpe.

—Con esas condiciones, ya no me interesa —afirmó convencida.

—Supongo que por eso me esquiva. Sabe que te tengo un cariño especial —dijo Samuel y agregó que mejor mirara hacia afuera...

Martina supo que le decía que mirara en otra dirección en lugar de rumiar lo que acababa de ver. Quedaron en seguir hablando en esos días y la acompañó hasta el parquin.

Mientras conducía sin tener claro todavía hacia dónde, se puso a enumerar momentos importantes vividos con Alejo. Al cabo de unos minutos, se dio cuenta de que solo enlistaba lo que recordaba a partir de él. Supo que quería empezar por ella. Sí, quería ser ella con todo lo que le pasaba. Interrumpió la lista como si la hubiera tachado y se obligó a enlistar los hechos protagonizados por ella. Reparó en la importancia del punto de vista y enfiló hacia su casa, dispuesta a enfrentar la situación. Sentirse comprendida por sus amigos le dio fuerzas.

Encontró un sencillo ramo de crisantemos sobre la mesita del salón, sus flores preferidas. Fue a la cocina, estaba muerta de sed, ardía por dentro. A Alejo le gustaban los tomates en miniatura. La nevera rebozaba de tomates en miniatura pasados, que olían mal. Martina lanzó uno tras otro contra los azulejos de la cocina. Descargaba así los estallidos contra él, que le devolvía con el olor a podrido. Había más flores en su estudio junto a otra nota:

Perdóname, Martina, fue una estupidez de mi parte, no sé en qué pensaba, hagamos un nuevo intento. Esta noche es la recepción y me sentiría muy dichoso de ir contigo, con nadie más que contigo. Ya verás. Todo saldrá bien. Espero ansioso tu llamada.

Al leer lo de "hagamos un nuevo intento", tuvo la tentación de aceptar. Pero todo lo que ella había imaginado se cumplía: las flores y el deseo de que lo acompañara a la recepción a pesar de todo. ¿Cómo podía?

Por más que le doliera, era una oportunidad para buscar su propia paz.

Le respondió otra nota sin dudarlo, esta vez por mail:

Dijiste que te pidiera lo que quisiera. Te pido lo que ya te pedí, que te quedes en el barco.

Por primera vez, el barco podía cumplir una función para ella. A esa niña boba, como la empezó a llamar, le chiflaría. Tuvo la intención de agregarle esa presunción en la nota, pero comprendió a tiempo que no era su problema.

21

Ese domingo había reunión familiar en casa de Elisa, ella estaba dando un repaso a las habitaciones y su madre la secundaba. Al echar un vistazo en la de su niña, le dijo a su madre que se había propuesto no husmear lo que su hija apuntase en el diario. Sintió que, al decírselo, le insinuaba su maldita costumbre de espiar entre sus cosas hasta que se casó. Nunca es tarde para aclarar algo con la madre de una, pensó con alivio, tratando de asegurarse de que ella hubiera captado su indirecta. No supo si la captó o no, pero se quedó bien igual. Entonces se le ocurrió que su madre no hurgaba para controlarla, sino por su genuina curiosidad. Ahora la valoraba más, reconocía que había sido más abierta que otras madres de su época, como la de Martina, y que también estaba pendiente de ella, aunque le daba libertad para elegir.

Se quedó mirando a sus hijos que faenaban con los patines y se vio a esa edad en su casa de Sant Andreu, preguntándole a su padre si la quería y esperando en vano una respuesta. Su madre intervenía siempre. Cariño, no seas pesada, el papa está cansado. ¿Lo diría porque así lo sentía o sería así? Se vio en el colmado del barrio comprando deprisa unas lonchas de jamón serrano. Ve, Elisa, que al cocido le falta y tu padre ya llega. Se vio sin respuestas y con demasiadas responsabilidades. Se acercó a su padre que se había quedado dormido en el sofá, y lo miró pensando que tampoco él era el mismo de antes, ahora era un buen abuelo. Entonces se reconcilió con los dos.

Un momento después llegó Alecia con su ruidosa familia y obsequios para todos, incluidos los suegros de Elisa, que se sentían perdidos ante esas demostraciones de afecto. A Elisa la reconfortaba el cariño que se expresaban mutuamente ella y Félix, y la forma en que Félix trataba a Dan, su marido, que era como un perro fiel: veía la vida a través de los ojos de su mujer, explotaba su cándida condición de bromista y siempre alguien le prestaba atención.

Cuando servía el café y la tarta de almendras y nata que habían traído sus amigos, observó al grupo con placer. Recordó que Alecia siempre decía que había que mirar lo que había con satisfacción en lugar de sufrir por lo que no había. Uno de sus tantos dichos positivos fomentado por el ambiente que reinaba en su casa, en la que tres generaciones convivían jubilosos en una casa de diez habitaciones con un patio central. Eso era Alecia, la casa, las abuelas, los ruidos. Sus tías y tíos visitaban a menudo a sus parientes, así que había un constante movimiento de gente a través de los patios.

En cuanto a la madre de Elisa, recibía con grandes muestras de alegría a Alecia y esta le retribuía preguntándole lo que le gustaba que le preguntaran: ¿qué está pintando ahora? Y de pronto, ante esa pregunta, Elisa se sintió por primera vez orgullosa de su madre, que no era solo un ama de casa, como había deseado de adolescente. Además, se le ocurrió que esa atmósfera antigua era la que quería reproducir en su familia y casi lo conseguía. El problema era que quería tantas otras cosas, que todo se le superponía.

Se cruzó con el marido de Alecia hundido en un sillón y sirviéndose la segunda porción de pastel, y se preguntó cómo haría su amiga para mirarlo con satisfacción. Le hubiera gustado

que estuviera Martina, a la que había acompañado toda esa semana y poco a poco iba superando el golpe recibido por Alejo.
Él sí que era guapo, pensó. Lo recordó en la reunión multitudi-
naria que habían hecho para inaugurar la casa: los ojos de Alejo
recorrían el salón como si buscara a alguien más importante que
él con quien hablar y no lo encontrara. Lo comparó con Félix,
que era todo lo contrario, cada persona le interesaba por alguna
razón. Lo encontró en su despacho, separado del salón por una
puerta corredera, pero del mismo tamaño, donde tenían instalada
una pantalla de cine gigante y preguntaba quién quería mirar una
película. Se apuntaron grandes y pequeños, menos la niña que se
fue a su habitación a seguir escribiendo en su diario.

22

Juanjo cenó solo. ¿De dónde provenía esa tozudez por sufrir a solas? Era una forma de asumir su rol de hombre separado, salvo que Camille diera un paso atrás y todo fuera como antes. En el fondo, reconocía que conservaba una tímida esperanza. No era lo mismo separado que soltero, también contaban sus hijos y le resultaría duro no verlos cada día. Le estaba costando hacerse cargo de su libertad. Julia seguía atentamente su proceso y lo alentaba de distintas maneras.

Dio una vuelta por las habitaciones. Enseguida se sintió cansado y volvió al salón, en el que se echó en el único sillón que había acomodado en ese ángulo su amiga Ana la semana anterior. Intentó hojear el periódico. No pudo. Se apretó con dos dedos las sienes. Fue a refrescarse la cara. Revisó el contenido de una bolsa de papel del supermercado, cogió una lata de sardinas, un paquete de galletas y un trozo de queso e improvisó la cena usando la bolsa como mantel. Una botella de cerveza tras otra alivió su angustia. Llamó por teléfono a sus hijos.

—Están en el albergue de Alquezar con sus amigos, mañana muy temprano saldrán de excursión por la montaña. Se lo están pasando fenomenal. Al mediodía, irá papá a buscarlos, les diré que te llamen. ¿Y Camille? —dijo su madre.

—Está en París.

—¿Vendréis los dos a buscar a los niños? Ya sé que ella se aburre aquí. Podrías venir tú y quedarte unos días con nosotros — agregó con su sagaz olfato.

—Es una posibilidad —dijo Juanjo ambiguo.

No les mencionó su separación ni era la casa de sus padres el lugar ideal para contener su malestar. En eso pensó mientras atravesaba el salón en diagonal, una y otra vez. Se detenía en una u otra evocación tratando de comprender. Fue de una punta a la otra del piso semivacío sin acabar de hacerse a la idea de que ahora era su casa y sin poder decidir cómo quería que fuese. Volvió a recorrerlo con unos deseos terribles de echarse atrás, abrazar a Camille, ser para ella el remanso que había sido al principio. Pensó que no debía obligarse a resolver, que ya le llegaría la inspiración, como le decía a menudo Ana.

Lo que persistía en él era ese estado de asombro que se había apoderado de su alma frente a la demanda de Camille, al que se agregaba cierta rabia y cierto orgullo herido.

Se despertó temprano sin reconocer al principio dónde estaba ni qué día de la semana era. Sábado. Tratando de ahuyentar el malestar, se dirigió a la cocina, y recordó esos sábados (la mayoría) en que preparaba el desayuno a toda la familia y, con el aroma del café envolviendo la mañana, los iba a buscar. La última era Camille, a la que despertaba con un sonoro beso unos minutos antes de echar el café en las tazas. Fue con la ilusión de encontrarlos reunidos alrededor de la mesa. No había mesa ni café humeante ni nada, lo entristecieron aún más los armarios vacíos de la atalaya del reino, como él llamaba a la cocina. Se tendió sobre la encimera de la isla central, cerró los ojos y suspiró. Comparó a Ana con Camille, a veces lo hacía sin saber por qué. Se acordó de sus hijos con nostalgia, sabiendo que estaban divirtiéndose con los amigos de todos los veranos. Se dijo que a ellos también les gustaría ese piso y pensó que le apetecía cubrir con madera el suelo de la terraza.

—Al menos, algo —dijo en voz alta, con un amago de tristeza.

Pensó que estar paralizado no le solucionaría nada, que tenía que hacer un esfuerzo por ponerse en movimiento. ¿Y si se fuera a Barbastro ahora mismo? Allí tenía amigos de toda la vida con los que no hacían falta amplias explicaciones para que lo recibieran como al Mesías. Camille ironizaba:

—Somos para ellos una atracción de feria.

—Lo serás tú —se enfadaba Juanjo. Le dolía que se burlara de sus viejos amigos. Lo cierto era que habían sido sus compañeros de primaria y que algunos de ellos habían formado parejas a los veinte años o antes con una de las chicas de Barbastro y se los notaba tan contentos, jóvenes y con hijos grandes que a su vez habían formado pareja allí también. ¿Sería menos conflictuada la pareja con alguien del mismo lugar? En cuanto lo pensó, se dio cuenta de que intentaba engañarse con una de sus tantas fantasías. La felicidad no dependía del lugar. Decididamente, no era su pueblo un refugio para superar una crisis, a los pocos días de llegar, sentiría la sensación de ahogo que lo atacó antes de irse a cursar la carrera en Barcelona. Era verdad que entonces surgieron sus complicaciones, pero también, satisfacciones.

Salió a la terraza. Se sentó en un banquito, que habían dejado los pintores, tratando de divisar el mar que apenas se divisaba a lo lejos cubierto por la bruma. Pese a todo, la visión le resultó reconfortante. Con el mar, llegó a su mente la imagen de la joven del paraguas, como llamaba a Martina, a la que compadeció porque ese sábado el sol reinaba en lo alto y se vería obligada a pasar el fin de semana en el barco. ¿Obligada?

De pronto, el asunto le llamó la atención. ¿En el siglo XXI una mujer podía sentirse obligada a hacer lo que no deseaba? ¿Quién tiranizaría a una mujer tan atractiva? ¿O ella lo soportaba por alguna razón? Parecía una chica segura de sí misma y era especialmente guapa. ¿Especialmente? Muy distinta a Camille, sin duda. Tenía algo por la que no la había relegado al olvido.

Se tendió al sol, volvió a cerrar los ojos. Los rayos le proporcionaron un bienestar tal que le hicieron tomar contacto con su cuerpo al que hacía tiempo tenía abandonado. Sintió que le aportaba las vitaminas que necesitaba.

Se quedó así cerca de una hora, se adormeció, se levantó reconfortado y llamó a Camille. Estaba dispuesto a mostrarse comprensivo con ella, pero ella no le dio oportunidad.

—Te iba a llamar porque necesito quedarme una semana más por aquí. No estaré cuando vuelvan los niños. Diles, por favor, que me llamen, no quiero llamar a tus padres. ¿Te ocupas tú de ellos? —Su actitud desaprensiva volvió a enfadarlo.

"Mejor el enfado que la pena", le había aconsejado Julia. Lo recordó y con un par de monosílabos, sin preguntar nada esta vez, cortó la conversación. Todavía no sabía Camille que él se había ido de la casa ni que era una mujer separada. "Ya tendrá el gusto", pensó.

Se enfadó, pero no se deprimió. Sentía una especie de "final de trayecto", algo no del todo claro, pero que definitivamente le provocaba cierto alivio.

Decidió que el lunes iría a la editorial, averiguaría en qué planta trabajaba Martina. ¿Por qué de pronto esa avidez por encontrarla? ¿Y si hubiera estado de paso como él? Llamaría a Carlos. Se vio a sí mismo preguntando planta por planta y persona por persona si alguien conocía a una chica de nombre Martina, que le temía a las tormentas, y que cuatro viernes atrás, a última hora de la tarde, había estado allí. Se sonrió. ¿Cuánto hacía que no reía? Don Utópico…

23

Elisa se fue de la empresa después de comer. Algunas veces lo hacía. Su cargo le permitía salir por la tarde a visitar laboratorios o preparar informes desde su casa.

Se puso unos pantalones cómodos de estilo pescador, una camisa anudada en la cintura, zapatillas, hizo unas flexiones y los movimientos de pilates más sencillos, abrió internet, completó un envío, se echó sobre los hombros una chaqueta roja que le sentaba bien y salió a buscar a sus niños al colegio. Ir andando por esas calles de Sitges le resultaba muy placentero. No siempre podía hacerlo.

Cuando iba metida en sus cavilaciones, distinguió a Suso junto a la cafetería de la estación, concentrado en la pantalla de los horarios de trenes. Lo vio de espaldas, a unos cincuenta metros de ella, y se turbó. Era la segunda vez que lo veía y la segunda vez que se turbaba al verlo. Un síntoma. ¿De qué? Él no la vio. Dudó entre acercarse y seguir su camino, pero su cuerpo actuó antes que su mente. Aceleró el paso, hizo los cincuenta metros de un salto y le dio unos golpecitos suaves en el hombro, él se giró sorprendido. Percibió el júbilo en su expresión y supo que había hecho bien.

Suso le dijo que tomaría el tren de las cinco y cinco. Faltaban treinta y cinco minutos y la invitó a tomar un café. Elisa llamó a la madre de un compañero de su hijo, le preguntó si podía retirarlos de la escuela y llevarse a sus hijos a su casa, que en unos cuarenta minutos los iría a buscar. Se acomodaron en un rincón de la cafetería. Lo experimentaron como un encuentro programado que los dos ansiaban. Recordaron su época de adolescentes y hablaron de otros temas que les afectaban, sin enterarse de los anuncios de la megafonía, ni del ir y venir de los viajeros.

—Me dijo mi hermana que te gustaría escribir una novela.

¿Qué más le habría dicho su amiga de ella?

—Tú poeta y yo novelista, ya ves…

(¿Qué le estoy queriendo insinuar, que somos almas gemelas?)

— ¿Seremos almas gemelas?

(Uh…)

—Pero tú redactas publicidad y yo trabajo en un laboratorio: una contradicción que tengo que resolver.

(Ya me ha salido la responsable)

—¿De qué trata tu novela?

—Todavía no lo sé.

(¿Y si le mintiera?: de amor, de la ilusión, de amores furtivos… Me mira y no agrega nada, espera, qué bien se está aquí…)

—…

—La escribo mentalmente y la tacho.

—¿También mentalmente?

—También.

—A la larga te enfermarás. Ponte frente al ordenador y arranca, si quieres, escribe unas páginas y me las lees.

—Lo haré. Al menos ya tengo la gasolina.

—Y un lector.

Emocionada, Elisa le miró la boca. Él pareció darse cuenta. Estaba contándole algo que no hablaba con Félix y tuvo la impresión de que, a pesar de no ser muy locuaz, Suso necesitaba hablar con ella, como si se le agitaran las palabras que hasta entonces guardaba en un cofre interior y buscaran salir a la superficie.

—¿Con tu mujer también hablas de estas cosas? —le preguntó.

(Qué osada estuve, ¿no debería haber evitado nombrar a su mujer? Se lo preguntaré a Martina, a Alecia no puedo)

—No. Ni de estos temas ni de las personas que ella no conoció y que tú sí conociste. No, a mi mujer nunca le hablé de estas cosas —remarcó—. Está tan poco en casa que no tendría cuándo.

—Yo digo lo mismo de Félix —dijo Elisa mientras pensaba que haber compartido una época tenía su morbo.

Él perdió el tren. Tomó el siguiente, treinta minutos después. Elisa se quedó despidiéndolo. Él le tiró un beso.

Sintió las mejillas arreboladas, el día le pareció más diáfano.

Por la noche, salió al porche después de acostar a los niños, lo imaginó cambiándose de ropa, esperando a su mujer como ella a Félix. Se quedó mirando a través de los jardines interiores de la manzana hacia la casa de Suso.

Mientras tanto, ni Suso ni Elisa les hablaron de sus encuentros a sus parejas. Solo sabían que eran vecinos y que los niños de ambos jugaban juntos algunas tardes. Al principio, Elisa se preguntó qué pretendían ocultar. Pronto lo supo.

—Eres una fuente de energía para mí. Como el sol. —Esa frase fue el primer indicio. El segundo fue el deseo que notó en su mirada y que le hizo bajar la vista.

Cuando la coordinadora del curso les indicó que cerraran los ojos y visualizaran una montaña, le pasó algo que le solía pasar de pequeña: la montaña se alejaba y ella se desesperaba por alcanzarla. ¿Qué representaba esa montaña? Un obstáculo o una meta. La montaña vendría a ella si se relajaba. Entretanto, entró en un duermevela, en lugar de la montaña apareció Suso, recordó que él le había dicho: "Tienes cara de salud". Se le apareció la chica del anuncio de Aspirina Complex, las muchachas rozagantes de la pintura holandesa, y de allí saltó a la blancura insalubre de la mujer de Suso... Viniendo de él, era un verdadero piropo.

El viernes, como tantos viernes, Félix avisó a Elisa que vendría tarde por la noche.

Años atrás salían todos los viernes, cuando todavía no tenían a los niños y vivían en un piso pequeño en el que se chocaban y se partían de risa.

No le dijo que los niños estaban en casa de Suso. Tras la llamada, se fue inmediatamente allí.

Distinguió a su hija escondida debajo de un banco del jardín, las mejillas rojas, le indicó con un gesto que no la delatara a los demás niños, que la buscaban. Suso estaba más allá, separaba hojas de una resma de papel, sobre otro de los bancos. Juntó los papeles en forma desordenada y vino a su encuentro.

— ¡Qué sorpresa!

—Tengo la tarde libre.

—¿Quieres que hagamos una caminata por la montaña?

—¿Y los niños?

—No hay problema. Le diré a la asistenta que deje lo que está haciendo y se ocupe de ellos.

Elisa aceptó. Una oleada de temor la envolvió mientras se despedía de sus hijos. Durante unos minutos la afectó una repentina mudez. Suso tampoco habló. Cuando habían hecho doscientos metros, se empezó a sentir cómoda, el resplandor del cielo la absorbió. A medida que el terreno ascendía, entró en una especie de irrealidad, como si volvieran a ser muy jóvenes y hubieran faltado a clase. Suso le ofreció unas flores amarillas.

Elisa se sentó en una piedra movediza al borde del camino. Él le convidó un cigarrillo. Ella se lo colocó entre los labios, aunque había dejado de fumar con su primer embarazo.

—Necesito tener algo en la boca —le confesó a Suso.

—A mí me pasa lo mismo —dijo Suso, sentándose junto a ella.

Tuvieron que hacer equilibrio. Se abrazaron y en el abrazo se resbalaron al suelo y no dejaron de besarse durante largo rato hasta que se miraron cómplices, se levantaron, se sacudieron el polvo mutuamente, volvieron a besarse, se resguardaron en un recodo del camino e hicieron el amor. El sol empezaba a esconderse, pero no sintieron frío, no solo porque ambos tenían abrigo suficiente. Elisa percibió como en otra galaxia que sus cuerpos enlazados flotaban, pensó en animales submarinos y se acopló a Suso; pensó en Suso adolescente asomado un instante a la habitación de Alecia y se acopló más. Se deslizaron así sobre la tierra húmeda hasta quedar de cara al sol que dejaba paso a la luna.

—¿Qué piensas? —dijo Suso dándole la mano y ayudándola a incorporarse.

—Ahora miraba la luna. Antes pensé que éramos animales marinos.

— ¿Lobos de mar?

— O focas.

Suso le desprendió una hojita del cabello y la peinó con los dedos. Elisa se dejó hacer.

Emprendieron el camino de vuelta, ella con la misma sensación de irrealidad que a la ida.

Los niños los recibieron alegres. Elisa se los llevó, necesitaba tomar distancia.

—Voy a mirar en internet todo lo que pueden hacer las focas — dijo Suso al despedirla.

Durante el breve trayecto hasta su casa, no pudo prestarles atención, estaba azorada. Encendió la televisión en la K3 de dibujos animados al llegar y se fue a dar un baño de inmersión.

Al salir, envuelta en una bata de toalla, la asistenta les servía la cena a los niños.

—Mami, ¿por qué a tío Suso le gustan las focas? —dijo la niña.

—Yo prefiero las orcas —dijo el niño.

—Porque eres un chico —dijo la niña.

—No es por eso. Verás, se lo preguntaré a papá.

Elisa no supo si temer o reírse de la situación. La asistenta se los llevó a acostar. La televisión continuaba encendida. Una tarotista respondía a las consultas de los televidentes. Una mujer llamó contando que acababa de romper la relación con su madre. Preguntó si había hecho bien. Elisa tuvo la tentación de llamar para preguntar qué le estaba pasando con Suso y qué le pasaría. En cambio, llamó a Martina, que ya se había reincorporado al trabajo.

Después, mientras saludaba a Félix, que acababa de llegar, abrió el Outlook express y se encontró un correo de Suso que en el asunto decía: "Nos adelantamos al verano". Lo abrió y leyó:

Los machos de foca común sufren un gran desgaste durante la época de reproducción. Las fuertes peleas que entablan las focas macho para aparearse con las hembras les causa un gran estrés.

El gran sacrificio de los machos de foca común en nombre de la descendencia supone una diferencia notable en su esperanza de vida con relación a la esperanza de vida de las hembras, alrededor de 10 años menos. El macho de foca común alcanza la madurez sexual a los 5 años de edad, mientras que la hembra, generalmente, 1 año o 2 antes. El apareamiento se da en verano. Un beso.

Lo eliminó inmediatamente y se acercó a Félix, que estaba descorchando una botella en el salón. Su aroma inconfundible caló en ella como nunca. Era una fragancia diferente, no era colonia ni la ropa ni el jabón. Se le acercó y lo besó.

24

Martina contaba los días que llevaba sin Alejo a pesar de que a medida que iba pasando el tiempo, lo veía más mezquino, como si hubiera estado con una venda esos últimos años. A pesar de todo, imaginaba que nadie podría ocupar el hueco que había dejado en su corazón. En eso coincidían las dos Martinas que confluían en ella. Amparo le había dicho que lo que debía imaginar era a otro que la hiciera más feliz.

—Imagínalo con pelos y señales y verás que llega. Si no llega es porque una no quiere.

No quería. Exactamente, dieciséis días hacía que duraba su agonía, no sabía si Alejo permanecía en el barco o qué habría hecho. No tuvo más noticias directas de él desde que le dijo de modo contundente por teléfono:

—Digas lo que digas, ya es tarde. No me sirven tus palabras. —En el fondo, quería ponerlo a prueba. Deseó que él luchara por volver con ella. Le dolió que recibiera su mensaje de forma literal y lo acatara sin más.

Se iba a dormir con la esperanza de que fuera una pesadilla y todo volviera a su cauce.

Finalmente, pasó los dos últimos fines de semana en casa de Elisa. La casa era grande, agradable, tanto Félix como los niños tenían su propio mundo, no preguntaban nada, Elisa pasaba por un buen momento y allí se respiraba calma, que era lo que a Martina le hacía falta. En su casa, no podía conciliar el sueño. Sí lo consiguió entre las sábanas de animalitos y tras el abrazo de su amiga.

El segundo sábado, Elisa reunió a un pequeño grupo de casados, divorciados y solteros, amigos de ella y de Félix, con una excusa cualquiera, pero Martina sabía que lo hizo para presentarle gente nueva.

La llevó de la mano a uno y otro grupo. Dos mujeres encaramadas en altos tacones de agujas le hicieron sitio entre ellas y no pudo abrir la boca, apenas lo hizo para sonreír cortés. Entonces, desde el otro extremo del salón le hizo señas un viejo amigo del grupo, que desde que se había separado se aferraba a Elisa.

—¿Cómo estás, Rudy? —Se acordaba de su nombre porque Elisa se lo había recordado.

—Tirando —Inmediatamente, le empezó a contar su vida, de pie, vaciando una copa de alcohol tras otra, sin preguntarle nada a ella y echándole una ojeada a su escote sin disimulo. Su técnica para rendir a la interlocutora era dejar caer con un halo de sinceridad ciertas frases hechas como que todos los finales eran parecidos y que él, a pesar de eso, creía en que una mujer "a su medida" lo estaría esperando. Y continuó con su libreto de víctima en torno a su drama personal.

Pronto Martina se caía de sueño. Le resultó un gran esfuerzo mostrarse amable con él en lugar de decirle que era un mentecato. Le deprimió imaginar que a partir de ahora se vería invadida por mentecatos como él. Lo dejó plantado sin despedirse. Huyó con una excusa nimia. Apenas había probado bocado. Como Elisa escuchaba con atención a Alecia y a otros más, entre los que estaba Suso, en lugar de interrumpirla, le avisó a Félix y se fue a dormir.

Elisa le había preparado la cama con sábanas infantiles de pescaditos y un edredón de plumas. Se deslizó con la sensación de que nunca saldría de ese hueco acogedor y, sin embargo, tardó en dormirse. Le llegaba la voz de Bessie Smith desde el salón, le relataba su propia historia: *Mi corazoncito se fue... ¿Por qué no se apresura a regresar? Su* drama era el de todas las mujeres y los hombres eran unos... Había escapado a tiempo de los brazos fofos de los Rudy medio borrachos, que estarían bailando apretados con la primera que tuviera a tiro con el fin de meter la lengua en su escote. Toros y vacas, dijo, y se fue adormeciendo poco a poco.

Durmió tan protegida en ese ambiente que, al despertar, le hizo gracia su propio enfado. Elisa le trajo el desayuno en una bandeja, una montaña de tostadas con mantequilla, la mermelada casera de su madre, café cargado y coñac, por si su amiga necesitaba un estimulante. La encontró de buen talante.

—Parece que has descansado bien. Te fuiste pronto.

—Estos pescaditos me inspiran y Bessie Smith me dijo que no estaba sola.

Se quedaron hablando largo rato, Martina metida en la cama y Elisa en el suelo, sobre unos cojines. El silencio era reconfortante. Los niños se habían ido a dormir a casa de sus abuelos y Félix, al aeropuerto, a buscar a un directivo sueco y llevarlo al hotel.

—No te noté demasiado dispuesta a acercarte a nadie, anoche.

—Rudy me pareció un imbécil.

—No es muy brillante, pero el pobre pasó las suyas. A ti te caía bien.

—Antes no jugaba ese papel de sufridor.

—Todavía no sabía qué le esperaba. Su mujer...

—Da igual. En el fondo, los hombres se parecen. Cambian los caprichos. A uno le gusta navegar, a otro el flan con nata, a otro coleccionar sellos —dijo Martina citando a Amparo.

—¿Y las mujeres, no? —dijo Elisa, vacilante, llenando las dos copitas de coñac.

—No. Una mujer se embaraza de sí misma como se embaraza de un hijo. Si no quiere, no tiene hijos, pero puede embarazarse igual, el cuerpo se lo pide.

—Pero tú no te enamorarías de una mujer, así que no puedes huir de ellos, tienen su atractivo —dijo Elisa, que por un momento pensó en Suso, con su mirada de perro degollado, ¿un sufridor? Estaba impaciente por contarle todo a su amiga.

—Me va a costar volver a enamorarme.

—¿Y el sexo?

—Bueno, el sexo es importante, pero no es lo único que importa.

Elisa la abrazó y la obligó a beber el zumo de naranja. Ella también lo bebió de un trago, le extendió una tostada que cargó de mermelada y su copita de coñac —Brindemos, algo habrá por lo que podemos brindar —dijo.

—Ah, me felicitaron por el lanzamiento del turco...

—Los turcos son interesantes, tienen unos ojos que te perforan. ¿Y qué tal un buen polvo con el turco? Solo eso.

—¿Solo eso? Qué lista eres, estás muy lanzada, pero el turco tiene 72 años y, además, ya te lo he dicho, no estoy preparada para ligar con nadie.

—No sería un ligue, sino un tratamiento energizante. Eres libre, Martinita. Enciende tu radar y a ver qué te depara el destino.

—Habla la experta, ¿no?

—A ver... ¿Tú podrías comprender una infidelidad?

—Lo pensé. Creo que hubiera sido capaz de comprenderlo si Alejo me hubiera demostrado que me amaba. No me lo demostró —Martina se cubrió con el edredón, estaba helada.

—¿Qué te pareció Suso?

—Un hombre bueno. Noté que te miraba con cariño, ¿o qué? A ver si es la lujuria la que te da ese aspecto tan saludable. La mujer me pareció muy distinta, tan rubita pálida, tan niña pija, no sé, no me cayó bien. Él no habla mucho, ¿no?

—No, pero es directo y transparente.

—Que te atrae, vamos. ¿Y? —Martina se olvidó por un momento de su pesar y estaba inmersa en lo que le contaba Elisa.

—Vive a tres manzanas. Nos encontramos de casualidad, tomamos un café y hablé con él de lo que nunca hablo con nadie, bueno, contigo, pero no con un hombre.

—Eso pasa casi siempre al principio. Parece que ya te has olvidado. Son unos héroes: nos escuchan.

—¿Al principio de qué? No es el principio de nada.

—…

—Bueno, se lo dije y hubo un clic.

—Ah, un clic.

Los niños irrumpieron con las mejillas arreboladas y se lanzaron sobre Martina. La madre de Elisa había pasado por la rotisería, trajo una paella y vino a avisarles que en quince minutos serviría la comida. La conversación quedó truncada. Elisa sentía campanitas en el pecho porque su amiga no se mostraba enfadada con ella, como había temido, aunque le salía la Martina sarcástica, algo normal debido al momento que atravesaba.

Martina se dio una rápida ducha con agua muy caliente y comió con toda la familia: Félix, que salía a hablar con el vecino, subía, bajaba, desplegaba una actividad imparable; los niños, concentrados en un juego que les había traído la abuela; la madre de Elisa, que le hizo algunas preguntas corteses y se puso a mirar la televisión.

A la hora de la siesta, se fue a su casa contra la insistencia de todos para que se quedara, incluida la niña que le acariciaba la melena con admiración, haciéndola sentir una princesa.

25

Elisa y Martina no tuvieron oportunidad de retomar la conversación, ni Martina lo tuvo en cuenta, prefería no conocer más datos todavía. Necesitaba enfrentar el reto de permanecer sola en el espacio compartido un domingo por la tarde.

El sol de las calles desiertas la hirió. Lo comparó con el de otros domingos en casa de sus suegros o en el yate. Ni unos ni otros eran satisfactorios, así que eludió los que no contenían recuerdos dulces y se dio cuenta de que no eran tantos. Lo primero que hizo al llegar fue abrir todas las ventanas y poner la radio bajita. Más que música, necesitaba el murmullo de las voces, aunque hablaran de un detergente o de las rebajas de El Corte Inglés. Después se abrigó y se acomodó en la mecedora, bajo las hojas de una olivera centenaria a la que adoraba, en el patio trasero de la casa. Se sintió acompañada por el trino de los pájaros y la sobresaltaba el rumor de algún coche que pasaba a lo lejos. Temía la llegada de un intruso. ¿Un intruso? La idea le otorgó dramatismo a su soledad.

Puso unos troncos en la chimenea que habían colocado al aire libre a pesar de que la gente les decía que se perdería el calor. Fue lo único que recordó como algo a contracorriente en lo que ambos estuvieron de acuerdo. Ahora la disfrutaba.

Solía dejarse llevar por la mecedora como un juego que practicaba desde niña, si dejaba pasar los minutos en silencio, alguna visión se le aparecía. Lo hacía también cuando tenía un problema, esperaba la llegada de una solución, o al menos una salida. Se vio a sí misma levantando la venda unos milímetros y alcanzando a ver de Alejo lo que no había querido ver, el tamaño de su ego. Sintió claramente que se le caía del pedestal.

Trataría de volver a escribir. En esas semanas no había podido. Y aunque se le ocurrían ideas y tenía ganas, no se decidía, decía que estaría elaborando algo en su interior. Amparo le había recordado que el talento también es constancia y que ahora tendría la historia para escribir una novela. Al recordarlo, la llamó y le dijo si quería pasar a buscarla para ir a cenar.

Amparo aceptó y se dispuso a esperarla.

26

E l lunes siguiente, Suso la llamó a la empresa y Elisa, en un impulso, le dijo que llegaría a Sitges temprano por la tarde. Salió ansiosa. ¿Su ansiedad se debía a que lo deseaba? Más bien, lo atribuyó al lugar que le daba él y se preguntó cómo se sentiría con Suso después de quince años. La pregunta le hizo gracia, no se veía junto a él más que como estaban ahora. ¿Cómo estaban ahora? En la clandestinidad. Se rio sola mientras cruzaba la Diagonal, varias personas la miraron y siguió riéndose. No era una relación que movía sus más profundas estructuras, pero le hacía falta para recolocarse en el mundo. ¿Acaso no quería un año distinto?

Pudo estar a las seis. En esa ocasión, los niños de él estaban en su casa jugando en la habitación de su niña. Les echó un vistazo, le dejó una serie de indicaciones a la asistenta y partió ligera hacia la casa de Suso, que la esperaba en la puerta.

Atravesaron la casa, le mostró su despacho, le apoyó una mano tierna en la espalda. Lo primero que vio Elisa en el despacho fue el retrato de su mujer.

—¿La quieres?

—Somos muy diferentes. A veces sus exigencias me ahogan.

Un tropel de sensaciones la invadió al ver que se le acercaba. El silencio de la tarde se agudizó. Solo se escuchaba el rumor del viento que crecía. No era ella la de siempre, era la protagonista de una novela. La estaba escribiendo en vivo y en directo, no en el papel ni en la pantalla. Suso la condujo hasta una mullida *chaise longue* en el rincón de la lectura.

—El viento me excita —dijo Elisa en un impulso desenfadado.

—Soy el viento —murmuró Suso.

Pensó que Félix podía estar a solo cuatrocientos metros de donde ella cometía su fechoría. La imagen la exaltó. La conmoción se convirtió en torbellino. Se palparon, reconociéndose. El beso interminable que recorrió su cuerpo le produjo una intensa dicha. Pero en cuanto lo tuvo sobre ella, algo no funcionó. Se convirtió en espectadora de su propia actuación. En lugar de entregarse con su sangre y su corazón, su mente fue la protagonista. En el momento del orgasmo le trajo a Félix de un modo tan real que quiso separarse rápidamente de Suso.

Le pidió que pusiera un tango mientras se vestía. Los dos intuyeron que seguramente no iban a repetir, les había faltado algo. Él pareció entristecerse o dudar. Ella le acarició la mejilla y él le besó el canto de la mano casi en la puerta de la calle.

Elisa recorrió lentamente las cuatro manzanas. ¿Había sido una infidelidad?

Ella no lo sentía así. Martina le ayudaría a aclararse o, dado el mal trago que pasaba, la confundiría más. Reconoció que le resultaría muy difícil explicarlo del modo en que lo sentía: que lo suyo con él había sido una necesidad de probarse, de comprobar que estaba viva. ¿Lo había usado?

No, él también necesitaba una renovación, en todo caso. Pasó de largo la calle de su casa sin darse cuenta, hasta que se encontró en medio de la avenida costanera. Las palmeras se agitaban, cruzó y se detuvo junto a la más baja. Así se sentía ella. Se la quedó mirando como si saliera de un cráter y contemplara el mundo en movimiento. Le acudió a la mente una canción:

¿Cómo imaginar que la vida sigue igual?
¿Cómo, si tus pasos ya no cruzan el portal?

Venía del fondo de su memoria. Era un bolero de Chico Novarro y de pronto recordó a un chico, un novio, que le tocó ese bolero en la guitarra con ojos de carnero degollado cuando Elisa le dijo que lo dejaban. Nunca más se había acordado de él. ¿Le pasaría lo mismo con Suso? No, seguirían siendo amigos, pasara lo que pasase, ya no era una jovencita. A los cuarenta, tenía que sumar en lugar de restar. Se sintió alegre. Rehízo el camino hacia su casa.

Se convenció de que no había engañado a Félix y que, por el contrario, la experiencia la acercaría a él de una manera mejor. Incluso, se le ocurrió que era a Félix a quien algún día se atrevería a contárselo. ¿Si a él le ocurriera algo parecido, sería capaz de comprenderlo?

Desde la calle, escuchó las carcajadas de sus hijos y las de Félix y se dispuso a reír con ellos.

27

El día número treinta y uno era lunes. Martina ya se había reintegrado de lleno a su trabajo y, a pesar de que le gustaba mucho, no conseguía recuperar el ánimo.

Poco a poco, empezó a informar a sus compañeros más cercanos de su soledad. Era una manera de habituarse y de que los demás no la abandonaran. Siempre comía acompañada. Amparo venía a cada momento a verla con cualquier excusa. Y hasta Carlos Llanos, el jefe de prensa de la séptima planta al que se encontró en el don Pancho algunas veces y compartieron mesa, vino a invitarla a un café y le contó que se había cambiado de casa y que le había encargado la decoración de la nueva a un arquitecto amigo. Martina pensó que Llanos tenía cara de bueno, como Suso, y que, si Elisa acaba separándose de Félix, podía llegar a enamorarse de él. Lo miró con simpatía.

La soledad tenía sus ventajas y sus desventajas. Según la versión que daba de los hechos, así reaccionaba la gente, lo estaba haciendo bastante bien.

A medida que pasaban los días, deseaba crearse un mundo que aplacara su dolor.

—Un buen síntoma, después de todo —había dicho Elisa.

Por el momento, sus amigas hacían de madres y hermanas reemplazando a las que ella no tenía. Se le encogió el corazón al evocar a su madre. En esos días la hubiera necesitado. Aunque con su separación se sentiría tan triste como ella o más y la instigaría a que lo perdonase. Mejor tener a sus amigas. En un impulso, sacó la libreta de su bolso, la abrió por la última página escrita y escribió lo que pensaba que le diría su madre. Al fin. Se había atrevido a retomar la escritura.

Pero todavía no estaba preparada para releer las páginas anteriores, las que había escrito antes del *shock*, cuando programaba seducir a Alejo. Sería como reabrir la herida. Fue eso lo que la bloqueó. Tampoco volvió a abrir el manuscrito. Ahora le volvía su necesidad de hacerlo. Como si se le abriera una compuerta, la primera frase que le vino a la mente fue una que le había impactado: "El bloqueo es la justificación de la pereza", que en su momento la había llevado a escribir unos minutos cada día sin leer lo escrito el día anterior hasta tener 22 escritos. Comprendió por qué decía que la falta de tiempo era una excusa, que siempre se tienen cinco minutos para escribir lo que surja.

Desde hacía unos pocos días, se había instalado en el despacho acristalado, el de directora general, en el que empezaba a permanecer la mayor parte del tiempo. Lo que estaba conquistando con su soledad era una necesidad de expandirse en el espacio, ¿en el mundo? Tal vez también por esa razón prefería de pronto el despacho más amplio. Allí radicaría el motivo por el cual prestaba tanta atención a los lugares. El antiguo ambiente cargado de recuerdos acabó deprimiéndola. Poco a poco fue personalizándolo. Hizo cambiar la mesa oval de cristal por otra de nogal, más cálida. Hasta en los muebles necesitaba la calidez que añoraba. Las sillas estaban tapizadas en hilo blanco. En un ángulo, un saloncito bar. Dos sillones también blancos de piel ocupaban una zona a la que se accedía subiendo un peldaño, por lo tanto, la estancia quedaba claramente dividida en dos niveles. Los eligió blancos por el matiz de pureza que perseguía en sus mínimos actos, oponiéndose así a lo impuro del comportamiento de Alejo. Aunque sabía que era un acto infantil, le aliviaba desplazar su bienestar hacia los detalles del entorno. Incluso, al recordar la última semana con Alejo, rechazaba las flores. Frente a los sillones, otra mesa más baja, también de roble. La estantería ocupaba casi toda la pared en uno de los niveles. Y los libros editados por ella ocupaban casi toda la estantería. En el centro, se destacaba la piedra mágica.

Con el último mensaje que le dirigió, le había dejado a Alejo su retrato, que antes colocaba junto a la piedra. Ahora pensó en el gran cambio: traspasaba todo el poder de la piedra mágica a ella.

En uno de esos sillones estaba concentrada Martina.

Un rayo de sol daba directo sobre la libreta. La melena le caía a un lado en su gesto constante de inclinar la cabeza. A sus espaldas, el gran ventanal otorgaba amplitud y libertad a la vista. En la mesa baja, el ordenador portátil abierto en un archivo en el que apuntaba sugerencias para el encuentro con un autor de ensayo, un científico citado a las cinco. Tenía más de una hora por delante. A las seis, la reunión con la jefa de prensa para ajustar el mayor éxito posible de la nueva novela de la escritora inglesa que llegaría en las próximas semanas. Martina había conseguido dedicarse de lleno a la lectura de esa novela, puesto que narraba, casualmente, el proceso vivido por una mujer que acababa de decidir la separación de su marido después de encontrarlo con su amante. Algo que abundaba. Pero cada historia era distinta al ser distintos los personajes. No la convencía el título. Y la falta de un buen título era como una hermosa casa sin la puerta principal. ¿Lo que narraba lo habría vivido? Estaba pensando en que se lo preguntaría, cuando la sobresaltó una voz masculina asomada al despacho que la llamó por su nombre.

—Martina…

Levantó la cabeza interrogante. Era el hombre no tan joven, el que le ofreció acercarla en la moto —recordó— al que había conocido en el vestíbulo aquella noche de tormenta hacía más de un mes. ¿Conocido? Esa era la sensación que le producía, que lo conocía de hacía mucho tiempo. Nuevamente, la misma sensación. Volvieron a impactarla sus ojos castaños de mirada adolescente en los que brillaban unos reflejos amarillos. Un mechón rebelde acentuaba esa impresión. La americana de pana marrón holgada y de la mejor calidad le otorgaba un aire de calidez, un toque personal que indicaba buen gusto.

Se asombró de que él recordara su nombre, en cambio, hasta su memoria parecía haberse debilitado en esos días y ella no recordó el de él. Se lo notaba agitado, como si hubiera venido corriendo, le pareció más alto que en la ocasión anterior. Carlos Llanos lo había acompañado hasta la novena planta, le señaló el despacho de Martina y se alejó discreto al percibir el nerviosismo de su amigo. Pero Martina alcanzó a verlo y asoció que era el arquitecto amigo de Carlos que se ocupaba de su casa. Acababa de enterarse del motivo que lo había traído aquella noche tormentosa a la editorial.

Sintió el impulso de tocarlo. Ese pensamiento le desencadenó una especie de movimiento interior. Fuera lo que fuera, la presencia de ese desconocido no le resultaba indiferente. Un torrente de suposiciones pasó por su mente. Permaneció callada. Se enderezó, cerró rápidamente la libreta y se quedó mirándolo.

—¿Puedes salir un momento? Te invito a un café y te explico algo —continuó Juanjo, que sintió una agitación similar a la vivida con Camille en aquel lejano día de la Sorbona, con la diferencia de que ya no era aquel chico casi tímido, casi torpe, y, sobre todo, que Martina le provocaba una paz que Camille solo le había suscitado en unas pocas ocasiones. En esa época, buscaba la vorágine, ahora necesitaba unos ojos como esos que lo miraban confiados y deseó cubrir las expectativas de Martina con todas sus fuerzas. Le pareció que estaba más delgada y que sus ojos ocupaban más espacio. Lo absorbían. Le gustó la exquisita sencillez de su atuendo, una camiseta blanca, un zafiro a ras del cuello, un tejano y unos mocasines azules, que le transmitían esa serenidad que ansiaba, ahora se daba cuenta. Tan diferente a Camille con sus brillos y sus colorines que lastimaban la vista y el espíritu.

—Acabo de venir de comer —se excusó ella intimidada— ¿Traes algún manuscrito...? —dijo Martina con cierto grado de desconfianza en la voz. Estaba acostumbrada a que todos tuvieran algún escrito para mostrarle. La agobiaba que la gente creyera que su cargo les permitía exhibir lo que ellos llamaban poemas o cuentos y que a veces no pasaban de unos horribles textos anecdóticos que los hacían sentir Tarzanes de la escritura, como ella los apodaba. ¿Sería ese hombre de dedos armónicos un Tarzán de la escritura?

—No, no, yo no escribo.

—¡Ah!...

—Soy amigo de Carlos Llanos, hoy vine a verlo a él y deseaba seguir hablando contigo.

—Ah...

—Me quedé intrigado con lo del barco, ¿aquel día fuiste o no fuiste? Porque dejó de llover. Mucho barco y poco avión, ¿lo recuerdas? —La mirada de Martina, fija en él, predispuso a Juanjo a ser sincero. No obstante, no le dijo que había venido a ver a Carlos para verla a ella, ni que desde aquel día solía soñar con ella, dormido y despierto.

Pensó que su argumento era débil para convencerla. Estaba rebuscando uno mejor, cuando Martina sonrió y dijo decidida:

—Bueno, espérame un segundo y vamos —se asombró al escucharse. Cerró el ordenador, guardó la libreta en un cajón empotrado en la pared, le dio dos vueltas de llave, se colocó unas gafas de sol, le avisó a su secretaria que estaría ausente una media hora, y partió con Juanjo. Cuando las puertas del ascensor se abrieron, llegaba el joven novelista. Al ver que Martina subía, retrocedió hasta el fondo del ascensor.

—Ahora no te puedo atender —le dijo ella, indecisa a causa del impacto, pero con la sensación de que estaba con Juanjo y su fin era estar con él.

—Ya veo. No te preocupes. Vendré en otro momento, avísame si has leído mi libro.

¿Qué era lo que veía? Esa frase le molestó a Martina. La percibió como una invasión de su intimidad sin saber por qué. También le molestó lo que recibió como una orden: Avísame. Estaban los tres en el ascensor. Martina, en el medio de los dos, consultó su móvil para aliviar su tensión. El joven novelista se esfumó rápidamente y ella se sintió mejor. La aparición de Juanjo había sido como una luz de alerta que se encendió en su ánimo y que no podía apagar. Así cruzó la avenida a su lado, prendada de sus largas piernas, y así llegaron al "Don Pancho". Juanjo la había sujetado por el codo al cruzar.

Instintivamente, Martina buscó la mesa más escondida. Se conocía el local de memoria y sabía que a esa hora no vendrían sus conocidos. Juanjo la siguió.

—Dispongo de unos veinte minutos —dijo Martina consultando su pequeño reloj de platino, recuerdo de su querida abuela, que había muerto poco antes que sus padres, y de la que era su heredera.

—Trataré de no explayarme demasiado, entonces —dijo Juanjo, como si hubiera venido por alguna razón puntual, con el sentido del humor que lo caracterizaba y que frente a ella se le agudizaba, no sabía por qué. Simplemente, lo alegraba.

Martina se distendió, imaginó que sería difícil discutir con él y volvió a invadirle esa ola cálida de confianza que hacía que tuviera deseos de contarle la historia de su reloj u otras intimidades de su vida.

—¿A qué te dedicas? —le preguntó para confirmar lo que ya sabía.

—Soy arquitecto. Le estoy diseñando una casa a Carlos.

—Ah, eras tú el arquitecto… ¿Carlos se separó, ¿no? —Nuevamente, la dominaba la impresión de que lo conocía mucho y podían hablar sin tapujos.

—Hace muy poco. Como nos separamos casi al mismo tiempo, nos hicimos amigos. Hay momentos especiales que unen a la gente. Bueno, ¿qué pasó aquel fin de semana? ¿Navegaste o no?

—No recuerdo bien cuál fin de semana fue, pero pasaron tantas cosas en mi vida desde entonces… —Iba a decirle que también ella se había separado, pero prefirió conocer antes qué pretendía Juanjo—. Todavía no tengo claro por qué razón estamos aquí. ¿Tú no escribes, entonces? —agregó con la expresión de niña perdida en el bosque que Juanjo le había conocido aquella noche y le encantaba.

—Te puedo dar una razón algo difusa. Aquella noche de tormenta tuve el impulso de seguirte. No lo hice. Me arrepentí y rogué que trabajaras en la editorial para poder encontrarte. No me resultaste una desconocida. Fue muy extraño. Pasé un período duro, me tuve que adaptar a vivir solo, lejos de mis hijos, y seguías en mi pensamiento, cada tanto me acordaba de ti como si fueras una amiga de siempre. Era como una señal.

Martina recordó que en la carta le había pedido una señal a su madre. ¿Sería la aparición de Juanjo la señal, ya que él hablaba de eso? Se le ocurrió, pero tampoco se lo dijo.

—A mí también me resultas familiar. ¿Te pasó otras veces? —se aventuró a preguntar.

—Nunca. ¿Nos conoceremos de otras vidas?

Ambos rieron. Juanjo pensó que no la había idealizado, como había temido. Al contrario, le gustaba tanto la mirada cambiante de Martina —al reírse, asomó una ingenua y pizpireta que tal vez sería la más auténtica—, su modo de llevarse el cabello hacia atrás con las dos manos, la forma de decirle las cosas sin rodeos… Por primera vez, pensó que Julia tenía razón al advertirle que tuviera paciencia, que entre las dificultades se escondían las oportunidades. No la habría conocido si aquella tarde no hubiera tenido las dificultades que lo llevaron a buscar a Carlos. ¿Pero qué podía significar haberla conocido? ¿Qué oportunidad representaba? ¿Acaso no tenía un marido que la obligaba a ir en barco? Maldita su costumbre de adelantarse a los hechos…

—Bueno, aquí estamos. A mí me gustaría que un arquitecto me diseñara la casa que siempre soñé —dijo Martina con la barbilla sobre el puño, asombrándose ella misma de la expresión de ese deseo. Recordó una frase de la autora del manuscrito, a la que necesitaba conocer, —entre otras razones— porque precisamente en varios apartados nombraba el deseo como eje central de la vida y como principal productor del misterio en una novela.

Juanjo captó un dejo de melancolía en su mirada.

—¿No te gusta la casa en que vives? —Carlos le había comentado ese mismo día, cuando fue a verlo para preguntarle si conocía a Martina, que ella estaba casada con un médico famoso y que en los últimos tiempos la notaba angustiada. Con esa pregunta trató de obtener más datos.

—No es que no me guste. Es realmente especial, pero no la proyecté yo. La compramos así, al estilo de los anteriores propietarios — le decía cada tanto a Alejo que le gustaría hacer unos cambios en la casa. Alejo le respondía: "Espera, ya lo haremos". Y ella esperaba… Y ahora un experto en espacios se cruzaba en su camino, ¿casualidad? — Debe ser apasionante tu profesión, ¿no? ¿Dónde tienes el estudio?

—Está cerca de aquí, en Balmes tocando Córcega. Estoy asociado con una arquitecta y nos complementamos bien. Tratamos de hacer realidad lo que imagina la gente, respetar su filosofía de vida y adaptarla al espacio en el que van a vivir.

—Creo haberte visto en un reportaje de "El País", ¿puede ser?

—Me hicieron uno el año pasado. Sí, cada tanto aparezco en los periódicos. Me gustaría saber escribir bien. Tú seguramente lo haces. De hecho, estabas escribiendo cuando llegué. No me atrevía a interrumpirte —la visualizó con la melena en la cara y contuvo la tentación de acariciarle el pelo.

—Bueno, sí —dudó Martina, intentando ser lo más precisa posible. ¿A qué se debía esa repentina necesidad de explicarle los detalles? — Escribo una mezcla de ensayo, autobiografía y ficción, que me da placer.

—¿Sobre un tema en especial?

—No lo sé aún. Tomo notas, tengo varias libretas.

—¿Escribes a mano? —La imaginó extendida en el sillón con un rotulador entre los labios y la libreta que había visto en su regazo. Deseó besarla.

Martina pareció notar la turbación de Juanjo porque se quedó un momento en silencio. Bebió un sorbo de café y extendió el antebrazo en la mesa. Él colocó su mano sobre la de ella y ella no la retiró.

—Sí, también lo hago a mano.

—Es fantástico que alguien con un cargo tan alto en una editorial escriba a mano.

¿Cuántas cosas más sabía de ella? En realidad, Martina no le había hablado más que a Elisa de esas libretas, que algún día tenía intención de ordenar, otorgándoles un sentido a esas páginas que escribía a escondidas de todo el mundo, desde que su madre murió. Desde el principio, fueron el modo que encontró de hablar con su madre. Con el tiempo surgieron otros interlocutores internos que le ayudaban a descargar brevemente distintos nudos. Solo a Elisa le había contado que lo hacía, le hablaba de sus grumos y la instigaba a que hiciera lo mismo así podrían leerse mutuamente. Pero Elisa le decía siempre que le diera tiempo, que ya lo haría. En ese instante le surgió con fuerza la necesidad de leerle algunas de esas páginas a Juanjo, segura de que él la escucharía con atención.

Los veinte minutos habían pasado y ninguno de los dos se había percatado, cuando sonó el móvil de Martina —Juanjo había puesto el suyo en silencio—. Su secretaria le avisaba que la esperaba el ensayista para comentar su libro sobre el miedo a morir y la buscaba el jefe de marketing para pedir ciertos datos sobre la escritora inglesa.

—Me tengo que ir.

La mano de Juanjo seguía sobre su brazo. La deslizó hasta su mano y se la oprimió con ternura.

—Quedemos para otro día. ¿Mañana? —dijo Juanjo.

—Salgo a las siete.

—Allí estaré. Te acompaño —En la puerta de la editorial le dio un beso rozándole apenas la comisura de los labios. Sintió que sabía mucho de ella y no sabía nada a la vez.

A Martina no le importó que alguien pudiera haberla visto en ese momento. Se tocó la comisura de los labios con la punta de los dedos mientras en el ascensor sonreía al aire.

28

Al llegar a su casa, Martina comprobó con cierta desazón que Alejo había venido a llevarse algunas cosas y le había dejado otra nota:

Me llevé un par de cosas. Estoy en la clínica. Llámame. Tal vez, pasado un tiempo... Bueno, ya veremos. Te dejo un beso.

¿Llamarlo? ¿Para qué? No aclaraba para qué. ¿Qué suponía que ocurriría pasado un tiempo? Nuevamente, las dudas, las contradicciones, la ambigüedad le traían la angustia sutil que la enredaba, de la que últimamente empezaba a sentirse a salvo. ¿Debería cambiar la cerradura?

Escribir la serenaba. El centro del libro (acababa de llamarlo mentalmente "libro" por primera vez) era la búsqueda del sosiego. Con esa conclusión buscó un ejercicio al azar y dio con esto que decía Amélie Nothomb: *La escritura invoca al destino, todo lo que escribo se acaba cumpliendo, juro que he vivido todas mis historias de amor tras relatarlas en mis libros.*

Volvió a sentir con cierto temblor que el manuscrito estaba hecho para ella. Confió en el ejercicio titulado "Propósito" y respondió brevemente a las dos preguntas, nada inocentes, por cierto:

Apunta como un propósito tu primera ocurrencia:
—¿Qué parte de ti quieres desterrar para iniciar
un nuevo y radiante camino?
La parte que no se siente feliz en cada estación.
—¿Qué crees que deberías empezar a hacer?
Mirar hacia lo que nunca he mirado.
Prestar atención a los indicios.
Escribir una novela.

29

Esa noche, Juanjo se sintió como cuando de niño creía en los Reyes Magos y la víspera no podía dormir. La voz de Martina, marcando las eses de esa manera tan especial, lo acunaba. Repasó todos los detalles del encuentro, lo decidida que se había mostrado frente a ese joven que venía a visitarla, esa mezcla de firmeza y sensibilidad que trasuntaba su mano abandonada en la suya, los matices de su mirada: duda, melancolía, dulzura, alegría, fuego.

Habían quedado a las siete del día siguiente en ese vestíbulo que para los dos se había convertido en un lugar mágico. Que lo hubiera citado a las siete le dio cierta esperanza de que estuviese separada ella también, aunque si el marido era un médico famoso, no volvería a su casa antes de las diez o las once de la noche y mientras tanto… ¿Para qué conjeturar? Nunca las conjeturas habían coincidido con la realidad en su vida.

—Te la pasas suponiendo. Es un hábito de los débiles —le decía Camille. En ese sentido, reconocía que le había hecho un favor, había aprendido a descartar las suposiciones en cuanto las formulaba y no sufría por anticipado. Tenía que empezar a rescatar también lo bueno que le había dejado Camille, después de todo.

Juanjo pasó el día dibujando en su estudio, que ocupaba dos plantas en un edificio emblemático de Barcelona, al que los turistas fotografiaban por sus ricos detalles, el salón central estaba dividido en dos cuadrados de grandes dimensiones mediante un panel cubierto por valiosos dibujos al carbón, y él se recluía en una pequeña y curiosa sala redonda, unida al salón. Dibujar lo distendía. Apenas escuchó ese día a sus colaboradores, que se le acercaban con comentarios y consultas. A las seis, necesitó salir al aire libre y fue andando, entreteniéndose por las calles más estrechas y mirando a cada momento el reloj. Para hacer tiempo, entró en "Áncora y Delfín", una librería que lo sumía en otra realidad, la madera oscura predominaba, los libros se apilaban en un desorden agradable similar al que él sentía en su interior, y los que se destacaban no eran esas recetas de la felicidad que le provocaban mareos en otras librerías.

A las siete menos cinco, empujó la puerta giratoria de la editorial como si fuera la puerta del Paraíso. Saludó a la guardia jurado y a la recepcionista del mostrador efusivamente, como si formaran parte de su momento de gloria, y se colocó cerca de las salidas del ascensor hasta que a las siete y cinco salió Martina. Le pareció que brillaba entre los demás, así estaba su ánimo.

Se admiraron mutuamente. En la vestimenta de Martina predominaban las tonalidades del color arena que daba un toque cálido a su expresión. Juanjo llevaba una cazadora de piel inglesa sobre una camisa blanca, que le caía especialmente bien.

—He venido andando, es una tarde espléndida. Después de estar horas encerrado en el estudio, necesitaba andar —dijo Juanjo, algo cohibido.

—A mí también me pasa y hoy no llueve, así que podemos dar un paseo. —Fue Martina la que tomó la iniciativa con una sonrisa pícara.

—Sí, sí.

Por más que aparentemente buscaron itinerarios y lugares, el único plan que tenían era estar juntos. Bajaron por Vía Augusta hasta la Diagonal y siguieron por el Paseo de Gracia. A la altura de Provenza, doblaron hacia Ramblas de Cataluña sin registrar demasiado ninguno de los dos el entorno.

Hacía años que Martina no paseaba con un hombre que la mirara de ese modo tan especial, por esas calles que Alejo no atravesaba, si no era en coche, desde que su objetivo era el ascenso social y tal vez político. Se sentía como si hubiera recuperado una parte de ella misma que tenía olvidada, ¿olvidada o desplazada?

—¿Estás habituado a pasear por Barcelona?

—Sí, mi trabajo me lo exige. Suelo salir a explorar las construcciones, observo los acabados de los edificios, la parte superior los define. Mira aquel, por ejemplo —le dijo señalando el borde superior del hotel Condes de Barcelona, con un leve desasosiego que Martina percibió sin imaginarse que allí le había dado Camille lo que para él se convirtió en un ultimátum— es la unión de dos palacios, lo antiguo y lo moderno… —La enlazó por los hombros para orientarla con más precisión hacia dónde tenía que mirar. Su cercanía lo turbó, deseó quedarse así el resto de la noche.

—Vaya… Nunca me detuve a observar la parte alta de los edificios, lo haré.

—En París es un verdadero placer fijarse en los tejados.

—Con mi amiga Elisa, decimos que descubrir nuevos puntos de vista es saludable. Empezaré por los edificios. Muéstrame otros.

El interés de Martina conmovió aún más a Juanjo. No estaba habituado a que una mujer se regocijara con sus comentarios, salvo su socia, Julia, o su amiga Ana, pero lo valoraban como arquitecto. Sus deseos de besarla eran casi irreprimibles. Martina no se dio por enterada, pero el ejército de mariposas que dominaba su plexo solar iba en aumento. Se sentía bien a su lado, era tan alto como Alejo, menos atlético, más sanguíneo. ¿Cómo sería desnudo? Le gustó imaginarlo y deseó acurrucarse en él.

—Nombras mucho a Elisa. Mi mujer, no tenía amigas, los amigos son tan necesarios.

—¿Y tú con quién sales?

—Generalmente, solo. Separado estoy desde hace poco, pero a mi mujer la fatigaba andar —dijo Juanjo recordando los molestos tacones de Camille, más baja que Martina, y sin atreverse a preguntarle con quién solía salir ella, temeroso de que en su vida existiera ese marido que ya le incordiaba. Apenas la conocía y ya lo dominaba el temor. Se burló de sí mismo.

Iban tan compenetrados en ellos mismos que sin darse cuenta llegaron a la Vía Laietana. Cuando entraron por la calle Princesa, habían perdido la timidez y se quedaron absortos frente al escaparate de El Rey de la Magia, concentrados en las máscaras exhibidas allí. Subieron por la calle Flassaders sintiéndose un par de turistas debido a la innovación de la zona y a los locales en los que el diseño era un disfrute para los sentidos.

—Aquí en el Borne veníamos a un taller literario, uno de los primeros que hubo en Barcelona.

—¿Veníais?

—Con Elisa.

—¿Qué escribíais?

—Yo escribía híbridos. Partíamos de una consigna que nos daba el coordinador y la resolvíamos durante unos minutos. Lo bueno era comprobar cómo la habían resuelto los compañeros.

—¿Eran muchos?

—Ocho o nueve. Una vez, recorrimos la zona y escribimos durante la caminata. La consigna era sospechar de todo lo que veíamos, extrañarse ante lo habitual, otra forma de cambiar el punto de vista.

—¿Y dónde los leyeron? —Juanjo se fue metiendo en lo que le contaba Martina como en una película. Le atraía lo que contaba y cómo lo contaba. Le miraba las palabras y los gestos y no existía nada más en el mundo.

—En un bar. A un lado del mercado del Borne, hay un bar antiguo, muy grande, un poco oscuro, con mesas de mármol. No sé si todavía existirá. Me gustaría volver. — A ella le resultaba muy extraño escucharse contar esa experiencia de su vida de estudiante que tan guardada tenía desde que su marido le había hecho sentir que había sido un juego sin importancia y que le restaba prestigio a la profesional en que se había convertido. Ahora, al verbalizarlo, lo rescataba como un período de libertad y de alegría. Y podérselo contar a Juanjo, con la misma libertad, la animaba.

—Creo que sé a cuál te refieres. Muy cerca hay una pescadería en la que tú escoges el pescado fresco y ellos te lo preparan a gusto —Estuvo tentado de agregar: "Te llevaré", pero la prudencia lo detuvo.

Juanjo tomó de la mano a Martina y fue como si Martina estuviera esperando ese gesto, la sangre de los dos bullía al unísono.

La necesidad de estar juntos y de alejarse del resto del mundo, que ataca a los enamorados en algún momento, les hizo desviarse por la pequeña calle Cirera y entrar en un restaurante marroquí, oculto tras un local de ropa de diseños muy originales. Las mesas estaban situadas de forma asimétrica en distintos rincones, un piano al fondo y sillones de cuero y bancos de piedra con confortables cojines completaban el conjunto.

—No me iría nunca de aquí —dijo Martina, hundida entre los cojines de un banco con forma de ele en el que se acomodaron los dos, muy cerca.

—Es lo que necesitábamos esta noche —dijo él, sospechando que cualquier sitio hubiera sido para él ideal esa noche si estaba con Martina. Pero era tal su bienestar que prefirió guardarse las sensaciones, como si hubiera tiempo para expresarlas en voz alta o por temor a romper el hechizo.

Volvía su deseo de besarla con ardor, cada vez más imperioso.

Tomaron poco a poco la ensalada y el cuscús mientras seguían contándose la vida. Antes de salir, Juanjo le enseñó a Martina un vestido blanco de lino con dos franjas de color verde seco en el borde inferior y le sugirió que se lo probara. Martina lo hizo y él admiró la elegancia de su cuerpo.

—Me siento muy bien —dijo Martina.

—Es un modelo exclusivo. No hay copia, no los hacemos en serie —dijo el joven que los atendía.

—¿Me dejas regalártelo? —dijo Juanjo, indeciso.

Martina también se sintió intimidada, pero contenta a la vez, aceptó. Juanjo le entregó la bolsa con parsimonia.

Con la misma calma y con la misma alegría pasearon por esas callejuelas. —¿Vamos a tomar algo? Podría ser en el bar del taller literario…

—Bueno. Hace tiempo que no venía por esta zona. Para Alejo, ni el Gótico, ni el Borne, ni la Barceloneta entraban en sus planes y yo me mimeticé. Se mueve en un territorio acotado —dijo Martina sin poder aclararle que estaba hablando de su marido. Todavía lo era. Nombrarlo la entristeció un instante, una ráfaga helada pasó por su pecho y, con la excusa de buscar un pañuelo, se desprendió del brazo de Juanjo y ralentizó el paso. Se preguntó qué sentiría si de pronto se cruzaba con Alejo.

—¿Te sientes bien?

—Sí, ya pasa. Es que es bastante reciente mi separación y todavía hay recuerdos que me duelen —se escuchó decir Martina como sin saber de dónde brotaban las palabras. No se hubiera creído capaz de confesar tan claramente su dolor a un hombre al que acababa de conocer.

Para Juanjo, esa confesión lo transportó al edén. ¡Separada recientemente!, como él. Estuvo a punto de ponerse a bailar en plena calle y que todos se enteraran de la revelación que le dejaba el camino libre, ancho y hermoso, para amarla. Pensó que su madre tenía razón al creer tan ciegamente en el destino.

Salieron enlazados. Todo resultaba muy natural. No obstante, y a pesar de los esfuerzos de él para que se olvidara de sus pesares, a Martina le dolía el estómago.

—Dejemos el bar para otro día —le dijo.

Una sombra atravesó la mirada de Juanjo que, solícito, la acompañó hasta Sarriá. Estuvieron a punto de besarse en la puerta de la casa. Martina se sintió cohibida, se desvió hacia la reja de la calle que abrió con un pequeño mando a distancia y no lo hizo pasar.

—¿Y si te paso a buscar el domingo y damos una vuelta por la mañana? —se arriesgó a proponerle.

La sombra se diluyó frente a la sonrisa de Martina, que recibió como un premio.

—¿A eso de las diez? —dijo y desapareció en el interior de la casa. Permaneció un largo rato a oscuras, sosteniéndose la frente, como si no tuviera suficiente lugar en su cabeza para dar cabida a los interrogantes que se le agolpaban y pudieran escaparse. Pensó en servirse algo de alcohol, pero se contuvo. Sin encender ninguna luz, tanteando las paredes, llegó a su cama y se acostó. Una hora después fue a lavarse la cara y al fin se durmió entre el cúmulo de pensamientos que la trastornaban para mal y para bien. En lo primero que reparó al despertar fue en la bolsa con el vestido que le había obsequiado Juanjo. La recogió del suelo y dio unos pasos de baile, descalza y abrazada a la bolsa.

El domingo, Juanjo llegó cinco minutos antes de las diez y la esperó en la calle. Martina estaba cerrando ventanas y puertas. La casa estaba igual desde que Alejo se había ido, con tres maletas y unos pocos objetos menos. No había cambiado la cerradura con la presunción de que en cualquier momento podía aparecer. Le temía a ese momento. Al disponerse a salir, se preguntó qué haría Alejo si se cruzaba con Juanjo en la puerta.

Pero rápidamente se olvidó de sus dilemas al verlo en cuanto salió, estaba apoyado en una pared lateral y enfocaba el ventanal de la casa de enfrente a través de un cuadradito que formaban sus dedos índices y los pulgares. En cambio, él no la vio salir. Lo ilusionaba tanto el reencuentro que se entretenía con lo que más le gustaba —los detalles de la construcción de las casas que alcanzaba a distinguir desde allí— para evitar la ansiedad que le producía esa espera.

Martina se sentía tan ilusionada como él. Una avalancha de emociones la sacudió. Le pareció más intensa su mirada cuando al fin reparó en ella y estuvo a punto de caer, se quedó contemplándola sin poder decir palabra. Llevaba el vestido que él le había regalado y, como una brisa fría helaba el ambiente, se había envuelto el escote con un gran pañuelo de gasa de la misma tonalidad de verde que le daba un toque mágico. Una gruesa chaqueta de lana sobre los hombros completaba el atuendo no muy adecuado para la época, que había elegido para sorprenderlo.

Juanjo se sentía como un chico de diecisiete años que inauguraba el amor.

Pasaron juntos el domingo entero.

Por la mañana, caminaron por la orilla del mar tomados de la mano. Cada tanto, se contemplaban asombrados. Comieron mariscos en un merendero al sol. Martina tenía las mejillas arreboladas. Llevaba el colgante de zafiro que Juanjo ya le conocía. Él lo tomó entre sus dedos y percibió que ella se estremecía.

Por la tarde, fueron al piso de Juanjo. Él encendió la calefacción y le mostró los detalles del edificio que había construido. Ponía entusiasmo en sus explicaciones. Del ático, recorrieron habitación por habitación. A Martina le impresionó ver el piso semivacío y tuvo ganas de arroparlo. Se le acercó. Los dos ardían en deseos de abrazarse.

—Llevo todo el día deseando estar así contigo —dijo Juanjo.

La tomó por las caderas, la atrajo hacia él y con mucha suavidad le besó los párpados, y poco a poco, con dulzura, le cubrió la boca con la suya. Martina se estremeció y le ofreció su boca.

Juanjo le desprendió los botones del vestido, le acarició el pecho y, sin dejar de besarse, se desnudaron. Una suave brisa entraba por las rendijas de las persianas semicerradas. Apenas había unos pocos muebles y se deslizaron sobre la espesa alfombra que Juanjo había colocado en su habitación, al pie de la cama. Las piernas de Martina se abrieron a las caricias de él, que la buscaba, la recorría y la penetró con pasión. En cuanto lo abrazó contra su cuerpo y se enlazó a él con cierta desesperación, sintió que un orgasmo la recorría entera y se esparcía como una corriente de energía. Así se amaron una y otra vez hasta avanzada la hora.

Al final de la noche, brindaron.

—¿Quieres un kir? —le ofreció Juanjo.

—Sí, hace años que no lo pruebo. Me trae buenos recuerdos de mi época de universidad.

—Como a mí. ¿Con vino blanco o champán?

—Con vino blanco.

Mientras Juanjo la llevaba a su casa en la moto, Martina se apretó a su espalda y pensaba emocionada que tenían un mundo de historias vividas para contarse y otro mundo para vivir.

30

A pesar de lo bien que lo había pasado con Juanjo, una nueva inquietud que no acababa de descifrar volvió a dominar a Martina. Él era un regalo del cielo. La amaba. Pero no siempre la razón y el alma funcionaban al unísono.

Se descalzó y se echó en la cama con la ropa puesta, abrió los brazos hasta sentir que se expandía. Revivió paso a paso el encuentro con Juanjo, la caminata, sus explicaciones, su embeleso al mirarla, el frenesí que los dominó, casi percibió los besos de él en todo su cuerpo y se fue relajando. En ese estado, se plantó frente al espejo y le gustó la imagen que vio. Recordó: *Reemplaza a tu crítico interior por un club de fans*, uno de los pocos consejos que daba la autora del manuscrito. Juanjo era ahora su club de fans.

Se metió bajo la ducha, casi fría. Enseguida salió, se envolvió en un inmenso toallón y se quedó sobre el borde de la bañera rodeando su cuerpo con sus brazos, sentía ternura por ella misma. Al fin, hizo tres o cuatro estiramientos y se animó.

Se extendió la leche limpiadora por la cara y el cuello, se pasó un trozo de algodón con un tónico refrescante, colocó en el índice unas gotas de aceite rosa mosqueta y otras de aloe vera y lo deslizó con delicadeza de abajo hacia arriba. Poco a poco. Así también debía ir por la vida. Poco a poco. No apresurarse con Juanjo ni con nadie. Necesitaba distanciarse de sus propios sentimientos. No podía desbordarse.

Ya eran las cinco de la mañana. No pudo dormir. Se debatía entre correr a los brazos de Juanjo, pedirle que la protegiera, y alejarse de él y averiguar qué quería o qué no quería ella. ¿Protegerla de quién? ¿De ella misma? ¿De sus demonios? Era urgente saberlo y para eso necesitaba estar un tiempo sola. Rompió en sollozos. Se levantó, se lavó la cara, se quedó mirando las ventanas de la manzana, solo dos estaban iluminadas.

Pasó dos horas con los ojos como platos, el fantasma de Alejo rondaba la cama. ¿Estaría con la chica del hospital o con otra? ¿La echaría de menos a ella? ¿Por qué únicamente le dejaba notas y no la había llamado más? Podía haber seguido luchando si realmente la quería. Mientras tanto, ella estaba en la casa compartida y él no le reclamaba nada. ¿Querría compensarla por sus infidelidades —había habido otras, ahora lo sabía— o, tal vez, en el fondo la quería? ¿En qué fondo? De un modo u otro, intentaba ver lo mejor de él como siempre había hecho. ¿Lo estaba esperando? En aras de ese posible amor, prefería permanecer sola hasta asegurarse de que ya no lo amaba. Lo de Juanjo tenía visos maravillosos, pero ella no era libre todavía. ¿Y si mientras tanto lo perdía?

Hablar. Tenía que hablar con Alejo de una vez por todas, sin tapujos, sin miedo y sin rencor. Lo intentaría. Estaba dispuesta a llamarlo. Con solo pensarlo, una multitud de emociones se agolparon en su pecho. Antes tomaría nota de lo que necesitaba entender.

Encendió la luz de la lámpara y abrió la libreta que siempre tenía a mano, en cualquier página. Al apuntarlas, se afirmaron sus ideas y, en lugar de hacer una lista de interrogantes, como pretendía, tomó nota de sus deseos frustrados y el plan de acción.

Una punzada de temor la alertó, normal, quería parecer segura, cálida, interesante, tanto como para que él se lamentara de haberla perdido. Suspiró profundamente. Al tomar la decisión, una sensación nueva la dominó.

Eran las siete de la mañana y acababa de adormecerse. Podía dormir más de una hora todavía. Entraba a las diez a trabajar.

En cuanto se adentró en un sueño bastante agradable en el que ella bailaba en un teatro y entre los que la aplaudían estaba Juanjo, sonó el teléfono. Tardó en atender. Estaba aturdida. No logró acertar si sonaba a su derecha o a su izquierda. Al fin pudo articular un "¿Si?", apenas audible.

—¿Es la esposa del doctor Alejo Capdevila?

Martina dudó. ¿Era o no era la esposa de Alejo? No lo era, pero legalmente lo seguía siendo.

—¿Martina Álvarez? —insistió la voz.

—Sí.

—¿La esposa de Alejo Capdevila, entonces?

—Sí —repitió sin controlar la respuesta—. ¿Usted quién es?

—El doctor Becerra.

—¿Médico?

—No, abogado. Necesitaría que viniera cuanto antes a la dirección que le voy a dar. Es importante. ¿Puede tomar nota?

—¿Pero me puede explicar la razón? —Miró la hora, eran las ocho y cuarto.

—Primero, tome nota, por favor —El tono era amable y perentorio. Se dirigía a ella como a una niña. ¿Qué tendría que ver este hombre con Alejo?

—Espere un momento que voy a buscar algo para apuntar.

Tanteó su bolso, que había dejado en el suelo, junto a la cama. Cogió el móvil y tomó nota en la agenda.

—¿Cuánto puede tardar en venir?

—Tendría que ser por la tarde. ¿Pero no me puede adelantar algo? —dijo recordando que tenía al menos dos citas importantes esa mañana.

—Solo le puedo adelantar que tiene que ser cuanto antes. Por favor.

La premura que demostraba ese hombre y el matiz de súplica de su voz la intrigaron. Su tono no dejaba lugar a la réplica, así que aceptó.

—¿En una hora? —dijo a la vez que consultaba la misma agenda y comprobaba que disponía de tiempo, la primera cita era a las doce.

—Bueno… —dudó—. La espero.

Se dio una ducha fugaz. Puso una taza de té a calentar en el microondas. Eligió las prendas con cuidado, un traje liviano de pantalón y chaqueta claros como para ir a una convención. Le dolía la boca del estómago. Bebió el té con mucho limón. ¿Abogado? ¿Qué relación tendría con Alejo? ¿Se lo encontraría a él allí? De pronto, recordó lo que había estado cavilando durante la noche. Cogió la libreta y la metió en el bolso, repasaría en algún momento lo que había apuntado y encontraría la oportunidad para decirle todo lo que necesitaba decirle y, sobre todo, para escucharlo.

La casa. Se sobresaltó. ¿La citaría para hacer una división de bienes? Observó nostálgica la amplia cocina, acarició las paredes del pasillo que conducían al baño como a viejos camaradas de los que debería despedirse. ¿El divorcio? Se alarmó. El dolor de estómago no amainaba. Dudó entre llamar a Elisa y consultar el tema con Félix, como abogado, en lugar de acudir sin defensas, ese era uno de sus defectos, lanzarse a la piscina por impulso. Esperaría a saber cuál era el tema. No diría nada que no debiera decir. Ante cualquier planteamiento recurriría a: "Me lo pensaré". Había aprendido mucho en ese tiempo estando sola. Aprovecharía para tener esa charla que tanto deseaba.

Trató de ordenar sus ideas, que se agolpaban, y a la vez se extendió por la cara y el escote una hidratante de caviar para ocasiones especiales. Se vio guapa a pesar de la noche en vela. ¿En vela? Había vivido una intensa noche de amor. Recordó a Juanjo y una ola cálida la invadió. Pensó que no estaba preparada para algo más, pero admitió que era una suerte haberlo conocido. ¿Por qué ahora volvía a responder a los mandatos de Alejo? Ella ya no era la misma.

Estuvo a punto de llamar al abogado y suspender la cita. Pero la curiosidad pudo más que el miedo. Tomó un relajante muscular que inmediatamente le hizo efecto y le produjo cierta somnolencia. Se maquilló con un iluminador y se vio mejor aún. Al fin de cuentas, tendría esa larga conversación con Alejo, ya no temía a sus respuestas y estaba dispuesta a desmontar toda clase de mentiras en las que él pudiera escudarse.

No deseó conducir. Pidió un taxi. Después de todo, en algún momento tenía que encontrarse cara a cara con él.

Le pidió al taxista que la dejara frente a una cafetería cercana a la numeración a la que iba. Llegaría unos minutos más tarde de la hora que habían acordado, necesitaba tomar una infusión. ¿Qué la hacía pensar en Juanjo justo ahora que iba a ver a Alejo? Sería un mecanismo de defensa. Aunque ante la remota posibilidad de que se tratara de una treta de Alejo para proponerle un reencuentro amoroso, no le iba a ser fácil prescindir de Juanjo y aceptar.

El dolor de estómago había remitido, pero se sentía débil y vulnerable. No quería mostrarse así. Hizo unas cuantas respiraciones profundas, bebió lentamente la manzanilla y se recuperó.

Frente a la numeración de la avenida que le había dado ese doctor Becerra, se sorprendió, no era la de un despacho de abogados, sino de la comisaría de los Mossos d'Esquadra. ¿Qué tenía que ver Alejo con la policía? ¿Habría tenido algún problema con algún paciente? ¿La necesitarían a ella como testigo de su intachable carrera profesional? Eso sí que podía afirmarlo, que buscara las mejores coartadas para llegar a lo más alto no excluía su mejor actuación como cirujano.

Una nueva oleada de conjeturas invadió su mente mientras trataba de dar con el abogado. Le llamó la atención la deferencia con que la atendieron en recepción.

El doctor Becerra era un hombre fornido, como los abogados de las novelas de detectives.

—Buenos días. No es agradable el motivo por el que la he citado, no quería explicárselo por teléfono, ni debería haber sido yo el que la citara, pero da la casualidad que a su marido lo encontré yo y que estoy vinculado a la policía —dijo.

Martina tembló imperceptiblemente. Ninguna de sus conjeturas le sirvió en ese instante.

—¿Lo encontró? ¿Dónde? ¿De qué se trata?

—Su marido sufrió un accidente. Por esa razón quise decírselo personalmente, por si necesitaba conocer detalles. Ya le dije que fui el primero en socorrerlo.

—¿Cómo está? —Una multitud de sentimientos se agolparon en su interior. Que su fantasía se hubiera convertido en realidad la asustó. ¿Iría solo o con alguien? Lo recordó con una mano en el volante y la otra en el techo del coche. El miedo y la emoción de verlo después de tanto tiempo y en esas condiciones se mezclaron —¿Le avisaron a alguna otra persona?

—No, no. Está en el Clínico, en la UCI, queríamos asegurarnos de que usted era su mujer, firme estas planillas y la acompañaré hasta allí ahora mismo.

Una llave le cerró la garganta. El abogado respetó su silencio, aunque se notaba en su expresión que la elegancia y la belleza de Martina no le pasaban desapercibidas.

En el coche, Martina intentó llamar al padre de Alejo, no pudo comunicarse. Le dejó un mensaje a Samuel, que tenía el móvil desconectado. Llamó a la clínica y le dijo a la recepcionista:

—Busque a Samuel donde sea, se trata de algo muy urgente y dígale que llame a Martina…

—¿Martina Capdevila? ¿La esposa del doctor Capdevila? —dijo la recepcionista reconociéndola.

—Sí, hola —Aun en ese estado, le asombró que para esa empleada continuara siendo la mujer de Alejo. Y lo era también para el abogado y para la policía. Las dos Martinas internas la alteraron más todavía.

—Buenos días, Martina. Hace un momento el doctor Samuel estaba aquí mismo. Lo localizaré.

El nerviosismo no la dejó apenas hilar las frases. El abogado la acompañó hasta la UCI, le entregó una tarjeta suya.

—Manténgame al tanto en cuanto se sienta con fuerzas —dijo. Le dio un fuerte apretón de manos y se fue.

Subió. Sentía que las fuerzas podían fallarle en cualquier momento. Volvía a percibir los temblores. A los veinte minutos, Samuel estaba acompañándola en la sala de espera. Durante esos minutos les informaron de que el estado de Alejo era grave, se debatía entre la vida y la muerte.

Lo primero que pensó es que, si ella hubiera estado con él, tal vez a él no le habría ocurrido el accidente, y así se lo dijo a Samuel. Como siempre, cargaba con las culpas. Al mismo tiempo, revivió el accidente de su padre.

—Tú no hubieras podido evitar nada ni tienes culpa alguna. Eso no es verdad. Uno hace su propio destino —dijo Samuel.

—¿Cuándo lo viste por última vez? —Las palabras de Samuel hacían su efecto sobre ella,

—Anteayer. Ayer no vino. Se fue a Andorra. Bueno, habrá que avisar a sus padres —dijo Samuel cambiando de tema.

Martina notó que prefería no darle más datos.

—Hazlo tú, por favor.

Como Samuel también era médico, lo dejaron pasar.

—Enseguida te haré entrar —le susurró.

Ella confió en que Samuel lo salvaría.

Un momento después, le avisaron que podía verlo solamente unos instantes. Tuvo que lavarse las manos, colocarse una bata y una mascarilla. Martina se apretó a la mano de Samuel, la emoción la desbordaba. Pensó que tal vez era el destino, como decía Samuel, que la empujaba nuevamente hacia Alejo. Alejo dormía entre tubos y aparatos, inconsciente, respiraba con dificultad. Volvió a pasar por su mente su breve, pero intensa relación con Juanjo y la congoja se apoderó de su pecho en forma de pinza dolorosa. Tuvo la convicción de que haría lo que fuera necesario para que se pusiera bien. Incluso volver con él.

Samuel se acercó a un médico que leía unos informes para ponerse al tanto del estado de su amigo. Martina se quedó sola junto a Alejo. Lo vio más atractivo que nunca, a pesar de su estado. Muy tostado por el sol. Tuvo deseos de abrazarlo como a un niño caprichoso al que se le consiente todo, no como al hombre del que había estado terriblemente pendiente.

—Alejo…—dijo en voz muy bajita, con la esperanza de que pudiera escucharla, de que le demostrara de alguna manera que le alegraba su presencia. Y siguió diciéndole más cosas con la presunción de que, aunque no parecía registrar nada, era posible que la escuchara. No se acababa de creer que él no dominara la situación, que ese hombre fuerte no se incorporara de pronto, Alejo siempre tenía el poder y ahora…—. Alejo —repitió—. Estaré a tu lado para todo lo que necesites. Cuenta conmigo. Soy Martina, ¿me reconoces? —Le pareció que él movía una ceja. Hubiera querido decirle que lo quería, pero solo le dijo que pronto se pondría bien, que pusiera sus energías en marcha y le repitió que contara con ella. Alcanzó a agregar: —Si te hace falta…

Samuel y el médico de guardia se le acercaron y le dijeron que tenía que esperar afuera. Las lágrimas asomaron a sus ojos, pero se recompuso al ver en la sala a los padres de Alejo, la madre estaba desencajada. Les dio un beso en silencio. No sabía qué les habría dicho Alejo a ellos, si seguiría con la farsa de su matrimonio en pie o les habría contado la verdad. La madre la abrazó, se aferró un instante a Martina y se dirigió a Samuel como al pozo de la verdad. Samuel le rodeó los hombros con el brazo.

—¿Cómo está? ¿Qué pasó? ¿Cuándo le darán el alta? —preguntó ansiosa mientras el padre se disponía a entrar a ver a Alejo.

Martina le agradeció íntimamente a Samuel que se hiciera cargo de la situación. No pudo aguantar la tensión. Se excusó diciendo que iba al lavabo, salió a los pasillos exteriores del hospital y se puso a llorar. No sabía bien si lloraba por el estado de Alejo o por lo extraño de la situación que la había convertido en protagonista.

Poco a poco se fue calmando. Observó a su alrededor que la vida continuaba. Enfermos con piernas escayoladas, otros arrastrando el frasco de suero en pijama y bata junto a sus parientes, ocupaban los bancos del largo pasillo. Ella se sintió algo sola. Se convenció de que Alejo se pondría bien, su fortaleza lo ayudaría. Automáticamente, consultó su móvil, llamaría a la editorial y volvería a la UCI. Entre los mensajes, había dos de Juanjo. Lo llamó.

—Alejo tuvo un accidente. Estoy en el Clínico.

—Si te puedo ayudar —dijo tímidamente Juanjo con una leve esperanza de que ella le dijera que sí. Ante su negativa, asomó la cautela, a pesar de que por dentro sentía que algo estallaba en mil pedazos.

—Estoy conmocionada. Perdona. Antes de una hora me iré de aquí y te llamaré —Martina se quedó pensando que en el breve tiempo que habían pasado juntos, Juanjo le había demostrado que la comprendía como nadie la había comprendido antes. Una ola de alegría y tristeza simultáneas la envolvió. Nuevamente, su lealtad hacia Alejo le jugaba una mala pasada, la amarraba a un pesado carro que no se atrevía a soltar.

En el camino de regreso, encontró a Samuel que venía a buscarla.

—Pinta mal —le dijo moviendo la cabeza y con la tristeza reflejada en sus ojos.

Martina lo miró interrogante.

—¿Qué hacemos?

—Se quedaron allí sus padres. Vamos a tomar un café.

Enlazados como dos hermanos, entraron a la cafetería.

—¿Tú tienes necesidad de volver a verlo ahora mismo?

—¿Por qué me lo preguntas?

—Ya no creo que vuelva en sí. Está entrando en coma —dijo Samuel y se cubrió la cara con las dos manos en señal de impotencia.

—A mí me pareció que movía una ceja.

—Movimientos reflejos o tu imaginación, o tal vez sí te escuchó y te hizo saber que estaba contigo, vaya uno a saber.

—¿Y no se puede hacer nada? Tal vez si lo viera otro médico.

—Están con él los mejores médicos. No se puede hacer nada. De un momento a otro se acabará. Tal vez permanezca así unos cuantos días o semanas, su corazón es fuerte.

Dos fuerzas contradictorias volvieron a instalarse en Martina. Una centrífuga que la atraía hacia Alejo y quería morirse abrazada a él, y otra centrípeta que la arrojaba muy lejos de allí, no sabía dónde. Y en el medio, Samuel, una frontera entre su pasado y su presente, un amigo del alma al que necesitaba confiarse e interrogar.

Lo miró a través de la cortina que cubría su alma. Le preguntó cómo era la vida de Alejo en los últimos días, si pensaba que habría quedado algo pendiente entre ellos.

—No te tortures. No vale la pena. Quédate con lo mejor de él. ¿Quieres que te acompañe a algún lado? Si hay novedades, te llamo, pero por ahora no podrás hacer nada.

—No, está bien. Cogeré un taxi —dijo Martina. Se despidió de Samuel, tomó sus palabras como un mensaje en clave. Pensó en ir a darles un abrazo a sus suegros, pero no pudo. Quiso recordar a Alejo moviendo esa ceja en un mensaje cifrado dirigido a ella y siguió rumbo al exterior. Algo confusa, sin percatarse de lo que realmente estaba ocurriendo, comprendió, sin embargo, que había acabado allí su tarea.

31

Al salir, se encontró a Juanjo esperándola en la moto.

—¿Qué haces aquí?

A pesar de su abatimiento, pensó que la alentaban sus ojos grises puestos en ella y que formaban parte del espacio que la sostenía en pie, aunque una corriente interior la seguía impulsando hacia Alejo.

—Se me ocurrió que podías necesitar compañía —dijo Juanjo sin confesarle que había venido en cuanto ella lo llamó y que hacía una hora que había colocado la moto enfocada hacia la salida, una vez que se aseguró de que no tendría otra opción que pasar por allí, puesto que la puerta de salida de la calle Casanovas estaba clausurada.

—¿Acabas de llegar? —La reconfortó verle, pero incluso el diálogo más trivial le resultaba un esfuerzo.

—Estás agotada. Sube, que te llevo. Vine para eso —dijo alcanzándole el casco.

Martina obedeció con una mezcla de alivio y de culpa, como si saliera a escondidas con el chico que le gustaba y a la vez supiera que no estaba bien lo que hacía. No podía desprenderse de Alejo y forjaba fantasías que la ligaran a él.

—¿Te encuentras bien, Martina? —dijo Juanjo mientras ella lo enlazaba de la cintura y se recostaba con delicadeza en su espalda— ¿A dónde te llevo?

—A mi casa. Estoy desarticulada. No consigo entender qué pasó. Me siento mal, confundida —No dudó en explicarle a Juanjo todo lo que le pasaba por dentro.

Juanjo detuvo la moto en el primer chaflán que encontró. Le acarició la nuca con mucho afecto, le dio unos pequeños masajes reparadores que la relajaron. Martina se largó a llorar.

—¿Tienes que volver al hospital? — le preguntó mientras la abrazaba y le acariciaba la cabeza con dulzura.

—No lo sé —dijo Martina en un susurro—. Suponía que Alejo era inmortal y ahora está en coma.

—Tal vez él también lo creía —dijo Juanjo sin saber por qué.

—Puede ser. Dicen que se fue contra un puente por exceso de velocidad. Venía de Andorra… Me ha alegrado encontrarte a la salida.

—¿Quieres venir a mi casa?

—No, prefiero ir a la mía —Necesitaba estar sola y, a la vez, supo que no necesitaba aclarárselo, él la comprendería.

Juanjo retomó la marcha y en unos pocos minutos estuvieron en Sarriá. Bajaron los dos de la moto frente a la casa de Martina.

—Gracias.

—No me des tanto las gracias, me basta con saber que estás mejor.

—Conduce despacio —dijo espontáneamente Martina mientras entraba a su casa.

Juanjo le sonrió. No se atrevió a besarla. Sus miradas se cruzaron.

—Ahora trata de serenarte —le dijo Juanjo.

—Es lo que haré.

Cuando cerró la puerta tras él, estuvo a punto de arrepentirse. Se quedó unos instantes con la mano en el pomo, oyó el motor que se alejaba. Se sintió desolada mientras atravesó casi corriendo el salón que contenía tantos recuerdos de Alejo. Tuvo la intención de ir a meter la cabeza bajo la almohada. Cogió el móvil para programar el despertador. Dormiría una hora y volvería al hospital. Lo decidió borrando de un plumazo su decisión de recordarlo transmitiéndole un postrer saludo. Se angustió al pensar que Alejo podía morirse. Le habían avisado a ella, pero tal vez no sería ella la que estuviera a su lado con su último aliento. Reconoció que temía la presencia de otra mujer. Con el aparato en la mano, la sorprendió una llamada de Samuel.

—¿Qué pasó?

—Sigue igual. ¿Quieres que vaya a hacerte compañía? O le digo a Paula, lo que necesites.

—No, gracias. Dormiré una hora, si puedo, y después volveré al hospital. ¿Tú estás allí?

—Sí, yo me quedo. Haz lo que te haga sentir mejor a ti. A Alejo ya no pueden afectarle las decisiones de nadie.

—No hay nada que me haga sentir mejor —se lo dijo con cierto fastidio que Samuel no se merecía, pero en esos momentos, los hombres tan conciliadores como él, o como el hermano de Alejo, la alteraban.

—Hagas lo que hagas, llámame a la hora que sea.

—Muy bien, Samuel —la tranquilizó que él le mostrara la buena disposición de siempre.

Pensó en Juanjo, volvía esa rara sensación de que hacía mucho tiempo que lo conocía. Pero no quería mezclarlo en su duelo, era absolutamente suyo. Acarició el canapé que estaba en una esquina del dormitorio, la cama gigante. Se desvistió mecánicamente, se tendió bocarriba en la cama con los brazos abiertos en cruz, abarcando su sitio y el de Alejo, se obligó a recordar los mejores momentos que habían pasado juntos y se quedó dormida.

Cuando sonó el despertador, tardó en reaccionar, como si hubiera acabado de acostarse. En cuanto recordó lo que había ocurrido, se levantó de un salto decidida a ir con Alejo hasta el final. La conciencia había resuelto las dudas durante el sueño.

32

Pasaron tres días en los que Martina fue de su casa al hospital y del hospital a su casa sin variaciones en el estado de Alejo.

No se cruzó con ninguno de los fantasmas que temía y aunque se renovaban distintas visitas, incluida una mujer joven que fue cada día y permaneció allí largo rato y que no era la rubia con la que lo pescó, todos respetaban su lugar. ¿Qué lugar ocupaba, en realidad? ¿Y si un milagro hacía que Alejo se recuperase?

En ese tiempo, solo una vez fue a cenar con Juanjo. No podía librarse de la idea de que traicionaba a Alejo ni de que quería acompañarlo en su partida. Además, soñaba con él cada noche. La tercera tuvo un sueño muy raro: Alejo venía, se acostaba en la gran cama con ella, pero cuando ella extendía la mano hacia él, se encontraba con una superficie helada que la hería. Se despertó angustiada. Se miró detenidamente en el espejo y, al ver su expresión dolorida, las dos Martinas afloraron. Mientras una la ligaba al sufrimiento de Alejo, la otra le increpaba qué podía hacer ella frente a las circunstancias y por qué razones se hacía cargo de su destino.

Se pasó un buen rato bajo la ducha hasta que se despejó por completo. Llamó a Samuel.

—Hoy mejor no vengas, Martina, trata de cargar las pilas con otra gente, te vas a enfermar.

No sabía por qué Samuel le daba esa especie de orden, pero por ser él le obedeció. Al fin de cuentas, las idas y la permanencia en el hospital se estaban transformando en un ritual más que en una certeza de algo, su esperanza de que volviera a levantar la ceja se diluía y ver a sus suegros en el estado en que se encontraban la alteraba mucho.

Decidió que ir a la editorial sería saludable para ella. Escogió una camiseta gruesa de algodón con una puntilla alrededor del escote, un pantalón de franela y un abrigo gris que le gustaba especialmente. Se perfumó y tuvo un fugaz deseo de ver a Juanjo. No quiso apresurarse, pero una vez que estuviera en su despacho lo llamaría, sería otra forma de conectar con la vida. Hizo el trayecto casi animada. Recordó aquel lema de su abuelo y contabilizó lo que el mundo le ofrecía. Al pasar, sus compañeros le preguntaban si estaba mejor, todos (salvo su amiga Amparo) creían que había estado enferma.

Su mesa desbordaba de papeles. Dos manuscritos de dos escritores importantes, que acababa de dejarle uno de los correctores, esperaban su mirada crítica y sus notas al margen. Pasaría un tiempo hasta que pudiera concentrarse. Realmente, se sentía como convaleciente de una enfermedad, le resultaba absurdo que el sol brillara como brillaba.

Eran las diez de la mañana. Sentía que su vida había girado ciento ochenta grados y no sabía en qué dirección. Había venido con la ilusión de llamar a Juanjo y encontrarse con él, pero entró al box a buscar algo y el recuerdo de la foto de Alejo en el estante, le volvió a señalar que él continuaba en su camino irremediablemente. Pensó que se había trasladado al despacho principal con tal de no recordar constantemente la foto. ¿Era así? De todos modos, no pudo quitárselo del pensamiento, aunque el trabajo la distrajo, y no llamó a Juanjo.

Su secretaria citó a los dos autores de esos manuscritos a distintas horas de la tarde, a pesar de que ella no hubiera podido echarles un vistazo, pero no se los podía hacer esperar más. Le pidió ayuda a Amparo, que encargó un café doble y un mini bocadillo y se vino a acompañarla.

Uno de los citados era Ricard Fuster, el famoso psicoanalista, un hombre mayor de aspecto atildado. Amparo le resumió que había escrito un ensayo ameno sobre las dificultades del hombre que se queda solo. Su teoría era que soportaban mucho mejor la soledad las mujeres que los hombres y exploraba las causas. Aceptaba las correcciones sin poner ninguna pega. A Martina no le llevó mucho tiempo deshacerse de él. Le escaseaban las fuerzas y le resultó difícil concentrarse.

La segunda era Alba Rigau, que tendría aproximadamente su edad, coqueteaba descaradamente con todo el que tenía delante, incluidas Amparo y Martina. Así había conseguido llegar hasta allí con una novela suya bastante mediocre, considerada histórica por el director de marketing, al que habría seducido expresamente, comentaron ambas, y que, gracias a la difusión desplegada en los medios, estaba adquiriendo la fama que perseguía. Contaba la historia de unas monjas que dos siglos atrás enterraban los fetos de los niños que concebían, en los jardines de un convento cercano al Palau de la Música y habían sido descubiertos en una excavación. El tema agudizó su malestar. El corrector, en el que Martina confiaba plenamente, había subrayado numerosos pasajes confusos. Le dijo que, así como estaba, la novela era impublicable, lo cual le provocó una reacción histérica a la Rigau, a la que Amparo puso freno alegando que Martina (que se había recluido en su antiguo box) había tenido una misión urgentísima, y dejándola con sus argumentaciones inconclusas, dijo:

—Perdona, te dejo un minuto con mi secretaria que te servirá lo que desees —y se fue directa al encuentro de Martina.

El ajetreo imparable de sus compañeros a su alrededor finalmente la deprimió. El mundo seguía girando mientras ella se desmoronaba. Iban de un box a otro, de una mesa a otra, con el móvil encendido constantemente, cerraban operaciones, apuraban a los autores, preparaban ruedas de prensa... Ella era un engranaje más de esa máquina, pero sentía que ahora la podía engullir. Estaba paralizada. Se comparó con la Rigau. Se preguntó qué hubiera hecho esa mujer en su lugar. No obtuvo respuesta. La equiparó a la muñequita de Alejo. Deseó desaparecer. Ordenó como pudo el cúmulo que cubría su mesa y se fue, aduciendo que retornaba su estado gripal. Mejor echarle la culpa al cuerpo que al alma.

—En menos de dos horas vuelvo. Si alguien viene para mí, ¿te podrías seguir ocupando tú, Amparo?

—A esa, déjala en mis garras. La haré sufrir, no te preocupes.

—Gracias —dijo Martina y la abrazó. Le había gustado su respuesta. ¿Pretendía vengarse de su rival en otra mujer? ¿Su rival? Samuel le había dicho que a Alejo no se lo había visto con nadie. ¿Qué le importaba ahora eso? ¿Quién era esa mujer joven que no abandonaba el hospital?

Una punzada conocida la dominó. Salió casi corriendo. Necesitaba mezclarse entre el gentío de la calle con sus interrogantes a cuestas. Intentó prestar atención a los que pasaban, a los escaparates, a los portales, como le había sugerido Samuel en una ocasión, para vaciar la mente.

—Intenta alejar de tu mente lo que te obsesiona y no puedes resolver. Pasea por las calles que más te gusten, las que te resulten tuyas, propias, y déjate llevar. Y si la punzada se agudiza, haz un ejercicio mental de concentrarte en algo fuera de ti, en un escaparate... y más tarde verás que la obsesión ha cambiado de lugar y de forma — le había dicho.

—Deberías ser psicoanalista —le dijo Martina con un haz de ilusión, como siempre que hablaba con él —Qué afortunada es Paula.

—Paula me dice que la abrumo con tantos consejos.

—¿Será que el modelo de pareja está en crisis? —le había dicho.

—Yo diría que las auténticas parejas no están en crisis, tal vez el problema radica en que se forman parejas desparejas. La mía con Paula tiene sus altos y sus bajos. —Samuel sentía un cariño especial por Martina y trataba de apuntalarla como podía.

No tenía calles propias. Como hija de diplomático que había sido, viajando de sitio en sitio, Martina no se consideraba oriunda de ninguna parte, aunque estaba en Barcelona desde los catorce años. Le hubiera gustado sentirse arropada por un barrio, por un lugar de pertenencia, siempre se había jactado de ser universal. Tomó por las calles perpendiculares a la Travessera aspirando el aire, buscando algún aroma al que aferrarse, con una intranquilidad que no le permitía detenerse. Cuando llegó a la altura de la plaza Molina, otra de sus punzadas la alertó cuando sonó su móvil. Fue una corazonada. Era Samuel que le avisaba que Alejo acababa de morir. Entendió su intranquilidad, había sido un presentimiento.

—Lo llevarán al tanatorio de Les Corts. Allí te espero.

—¿Estabas con él?

—Sí, quédate tranquila.

¿Qué hacía ella allí en la plaza Molina mientras Alejo abandonaba este mundo? Avisó a Elisa, se encontró con ella y juntas fueron al tanatorio.

Le llamó la atención la cantidad de gente reunida para despedirlo. Varios hombres con aspecto de médico que ella no conocía y varias chicas bastante jóvenes y guapas a las que tampoco conocía, lloraban, y, entre ellas, la que había visto en el hospital repetidas veces retorcía un pañuelo mientras otra la consolaba. Instintivamente, buscó a la muñequita rubia, pero no la vio. Cuántas personas formaban parte del mundo cotidiano de Alejo a las que ella no conocía. No obstante, algunos amigos comunes se acercaron a darle el pésame.

Se abrió paso con dificultad. La otra nuera y la hermana arropaban a la madre de Alejo. Samuel la abrazó. Estaba con Paula. Pocas veces los había visto juntos. Pensó que eran armónicos. Samuel tenía puesta su eterna americana negra y un pantalón claro, Paula llevaba una falda blanca y una chaqueta azul marino que realzaba el brillo de sus rizos rubios. Era como si se hubieran adelantado al verano que se avecinaba. Ella lo contemplaba cada vez que Samuel hablaba, y él la contemplaba a ella, sin crispación. ¿Por qué pensaba en la crispación? ¿Era ese el estado que los dominaba a ella y a Alejo en los últimos tiempos? Nunca se habían mirado con esa calma. Hubo un tiempo en que se miraron con pasión desbordada, y otro en que Martina miraba a Alejo. ¿Y él cómo la miraba? No pudo responder. Si hubiera sabido que esa era su última oportunidad, no la hubiera rechazado. Pero dijo no. ¿Por qué lo hizo? Recordó la respuesta que le había dado Amparo cuando uno de esos días se lo comentó. Le había dicho que tal vez esa no era una oportunidad.

—Cuánta gente… —dijo Elisa como para distraerla.

—Conozco a muy pocos. Es como si fuera la que deja paso a la otra.

— ¿Quién es la otra?

—Desde hace unos meses, desde que me di cuenta de que Alejo casi no me miraba, me sentí dividida en dos Martinas, la de antes y la del presente. La de antes vivía los incidentes que me ocurrieron a mí, pero le correspondían a ella… —se interrumpió ante el hermano de Alejo que se le aproximó, y soltó unas lágrimas en su hombro.

El padre estaba con su hijo en la salita y no quería moverse de allí. Ella no se acercó a ver a Alejo, se había despedido de él en el Clínico, a solas, le había podido decir lo que deseó decirle. Se sentía triste y ajena, como si los personajes desconocidos le hubieran usurpado un espacio que nunca acabó de ocupar totalmente. Observó a la chica que retorcía el pañuelo, y comprendió los motivos por los cuales Samuel le insistió en que retomara su propia vida. Alejo había empezado a montar la suya, evidentemente.

Elisa permanecía discretamente en un ángulo de la sala pendiente de su amiga. Samuel intercambió unas palabras con ella y se dirigió hacia Martina, que seguía cerca de su cuñado. Le dijo algo al oído y la condujo por los hombros hacia Samuel y Paula. Salieron todos juntos sin consultarla rumbo a la casa de Martina.

Mientras iban en el coche de Samuel, la llamó Juanjo. Le pareció que habían pasado años desde que se habían visto la última vez. Elisa prestó atención a cada movimiento y cada palabra de Martina y le hizo señas para que continuara hablando con él. Las dos iban en el asiento de atrás, adelante Paula y Samuel.

—Pasé un momento duro —dijo Martina —Bueno, lo estoy pasando —No pudo seguir hablando, se puso a llorar y se apoyó en el hombro de Elisa, que cogió el teléfono rápidamente.

—Soy Elisa, su amiga, vamos hacia la casa de Martina. Desde allí te llamará o la puedes llamar en una media hora.

Esa noche, Elisa se quedó a dormir con ella y nuevamente intentó desviar su centro de interés.

Mientras tomaban un caldo de champiñones, Martina le contó a Elisa el sueño que había tenido y que ahora podía interpretar, la visión de la pareja de negro y lo que ella sintió.

Elisa aceptó que había sido una premonición.

—En efecto, la mujer era la muerte y el acompañante era Alejo que acababa de encontrar en ella la mujer ideal —afirmó como resignada. Enseguida, trató de espantar la idea, comprendió la recomendación de Samuel: mira hacia afuera.

Sin embargo, se dijo que la magia existía. Que ese era el motivo por el que le gustaba tanto su trabajo en la editorial. Que el mundo de la escritura era un mundo paralelo, en el cual todo era creíble. Que las religiones pretendían adueñarse de la magia y lo conseguían a medias. Que la magia era algo natural. Que ser escritora o escritor consistía en poder mirar el otro lado de las cosas. Que precisamente el valor de una novela consistía en hacer creíble lo imposible. ¿Acaso alguien duda, cuando en Cien años de soledad, Remedios la bella asciende al cielo con las sábanas que está tendiendo? ¿Acaso no le había llegado a Martina ese manuscrito que le estaba cambiando la vida?

Acudiría a Amparo para encontrarla.

Al día siguiente, Martina recorrió las habitaciones una y otra vez evocando su historia con Alejo y le escribió una carta con los fantasmas que le rondaban:

> *¿Querido? Alejo:*
> *Qué duro has sido conmigo bajo tu capa seductora. Te confieso que cuando descubrí tu "desliz", como lo llamaste, intenté escribirte una larga carta, pero solo pude apuntar con letra cada vez más grande: cabrón, cabrón, cabrón, así llené una página y a continuación la rompí en trozos pequeños. Los quemé en la estufa. Te imaginé a mi espalda. Recordé que Marguerite Duras decía que tardó veinte años en comprender que no era escribir "pese a la desesperación", sino: "con la desesperación". Y como a ella, estas palabras que acabo de pronunciar me hacen llorar. No sé por qué, mientras recuerdo una novela en la que la*

protagonista se siente atraída por un hombre, él la seduce, hasta que un día ella descubre que ese hombre está ligado a otra mujer. Se pregunta por qué no se lo confesó, le duele esa "omisión" como él la llamó. Lo mismo hiciste tú. Lo primero que pensé fue "¿para qué habré ido?". Esperaba algo que nunca llegó. Tal vez, inconscientemente, lo que me impulsó a abrir la puerta de tu despacho fue una manera de cortar mi espera inútil. Después, el llanto fue como un río caudaloso que me transportó hacia otros sitios.

Con el tiempo fui un matiz en tu vida. Pero tú ya no reparabas en los matices, todo era blanco o negro para ti. Recuerdo una ocasión en la que tú decías que los sentimientos dependían de las acciones y yo mantuve que era al revés: que las acciones dependían de los sentimientos. Mi oficio de editora me ayudó. Y no cedí. Me miraste con un amago de desprecio, pero nunca me sentí inferior a ti. Ahora respiro hondo.

No tengo nada más que decirte. Aquí cierro tu capítulo.

Mientras tanto, Juanjo la seguía llamando, sin poder creer que todo hubiera acabado tan bruscamente entre ellos ni que quisiera aislarse otra vez. Hasta que al fin ella le contó con detalles lo que le pasaba y aceptó encontrarse con él.

33

Uno de esos días, Félix llegó más temprano de lo habitual. Encontró a Elisa en la cocina, con una caja de bombones y la cabeza metida dentro de un libro: como no acababa de pasar de la fantasía representada por Suso a la realidad, había retomado la costumbre de leer novelas de amor. Estaba en la escena del reencuentro de la pareja, cuando después de unos meses separados, se sostenían la mirada, respirando entrecortadamente y abrumados por la emoción. Sin embargo, decía que Richard y Lee nunca habían dejado de hacer el amor, aunque hubieran discutido, todavía ese reencuentro no era el camino hacia la reconciliación. Félix le tocó suavemente la cabeza. ¿Y a ella por qué le importaba tanto que se reconciliaran? Se abrazó a Félix como si hubiera vuelto de un largo viaje.

Los niños acababan de dormirse, se quedaron en la cocina. Elisa cerró el libro. Le extendió la caja de bombones, se sirvió un vaso de vino y le sirvió otro.

—¿Cómo has pasado el día? —La pregunta de Félix la tomó desprevenida. Se sobresaltaba ante cualquier pregunta de él como temiendo que sospechara lo de Suso.

—Mi jefe se excede, nos exige más que a los hombres —dijo prestando atención al rumor de los vecinos que guardaban el coche en el garaje.

—¿Qué ocurre? —Félix estaba pendiente de las reacciones de Elisa, la debía notar distinta y esa era la razón de su renovada curiosidad.

¿Entonces ella había hecho todo lo que había hecho para que él la notara distinta? ¡No!

—No me gusta vivir recibiendo instrucciones.

—¿Lo dices por tu jefe?

—Lo digo por nuestros vecinos, ¿cómo te caen? Él se pasa dándole órdenes a su mujer —dijo, suponiendo que había escuchado lo mismo que ella.

—No los conozco.

—Bueno, sí, lo digo también por mi jefe.

—Tu jefe debe ser un corderito con su mujer. Típico, son ogros en el trabajo porque los ignoran en la casa.

—O sea que tú serás pura dulzura en tu empresa.

—¿Y en casa no lo soy? —Félix se le acercó seductor.

En un gesto familiar, le apartó el cabello que, como una cortina, le caía sobre la cara y se la quedó mirando como se mira una joya a través del escaparate. ¿Sabría lo de Suso? Aspiró hondo ese aroma de él que la capturaba y todos sus sentidos se pusieron en alerta para recibirlo.

Poco después, estaban en su espaciosa habitación, metidos en la cama. A ambos lados del colchón, sobresalían unos veinte centímetros de la madera que hacía las funciones de mesas de noche; a cada lado una lámpara, Elisa tenía allí unas cuantas novelas apiladas; del lado de Félix, un despertador, la caja de vitaminas, un dibujo que le habían dejado los niños en un sobre y que aún no había abierto.

Félix se le acercó. Elisa pensó que en las novelas no eran precisamente los amores convencionales los más gozosos, pero esa no era una novela, y alejó sin aflicción una imagen de Suso acariciándola que se coló entre ellos. Se dejó hacer mientras entreveía la luna que se escurría tras los pinos y recordó algo que había dicho sobre el cuarto menguante su primer novio, tratando de resultar romántico, pero que acabó siendo cómico, no pudo evitar reírse, se lo contó a Félix, se rieron juntos hasta que la transportó el remolino que no había llegado a alcanzar con Suso. Esa vez fue distinto a muchas otras, ese descubrimiento la mantuvo menos activa, pero más abierta, más dispuesta a respetar su propio ritmo. Y funcionó.

Se quedó pegada a su espalda sintiendo una paz conocida hasta que él se levantó de un salto, le dio un beso tierno y le dijo que tenía mucha hambre.

—Trae una bandeja y picamos —dijo Elisa que se estiró en una especie de danza placentera.

—Pareces una gata. Y antes ronroneabas, así que… ¿Sabías que si un gato dirige las orejas hacia arriba está feliz?

—¿Qué me estás pidiendo? —Elisa estiró con gracia las puntas de las orejas hacia arriba.—

Bernard Shaw decía que el hombre es civilizado en la medida en que comprende a un gato —dijo él envolviéndose en el albornoz y yendo hacia la cocina.

¿Qué la comprendiera era que comprendía su desliz? Debía dejar de enfocar sus palabras hacia allí. Después de todo, parte del cambio o del encanto, era no sentirse perseguida, ya la estaban rondando los cuarenta, tirar los miedos por la borda era lo que tocaba.

Sí, un año diferente podía significar un año diferente con Félix. El gesto, la fragancia, su espalda eran su territorio familiar en el que necesitaba permanecer… siempre que pudiera expandirse y que Félix no le regalara el mismo perfume de Nina Ricci en cada aniversario, puesto que ella no era la misma. Nuevamente, las exigencias.

34

Antes de que llegara la escritora inglesa, Martina necesitaba liberarse de los grumos que la atascaban. Había llamado unas pocas veces a los padres de Alejo, que estaban destrozados, y trató de hablar de otros temas con Samuel y con otros amigos comunes a los que veía de tanto en tanto. Se quedó con la casa, los padres de Alejo le cedieron la parte de su hijo que, como no tenía descendientes, heredaban ellos.

Serían unos días intensos en los que debía acompañar a la inglesa a todas partes, empezando por una reunión con su agente literaria de Barcelona, una mujer mayor que no hacía concesiones a pesar de su actitud cortés. Solía ser extenuante. Le agradaba la personalidad de la escritora, que figuraba primera en la lista de best—seller, una adquisición de Martina para la editorial, pero la requería a ella en exclusiva.

Estaba compaginando las citas y entró su secretaria, una chica de veintidós años con el cabello cortado al ras, a la que apreciaba por su capacidad para captar al vuelo noticias, ideas, y por saber encontrar un bálsamo para los contratiempos. Usaba pocas palabras, pero sus frases eran contundentes. No tenía pelos en la lengua; por sus comentarios, era ella la que mandaba en la relación con su novio. La nueva generación pisaba más fuerte.

La escritora, la agente, la secretaria… todas mujeres de armas tomar.

Tras la secretaria, llegó Amparo, que se encargaría de ir a recibir a la escritora y llevarla al hotel. Amparo era mayor que Martina y se negaba a convivir con una pareja. Estaba bien así, convencida de que más tarde o más temprano los hombres acababan buscando en la elegida el modelo que conocían.

—No la ven a una como es y con sus necesidades. O buscan los tics de la madre o los de la ex. Todo el trabajo que exige adaptarlos es demasiado para mí.

¿Y si la mujer los descubría como ella los había descubierto? Martina no soportaba que le hablara de la situación. Era como si escuchara una alarma sin saber su procedencia. La alarma pitaba más fuerte, la aturdía, mientras Amparo articulaba frases que ella no acababa de registrar y la secretaria esperaba con su silencio habitual que rompía la música clásica de fondo que sonaba bajito en la planta.

¿En qué se diferenciaban esas mujeres de ella? ¿Qué momento atravesaba cada una? ¿Y a ella por qué le costaba tanto estar y no estar con Juanjo? Tenía que hablarlo con Elisa. Con ella podía hablar sin tapujos. En esa semana, Elisa le había contado con todos los detalles lo que le estaba pasando con Suso. Habían ido a ver la última película de Almodóvar, "La habitación de al lado", protagonizada por dos amigas juntas en una situación límite, ambas se emocionaron, cerca del final se tomaron de la mano y, ni bien se encendieron las luces, Elisa le susurró a Martina que, si les tocaba algo así, ella permanecería a su lado lo que hiciera falta.

Martina abandonó pronto la editorial, por tercera vez en esos días. Se dirigió a la empresa de Elisa. Trabajaban muy cerca, pero hacía días que no se veían. No paraba de llover, la gente se refugiaba en las cafeterías con una taza humeante. Prefirió caminar bajo la lluvia.

Que vivían experiencias opuestas se les notaba en la cara. Martina tenía una belleza melancólica, estaba más delgada y unas tenues ojeras enmarcaban sus ojos verde oscuro. Elisa estaba esplendorosa, hasta parecía que caminaba más erguida, venía hacia Martina con alegría.

Se cogieron del brazo y retomaron la antigua costumbre de merendar en El Velódromo, donde el espíritu bohemio se aspiraba como en la época del taller literario.

—¿Qué has hecho estos últimos días? —preguntó Elisa una vez que pidieron dos claras.

—Pensar en maneras de vivir —dijo Martina, que deseaba ansiosa poner en voz alta su dilema para aclararse mientras jugaba con el zafiro que pendía de su cuello.

—Planificar es lo menos indicado. Nadie sabe qué le va a ocurrir al minuto siguiente. ¿Acaso te imaginaste que con Alejo todo iba a acabar así? Lo ponías por las nubes, no había hombre mejor para ti que él. ¿Y? —dijo Elisa agitando un palillo con una aceituna.

—Por eso mismo, al menos puedo saber lo que no quiero. Me engañé durante mucho tiempo y no quisiera que me vuelva a pasar.

—¿A qué te refieres?

—Había noches en que Alejo estaba en su burbuja y yo me hacía la superada. Era como en esas novelas en que la protagonista se pone su mejor liguero, espera que él la sorprenda así y él ni se entera.

—¿Y ella?

—Soportando estoica, porque una mujer debe soportar y estar dispuesta cuando el hombre dispone.

—¿Pero eso te pasaba con Alejo?

—No, exactamente. Pero a menudo se dormía agotado, o hacía el amor con furia, vaya a saber contra quién arremetía, y yo como si nada.

—Juanjo no es Alejo y tú ya no eres la misma.

—Lleva tiempo desprenderse de los lastres.

—¿Por ejemplo?

—Acabo dándole el poder a los hombres. Aunque Juanjo me parece excepcional.

—Y por eso quieres perderlo. No te mereces a alguien excepcional.

Martina no se esperaba semejante sacudida. Ya en otra ocasión, Elisa le había señalado algo así.

—Bueno, fuera el miedo. No especules. Si con él te equivocas, habrá una fila esperando. Estás muy guapa, pareces una jovencita. Déjate caer en sus brazos…

—Será como pasar de un laberinto a un lago —dijo Martina.

—Brindemos. Bien por el lago. De un laberinto es difícil salir —Elisa levantó su copa y pidió otras dos claras.

—Estamos muy poéticas.

—Este es un momento como aquel del que hablaba García Márquez, un instante en que los conflictos se apartan, y a uno le ocurren cosas que no había soñado. Para él, en un momento así, no había nada mejor que escribir. Tal vez ahora podríamos ponernos a escribir, sería una manera de esclarecer los motivos por los que hacemos lo que hacemos.

—O motivos para darnos permiso. Piensa que Tolstoi tenía tres diarios, uno que dejaba ver a su esposa, otro que quería que publicasen después de su muerte y otro que no dejaba leer a nadie y llevaba escondido entre su ropa.

—Y los diarios de John Cheever giraban siempre en torno a un secreto nunca revelado.

La risa distendió los grumos.

Martina recordó un ejercicio en cuatro pasos que proponía la autora en uno de los fragmentos, al que llamaba "oráculo". Había que hacerlo con otra persona y a mano. Le propuso a Elisa que lo hicieran como un juego. Era así:

Primer paso: Escribirle una carta a Dios.

Segundo paso: Doblar la carta, intercambiar los papeles doblados, y sin leer lo escrito, inventan en el dorso en blanco la posible respuesta de Dios.

Acabaron impresionadas y confiadas, los resultados fueron asombrosos.

Decidida a seguir los sutiles consejos de Elisa (y de Dios) coincidentes con el lema de su abuelo, Martina se dispuso al fin a pasar esos días con Juanjo y vivir el presente a fondo.

35

Cuando esa tarde el joven novelista volvió a llamarla, habían ocurrido tantas cosas en la vida de Martina que se había olvidado de su manuscrito y no se acordaba en qué cajón lo había guardado. ¿Por qué se habría comprometido con él?

—Llámame la semana que viene —le dijo en medio de un caos de trabajo.

—¿Y si me paso por allí?

—No, mándame un correo. En todo caso, mejor te llamará mi secretaria —dijo Martina recordando su aparición intempestiva con una media sonrisa involuntaria. Apariciones y desapariciones. ¿Eso era la vida? Le gustaba su voz pausada, pero no lo que esa voz decía, usaba un lenguaje rebuscado y le parecía un poco desfachatado. ¿Sería igualmente rebuscada su novela? La buscó antes de volver a olvidarse de él. ¿Y si resultaba ser un talento joven y apetecible para cualquier editorial? Tuvo que vaciar tres cajones hasta encontrarla. De paso, controló el trabajo atrasado. Se sentía tan ligera que no le preocupó. Lo haría sin complicarse la vida. Ya no escuchaba campanitas frente a ese joven. Lo veía como un ego enorme y enormes ganas de ser famoso y buscaba en ella a alguien importante de la editorial que lo apadrinase. Le habrían dicho que era la primera regla de oro.

—Me da pena —le dijo a Amparo.

—Lo has colocado en su verdadero lugar y claro que da pena alguien así, pero hay muchas clases de pena.

Guardó el manuscrito en su enorme bolso de brin color crudo y bordes de piel negra que había comprado en Loewe, un tamaño ideal para trasladar las carpetas y los sobres, y pudo salir una hora antes de lo habitual. Tenía las llaves de la casa de Juanjo e iría hacia allá. Desde que se habían reencontrado, pasaba más tiempo en la casa de él que en la suya. Trabajaría allí hasta que él llegara.

En contra de lo que imaginaba, Martina encontró a Juanjo cocinando. Desde el ascensor se percibía el aroma a especias. ¿Azafrán? ¿Nuez moscada?

Juanjo había bajado a comprar arroz y los condimentos que necesitaba. Le había pedido indicaciones a su madre para preparar una receta que le resultaba entrañable, además de apetitosa.

—Falta más de media hora para la cena. No imaginé que vendrías tan pronto —le dijo él secándose las manos en el delantal y corriendo a darle un beso que a ambos le supo a gloria. Aspiró el perfume de ella como para cerciorarse de que no era un sueño y estaba en su salón, y volvió a la cocina.

—Ni yo imaginé que te encontraría. ¿Necesitas ayuda?

—No, gracias. Estoy preparando un arroz que hacía mi madre cuando éramos pequeños y que hace años que no pruebo. La llamé para pedirle la receta. Tú descansa.

—Entonces, voy a echarle una ojeada a un manuscrito.

Juanjo estaba encantado, la entrega que ella le demostraba ponía en acción sus mejores cualidades. Sintió deseos de presentarle a sus hijos. Fantaseaba con la idea de cenar todos juntos en una noche como esa. Camille no había insistido con el tema de impedirle que los viera. ¿La cordura habría hecho mella en su espíritu combativo por alguna razón? Fuera por lo que fuera, él estaba más tranquilo a pesar de que echaba mucho de menos a los niños y esperaba que se calmara el descontento de Camille para verlos con frecuencia. Por el momento, respetaba los horarios que su exmujer determinaba con tal de no crear roces.

Martina se llevó una silla a la terraza. Sorprendentemente, se encontró con una prosa ágil. Sin embargo, algo volvió a perturbarle la lectura, como cuando le leyó un fragmento a Amparo. Releyó uno de los primeros párrafos:

"Mientras Laurent regresaba por la nacional de Orleans— Limoges, un perro se cruzó en la carretera. Dio un frenazo repentino y la pequeña caja de bombones que llevaba sobre el asiento del pasajero se deslizó y cayó al suelo. Los dejó donde habían caído —ya ablandados por el calor y deslucidos por el polvo— y siguió conduciendo por la carretera que se extendía detrás de los solares".

Ya lo tenía, lo de los bombones abandonados le había impactado antes. ¿Dónde lo había leído? ¿Lo estaba acusando de plagio? ¿Era realmente un descarado? Sí, estaba segura, lo había leído antes.

A ese párrafo, le seguían una serie de reflexiones acerca de las razones por las cuales se le habría cruzado el perro, su relación con el inconsciente de las personas y los deseos infantiles. Plagio y exceso de reflexiones. No leyó más. La pena se trastocó en rabia. Su percepción acerca de él no había estado errada, su lenguaje ampuloso lo delataba. El mundo estaba lleno de farsantes. Le daría orden a su secretaria de que se la devolviera por correo con una carta estándar para esos casos. Puso con desgano la carpeta en su bolso y se bebió de un trago una copita de jerez.

Fue a la cocina y se alegró de poder comentarlo con Juanjo, que le prestó mucha atención y le devolvió comentarios inteligentes. Ella trató de sintetizar la información, pero Juanjo quiso saber más, de ese y de otros autores. No podía acabar de creer que un hombre le dedicara verdadero interés a su mundo laboral. Era la antítesis de Alejo, que solo se interesaba cuando intuía que podía convenirle el tema por alguna razón. O simplemente, le aburría de forma ostensible. En cambio, Juanjo no solo la escuchaba, sino que le aportaba ideas, le abría puertas nuevas mientras controlaba el punto de la comida. Apagó el fuego, dejó que tomara gusto. Cuando se volvió hacia ella, sus miradas se encontraron, ella le dio un beso y él la retuvo contra su cuerpo. Se sintió como una diosa a la que él sostenía con delicadeza y deseo. Al abarcarla entre sus manos le hacía sentir que ocupaba un lugar en el espacio. Recordó la teoría de Amparo: si sabes el lugar que ocupas y sabes el lugar que ocupan los otros, la vida funciona. ¿Y cuál era el lugar de él?

La condujo hacia el sofá. La acarició, le besó cada centímetro de su cuerpo como si tuvieran todo el tiempo por delante, hasta que poco a poco le hizo el amor. Ella se abrió para recibirlo y lo impulsó con fuerza hacia sí, diosa, su cuerpo era la tierra y él hundió las raíces en ella. Se quedaron así abrazados un buen rato sin decir nada.

Al fin, Martina se incorporó y fue desnuda a servirse otra copita de jerez, que se llevó a la bañera con la ligereza que su amor le otorgaba.

Juanjo puso la mesa con un mantel de hilo blanco y una vela encendida en el centro. Se había puesto unos vaqueros gastados y una camisa leñadora que le daban un aire despreocupado y ella estaba envuelta en un albornoz de él, color turquesa que le realzaba el brillo de sus ojos.

—Hoy cenamos temprano como los franceses —anunció Juanjo, trayendo una fuente humeante que colocó sobre un posa platos.

—Qué bonito mantel —dijo Martina, pasando por alto la referencia a los franceses. Pero era normal que después de tantos años de convivencia y tantos viajes a Francia, hiciera ese tipo de asociaciones.

—Este arroz tiene muchos ingredientes, a ver si adivinas cuáles son.

—Qué eficiente. Esta faceta no te la conocía.

—Ni yo —dijo él tomándole la mano y dándole un beso en los dedos.

Martina observó que él ya no llevaba la alianza que hasta ese momento había conservado. Ella, en cambio, nunca había usado alianza porque a Alejo le parecía ridículo. Juanjo llenó las copas y brindaron.

Después, le habló de sus proyectos.

—Se ha interesado la Universidad y le dedican una asignatura. Además, quieren que lo difundamos en otros países europeos. Seguramente, tendré que hacer unos cuantos viajes.

—¿Pronto?

—Aún no lo sé.

Cuando acabaron el arroz y Juanjo se disponía a traer el postre, lo llamaron del estudio. Era Julia que todavía estaba trabajando y necesitaba hacerle unas consultas urgentes.

—Lo siento, pero es importante que vaya, ¿no te importa? Voy a volver pronto. No será más de una hora. Dejamos el postre para mi vuelta —dijo Juanjo.

Martina lo acompañó hasta el ascensor y Juanjo le dio un largo beso. Cerró la puerta con la traba y dio una vuelta por la casa. Cambió el albornoz por un vestido de lanilla color gris que colgaba de una percha del armario, una de las pocas prendas que había traído en esos días, unas medias negras y zapatos planos como los que usaba Carla Bruni, aunque Juanjo era bastante más alto que ella.

Entró en la habitación en la que estaba su tablero de dibujo, le hizo gracia un personaje de historieta igual a él, con el mechón de pelo que le caía sobre los ojos y llevaba hacia atrás en un gesto inútil, dibujado en un ángulo del tablero en seis pequeñas escenas. Qué bien dibujaba. Acarició con la yema de los dedos los dibujos. Se conmovió al reconocerse en uno de los cuadritos, la había convertido en una mujer voladora a la que el personaje de Juanjo intentaba alcanzar. Entonces era cierto que volaba. Se sonrió. ¿Cuándo los habría hecho? Deseó que volviera para preguntárselo. Pensó que, si hubiera curioseado en el estudio de Alejo, no hubiera sido capaz de confesárselo, convencida de que le habría caído mal. Hubiera sentido que invadía su ego. Con Juanjo no tenía esa clase de pruritos. Al contrario, sabía que lo tomaría con beneplácito, como un gesto de acercamiento hacia sus cosas. En el otro extremo de la mesa, un retrato de él con los gemelos jugando en la nieve. ¿La habría sacado la madre de los niños? ¿Serían en ese momento una familia feliz? No le transmitió esa impresión, apenas mencionaba a Camille, como si ella hubiera estado ausente a menudo. Y así era. En cambio, le había hablado con cariño de sus padres y de la buena relación que tenían con los nietos.

Dejó la foto en su lugar y volvió al salón. Se tendió en el sofá, que todavía guardaba la forma de sus siluetas en la tela. Colocó las piernas sobre unos cojines. Se quedó pensando en los acontecimientos de los últimos meses.

Le parecía increíble haber pasado por todos los vaivenes que había pasado y haber llegado a los brazos de ese hombre que le transmitía tanta serenidad. No sabía demasiado de él. Era ella la que más había hablado desde que se habían conocido —al menos tenía esa sensación— feliz de que respetara sus decisiones y no tratara de indicarle lo que debía hacer. Le llamaba la atención que esas pocas veces en que le contaba algo sobre Camille, no dijera su exmujer. Tonterías, la forma en que la miraba a ella era más elocuente que todas las palabras del mundo. ¿Y qué intensidad sentía ella por él?

No completó su pensamiento porque un insistente timbrazo la sobresaltó.

Como no había sonado el portero automático, supuso que sería Juanjo. Habría entrado por el garaje y se habría olvidado las llaves de arriba. Fue a abrir. Se sorprendió al encontrarse frente a una mujer sofisticada, con un larguísimo echarpe de seda en torno al cuello y una pizca de malicia en la mirada, que parecía tan sorprendida como ella, pero más dueña de la situación.

—Soy Camille, la mujer de Juanjo —dijo.

—Yo soy Martina — Tuvo deseos de decir: "yo soy la mujer, tú serás la ex".

—¿Está Juanjo?

—No, vendrá pronto, ¿te puedo ayudar? —La tuteó a pesar de que Camille la trataba de usted.

—Es que no entiendo por qué no ha venido hoy a comer —dijo Camille como lanzando una bala, echando mano de uno de sus juegos sucios que le resultaba tan fácil inventar. Pareció regocijarse ante la cara de asombro de Martina y continuó con la comedia.

Martina no articuló palabra. Reparó en que no le preguntaba quién era ella. ¿Lo sabría? ¿No lo sabría? ¿Qué quería decir con que no había ido a comer? ¿Juanjo habría ido realmente a su estudio o a dónde había ido? Sabía que Camille había tenido una serie de berrinches e incluso lo había amenazado con impedirle que viera a los gemelos, ¿Juanjo habría abdicado por miedo? ¿Por qué no se lo había contado?

Los interrogantes seguían agolpándose en su mente mientras Camille seguía hablando como si leyera en su mente.

—Hemos llegado a un acuerdo —continuaba—, quince días juntos y quince separados. Yo no sé qué hace en los quince días que estamos separados. Un modo como cualquier otro —dijo dirigiéndole una mirada que daba por sobreentendido que los pasaba con Martina— ni me interesa, pero sí me interesa que esté en su casa cuando nos toca estar juntos —La miraba de frente, sin pestañear, y aprovechó su expresión de asombro para agregar: — Incluso los niños me preguntaron dónde estaba hoy su padre.

Martina no pudo soportar su mirada y bajó la vista. Por dentro la arrasaban nuevos interrogantes y toda clase de conjeturas. Deseaba que Camille desapareciera de su vista, con una sensación parecida a la que le sobrevino con la muñequita rubia de Alejo, con la diferencia de que esta mujer no era una muñequita, era una bruja, la enfrentaba ostensiblemente y ella no acababa de creerle sus argumentos.

Camille se despidió en el mismo lugar en el que se había despedido de Juanjo con ese largo beso, y partió en el mismo ascensor.

Martina volvió a sentirse desplazada. ¿Cómo era posible que Juanjo hubiera llegado a ese acuerdo con Camille y no le hubiera dicho nada? Intentó sospechar que era una patraña, pero se impusieron la idea del desplazamiento y el deseo de estar sola.

Cogió el bolso, se preparó para salir, su ilusión volvía a derrumbarse y la congoja volvía a empañar su confianza.

Se colocó en el centro del salón con el bolso al hombro, indecisa, se quería ir, pero no se iba.

Metió la mano en el bolso, tocó la piedra y sacó el manuscrito. En momentos como ese, tomaba las técnicas literarias como salvavidas. Abrió una página al azar y leyó atentamente el mensaje:

"Eres dueño de la historia que pretendes contar y de la mirada con que decidas contarla. Rebélate a las imposiciones, confía en tu intuición. Escucha y sigue a tu voz interior, a veces tapada por los ruidos externos, por las voces de los demás. Solo tú puedes contar tu historia".

Miró a su alrededor y volvió a dolerle esa casa semivacía que Juanjo empezaba a habitar con ella. Recordó la alegría que demostró al colocar el mantel y al servirle la cena, sus palabras, sus gestos, su deseo de que le ayudara a escoger los muebles. Se dijo que esa era la historia que tenía que contar.

Llegó a la conclusión de que esta vez no eran Elisa ni Samuel sus mejores interlocutores, sino el mismo Juanjo. La evidencia la tranquilizó. Se secó unas lágrimas molestas y de pronto tuvo claro que lo que más deseaba era hablarlo con él, que él la alejara de su desazón. Era su oportunidad de enfrentar la realidad, la que no pudo enfrentar con Alejo. Fue como saber de pronto qué clase de mujer era. Como le dijo después Elisa, en ese momento fue una mujer valiente. Así se sintió. Lo llamó.

—Qué sorpresa, mi amor. Ya voy para allá. Todo arreglado.

—Acaba de irse tu mujer.

—¿De dónde? ¿Qué mujer?

—Camille. Dijo que deberías haber ido a comer a "tu casa", se refería a la vuestra.

—¿La nuestra? ¿Pero qué dices? No entiendo nada.

—Dijo también que hay un pacto entre vosotros dos.

—Voy hacia allí. No te muevas. Trataremos de averiguar qué trama mi exmujer, aunque me temo que ya me lo imagino. Habrá querido amedrentarte. No se lo vamos a permitir. Ya voy, ya voy, voy volando. ¿De acuerdo? Sobre todo, no des un paso, no te muevas —dijo Juanjo, que la conocía lo suficiente como para sentirse temeroso de no encontrarla al llegar.

"No se lo vamos a permitir". La animó que hablara en plural —"trataremos..."—. Podrían resolverlo entre los dos. Sintió que Juanjo no mentía. Por primera vez, decía mi exmujer de esa forma tan contundente.

—Bueno, te espero —respondió Martina con un dejo de tristeza, pero algo más confiada. Lo de "voy volando" le recordó el dibujo del tablero y suspiró.

Se acordó de su sufrimiento con Alejo, de su costumbre de estar pendiente del ánimo cambiante de él —como bien se lo hizo notar Elisa—, de su lucha por agradarle y el menosprecio de su propia sensualidad. No debía permitir que los recuerdos interfirieran en su vida. Estaba confundida.

A los diez minutos, Juanjo estaba allí. Sí, realmente había venido volando. Poco a poco, con su ternura y su transparencia, la fue convenciendo y disipó su angustia. Camille era una terrible manipuladora y capaz de cualquier montaje con tal de conseguir sus fines.

—Tuve terror de que te fueras.

—Ya ves que aquí estoy —dijo Martina, con una lucecita que volvía a encenderse en su mirada.

Mientras sonaba su móvil, que no atendió, Juanjo recorrió su rostro con una multitud de besos que Martina recibió como mariposas alegres. Ella lo detuvo a la altura de la boca y se internó por allí con confianza. Después se quedó un largo rato abrazada a él. Lloraba y reía al mismo tiempo. Mientras Marina se levantó a lavarse la cara, Juanjo miró el mensaje del móvil, con resquemor.

—La llamada era de Julia. Salí con tal velocidad que se habrá quedado asustada. Le diré que venga. ¿Quieres? Te gustará y se lo contaremos todo —dijo Juanjo, aliviado.

—Sí. Necesito distraerme.

En cuanto entró, Julia miró a Martina con simpatía. Demostrando su buen gusto y su ductilidad a la vez, dejó abandonados los guantes y el bolso de Pierre Cardin sobre una mesa baja que cumplía distintas funciones, debido a la escasez de muebles.

—Hola, mi niña.

Martina percibió que Juanjo le había hablado de ella y que Camille no sería una persona de su agrado. Se notaba que eran muy buenos amigos. Le gustó su franqueza, en eso se parecía a Juanjo.

Se sentaron distendidos en la cocina con una fuente de cacahuetes y le contaron todo.

—No creas nada de lo que Camille te diga, vive actuando —dijo de pronto Julia.

Juanjo se levantó a buscar aceitunas y almendras como para mantenerse al margen de la conversación. Sabía que Julia le daría una versión más clara que la de él, para ella era el hermano que no había tenido, y le alegraba lo rápido que ambas se habían entendido.

En cuanto Julia se fue, desconectaron los móviles y se dispusieron a disfrutar del sábado que estaba a punto de empezar.

36

Martina era la primera mujer con la que Juanjo podía ser totalmente sincero, no porque antes hubiera mentido, sino porque por fin no se sentía forzado a adornar o a exagerar. Con ella, sintió que se había desembarazado de una mochila que no sabía que cargaba. Quería gritarlo a los cuatro vientos y a la vez temía que todo se esfumara.

No conectó su móvil hasta el lunes por la mañana.

Antes de sacar el coche del parquin lo encendió y se encontró una serie de mensajes de su hijo.

—Es urgente. Llámame — decía el primer mensaje.

Se le encogió el corazón. Toda clase de terrores y fantasías desfilaron por su mente.

—Papá, ¿dónde estabas? Te he llamado mil veces, tenías el móvil apagado.

—¿Qué ha pasado?

—Mamá. La encontramos casi inconsciente al llegar del cumpleaños de Rodrigo y no sabíamos qué hacer. Llamamos a urgencias y ahora estamos con ella en el Hospital de Barcelona.

Juanjo pensó que era una historia de nunca acabar, y que ese desmayo podía ser una de sus tretas para hacerlo volver. En parte, no se equivocaba. Las últimas semanas había insistido en que era lo mejor y como lo que ella consideraba lo mejor no presentaba dudas, suponía que también él, normalmente entregado a sus marchas y contramarchas, lo iba a aceptar. Pero no había sido así y ella montaba la comedia.

Pensaba en eso mientras le decía a su hijo que iría enseguida para allá. No podía abandonarlos. Llamó a Martina y le explicó lo que pasaba. Supo que esta vez lo comprendería y lo comprendió.

Volvió a sacar el coche, estuvo en cinco minutos en el hospital.

Uno de los médicos le dijo que debía quedar ingresada, que le harían una serie de pruebas, que en principio tenía bajas las defensas. Sus hijos estaban en la sala de espera, los habían hecho salir un momento de la habitación.

—Ahora debéis dejarla descansar. Os habéis portado como dos personas maduras. Estoy muy orgulloso de vosotros —les dijo.

—Lo primero que hicimos fue llamar a los abuelos. Ellos nos dijeron lo que teníamos que hacer.

—Muy bien —dijo Juanjo agradeciendo mentalmente al cielo los padres que tenía —Id a saludarla, se mejorará pronto —los tranquilizó.

Los gemelos saludaron a su madre.

Juanjo los acompañó hasta la cafetería y los dejó tomando una merienda. Volvió a subir y se asomó a la habitación con cautela.

Camille no podía aceptar que Juanjo se hubiera ido definitivamente, en realidad había sufrido un ataque de histeria. No entraba la separación absoluta dentro de sus planes y no había dejado de llamarlo durante todo ese período. Hacía tiempo que tenía un amante, también casado, y hasta que él no se separara de su mujer, ella no quería que él creyera que abandonaba a su marido por él. Pensaba que con los hombres la incertidumbre era lo que mejor funcionaba y si Juanjo se iba, sus planes se harían añicos. Tarde o temprano, su amante, que vivía a caballo entre París y Barcelona, lo sabría y supondría que estaba demasiado colada por él.

La histeria no parecía darle resultado, así que la transformó en una comedia azucarada.

—No puedo vivir sin ti —le dijo en cuanto lo vio

—Ni conmigo —Juanjo no mencionó la aparición que había hecho en su casa engañando a Martina, consideró que decírselo la pondría más a la defensiva.

—Vuelve, Juanjo, vivamos juntos, me equivoqué —Por el momento, prefería renunciar a su propuesta de tiempo partido antes que convertirse en una divorciada y creyó que su papel de víctima, débil y en la cama de un hospital, podía conmoverlo.

Ya no.

Como no recibió de él la respuesta que esperaba, pasó a la amenaza:

—De lo contrario, no verás a tus hijos —Le tocó el punto que más le dolía. Sin embargo, Juanjo no se amedrentó.

¿Qué había ocurrido? No era el mismo Juanjo de siempre ni lo podía manipular.

Juanjo llevó a los gemelos hasta la casa de ellos, les dijo que esa noche se quedaría a dormir allí. Fue hasta su casa, recogió unas pocas cosas y volvió a llamar a Martina. Le parecía mentira encontrarse en esa situación. Fue esa sola noche, en la que Juanjo reconoció olores y colores, les preparó el *omelette* con queso que tanto les gustaba y habló con sus hijos hasta tarde como siempre solían hacerlo.

Al día siguiente, a Camille le dieron el alta. Fue a recogerla al hospital con los dos niños para evitar estar a solas con ella. Cuando los dejó frente al portal, lo invadió la melancolía.

37

Una de esas tardes, Elisa fue a la hora de la siesta a lo de Suso y hubo algún nuevo amago de hacer el amor, que no cuajó. Tras un beso cariñoso, él le dijo que todo giraba a su alrededor.

—Ya no me apetece seguir con mi mujer. Me has vuelto loco.

Siempre los causantes del mal habían sido los otros en su vida. Y ahora...

Supo que se conocía más gracias a Suso, que Suso le despertaba zonas dormidas.

—Un sabio decía que cuanto más lejana esté la ciudad a donde deseamos ir, más largo será el viaje, lo importante es ponerse en marcha, es el viaje en sí y cómo lo hacemos. Nosotros nos pusimos en marcha, Suso, eso es lo que hay que rescatar.

—Por eso creo que cambiaron mis prioridades. Estoy asustado. Siento que me quedé en pelotas, es algo así.

—Tenemos una historia compartida. Somos amigos. No te dejaré solo. Pero es tu proceso, el mío va en otra dirección.

Suso la escuchó. Se dieron un abrazo larguísimo.

Elisa se fue al centro, todavía faltaba una media hora para la salida de los niños. Entró en una sucursal de Armani y compró un vestido corto estilo Jackie, oscuro, con los bordes ribeteados en blanco, un colgante de *strass* y unas gafas de sol enormes que le dejaban en primer plano su boca de dientes parejos y labios seductores. En la tienda vecina, compró el bolero de Chico Novarro y otros más.

Cuando esperaba en la puerta del colegio a sus hijos, con las gafas de sol puestas, el padre de otro niño, con el que apenas había intercambiado unas pocas frases, le dijo:

—Tu hija tiene la boca tan bonita como tú.

Por la noche, le regaló los CD de boleros a Félix sin importarle que llegara tarde. El año anterior hubiera puesto plazos y se hubiera guardado el CD resentida si él no llegaba para acostar a los niños y contarles un cuento. Se dijo que él se lo perdía. Descubrir ese estado de libertad hizo que se lo regalara convencida de que respondía a su deseo. Su reacción no se hizo esperar, lo puso, le sirvió un vaso de cava y lo tarareó hasta que se fueron a la cama. Lo notó distinto, pero la distinta era ella.

Pero entonces Elisa no pudo dormir. Pensamientos, sentimientos, resquemores, imágenes y más imágenes desfilaban por su mente como azotes. Soñó que era la chica en ayunas, perdida, helada, completamente sola, sin un centavo, inmóvil en la Plaza de la Concordia, del poema de Prévert. Escribió el sueño en cuanto despertó.

En lugar de desayunar, se fue hasta la Barceloneta. Se acercó a la palmera que bajo la luz de la mañana, estaba quieta, como esperándola. Acarició el tronco rugoso y aspiró el aroma salino. Sus sentidos estaban más despiertos que nunca. Releyó el apunte del sueño que traía en el bolso. Revivió la felicidad que sentía cuando escribía con las antenas puestas para integrar cualquier cosa que viera y en ese festín de los sentidos que la transportaba, decidió que era hora de ponerse a escribir.

Llamó a Martina y le anunció su propósito como una manera de comprometerse. Martina le recordó el contenido de las cartas a Dios, le dijo que no se echara atrás, que era ahora o nunca, que le exigiera su tiempo a Félix si era necesario.

La chica del sueño la acompañó buena parte del día. Le escribió un mail a Suso contándole el sueño y que lo asociaba con él. Fue como escribirse a ella misma.

Él le respondió: Tú novelista y yo poeta, ¿no? Acuérdate que me ofrecí como lector, el pacto sigue en pie.

La impresionó la sincronía.

Quería un año diferente, lo había conseguido.

38

El viernes por la tarde, Juanjo preparó ilusionado su re-encuentro con Martina. Pasarían el sábado juntos en su casa. Los dos eran bastante caseros.

Fue a Habitat con la intención de comprar más enseres para la cocina, una vajilla diferente, porta velas, toallas que hicieran la casa más confortable. Compró una hamaca, un almohadón de rayas y una lámpara de exterior para ella, a la que imaginó leyendo en la terraza y deseó que estuviera con él y escogieran juntos el resto.

La llamó y, a los pocos minutos, Martina llegó. Él la esperó en la puerta, la vio venir por Montaner con su paso ligero y la melena al viento y su corazón le dio un salto. La calle estaba muy concurrida, pero él solo la veía a ella, que llevaba el mismo vestido de lanilla del viernes anterior que la envolvía destacando sus formas, la recordó con su cara de susto y se enterneció.

Les resultó fácil coincidir en la elección, y compraron también un portarretratos de plata sin saber qué fotografía colocarían. Salieron cargados de paquetes hacia el coche de Juanjo, que había tenido la precaución de dejar a pocos metros de allí.

Entusiasmados, acomodaron los objetos, estrenaron vajilla. Martina organizó una picada con embutidos y quesos y Juanjo preparó dos ensaladas bajo la mirada interesada de Martina.

—Todo lo que uno tiene en la nevera es apto para una ensalada. Se le agrega frutas, nueces, aceite de oliva y vinagre de Módena.

—Eres un verdadero chef —dijo Martina, hambrienta—. Tus comidas me incitan —dijo pícara.

Después, se llevaron una bandeja a la cama con dos copas y una botella de vino blanco y se quedaron hablando mientras Juanjo enredaba las manos en su pelo.

—Yo tomé la decisión, entre comillas. Ahora me alegro más que nunca —dijo Juanjo, acabando de contarle su odisea con Camille y llenándole la copa de vino.

—En realidad, los dos tomamos la decisión entre comillas —dijo Martina burlándose por primera vez de la situación.

—¿Lo tuyo fue parecido?

—Con otros ingredientes. Otro día te lo cuento —le resultaba duro hablar de lo que pasó, porque Alejo había muerto —Fue una crisis difícil de digerir.

—En cualquier caso, de las crisis se sale fortalecido.

—¿No será un consuelo de tontos?

Se echaron a reír, dejaron la bandeja en el suelo y rodaron por la cama.

Se tumbaron uno al lado del otro, ebrios de tanto gozar. Martina, encima de Alejo, lo besó en el cuello. Comprendió que no era un hombre cargado de energía, lo que la hacía feliz, sino alguien que vibrara en la misma longitud de onda, que cada uno respetara el mundo del otro, y no que valiera lo mismo que un yate.

—¿Cómo crees posible que Marlene Dietrich y Hemingway no se hayan acostado nunca, aunque vivieron treinta años enamorados? —dijo Juanjo con una mirada arrobada y acariciando con gracia a Martina después de hacer por segunda vez el amor desde que habían llegado y mientras los únicos sonidos audibles era el piar de dos gorriones en la plaza Concordia y el chorro de agua que regaba de modo discontinuo el césped que rodeaba el edificio.

—Creo que Marlene no hubiera podido resistirse si en lugar de Hemingway hubieras sido tú —dijo Martina, jocosa.

Por la mañana, hicieron un desayuno interminable y se quedaron leyendo los periódicos. Cada tanto, Juanjo se le acercaba y la besaba.

Por la tarde, bajaron a andar y a tomar el sol que asomaba de a ratos sobre la ciudad, silenciosa a esa hora. Martina escogió una película que daban en el cine Renoir, "Los limoneros", y se quedaron conversando en el pequeño bar.

—¿De qué trata?

—Son dos mujeres que defienden lo que sienten, cada una a su manera. Amparo la vio y me la recomendó.

—Veremos si algún hombre las apoya.

—O las entiende —dijo Martina, haciéndole una caricia en la frente.

—¿Te gustaría escribir algo sobre estos temas?

—Posiblemente. Algún día quisiera lanzarme.

—Sobre todo porque conoces bien el oficio. Ya he visto que eres muy requerida por los escritores —dijo aludiendo al joven novelista con el que se cruzaron en el ascensor el día en que Juanjo también había venido de improviso a buscarla.

—Y tú tienes muy buena memoria.

—Soy un buen observador de los detalles que para otros pasan inadvertidos. Es mi trabajo —se rio seductor.

—¿Y qué observaste?

—Que al joven no le caías nada mal.

—El joven es el farsante del que te hablé. Tú sí que podrías ser un buen escritor.

—¿Por qué lo dices?

—Eres un buen observador de los detalles y tienes mucha memoria, dos condiciones esenciales para un novelista. En lo marginal está el significado, nunca en el centro.

—Interesante.

—Me lo dijo Millás.

—Es cierto, sus crónicas toman un detalle y te mueven todos los esquemas. Pero una novela me parece más difícil que un edificio.

—Son equiparables.

—Hace poco leí que William Gill, un arquitecto, se casó con una editora asociada a la Penguin's Book y le cambió la vida. Cuando volvía a su casa, la encontraba leyendo originales y una noche se puso a leer uno y le dijo que eso también podría escribirlo él. Su mujer lo estimuló y así redactó su primera novela. Ella le entregó los manuscritos a una agente literaria de Nueva York, y a los quince días le pagó 250.000 dólares por los derechos de publicación. Y abandonó la arquitectura. ¿Por qué me miras así?

—Porque me sentí como cuando mi abuela me contaba un cuento antes de dormirme. Una historia muy bonita —dijo volviendo a sentir emocionada la importancia que él le otorgaba a su trabajo.

—Para mí es una historia de amor. Nos podría pasar a nosotros, ¿no crees?

—¿Dejarías la arquitectura por la novela?

—Supongo que tú podrías estimularme para lo que sea. A eso me refiero. Vamos, que seremos los últimos en entrar.

El domingo, en cuanto se levantó, Juanjo fue hasta el armario y sacó un pequeño sobre de su americana que le alcanzó a Martina mientras volvía a besarla.

—¡Oh! —fue lo único que pudo decir Martina al ver el compact. *Amor con baladas* de Maria Bethania, Maria Creuza, Caetano

Veloso, Gal Costa, Toquinho, y Astrud Gilberto, leyó bajito. Se le llenaron los ojos de lágrimas. Juanjo la besó con dulzura.

Se quedaron largo rato enlazados escuchando la música que conectaba a Martina con un ambiente que idealizaba, la música fluía por su cuerpo y le provocó unos deseos inaplazables de que él explorara ese cuerpo que ardía, tan sensual como las voces y como lo que esas voces decían. Juanjo la complació embelesado al compás del CD que colocaron por segunda vez. Acabaron sosegados y felices.

Tras los abrazos, el diálogo que compartían fue igualmente intenso y reparador.

Juntos rememoraron lo que había pasado unos días atrás, la irrupción de Camille y la reacción de Martina.

—¿Desconfiaste de mí?

—Es que "ella" —no pudo pronunciar su nombre— es una buena actriz.

—Una buena mentirosa.

—¿Qué excusa te dio? —le preguntó Martina con timidez.

—Cuando la increpé, me rogó que volviera con ella. No la entiendo. Ahora puedo verla en su verdadera dimensión y me preocupa por mis hijos.

—Tus hijos te tienen también a ti.

—Por cierto, he quedado en llevar a mi hija al club, tiene prácticas de natación. ¿Te gustaría acompañarme?

—No, no —Martina no alcanzó a completar la frase porque sonó el móvil de Juanjo. Lo atendió a la vez que se metía el jersey por la cabeza y Martina lo zarandeaba divertida porque se lo estaba poniendo al revés.

—Diez minutos. Espérame en la puerta. Era mi hija. Julia quería pasar un rato. ¿Te apetece? La llamo.

Llamó a Julia, enlazó a Martina por la cintura, dio con ella dos pasos de baile siguiendo el ritmo del CD que seguía sonando y la besó mientras bailaban. Le tiró otro beso con la punta de los dedos y cerró la puerta de calle. Estaba realmente guapo.

A la media hora, llegó Julia con unas pastas de almendras y su sonrisa habitual.

—Es increíble lo bien que se está en este piso —Con la confianza que le daban la amistad con Juanjo y su edad, Julia se sentó en el canapé que había elegido Martina y extendió las piernas sobre un banquito.

—Sí, la luz y la distribución de este piso son excepcionales —dijo Martina, extendiéndole una taza de té. Se sentía algo intimidada a solas con Julia. Acarició la madera de un escritorio que Juanjo había comprado a un anticuario de la calle Santaló, pensando en ella. Solía necesitar aferrarse a algo propio ante esos estados que la colocaban en un papel de heroína trágica, tan sola a los quince años y con una tía tan rara a la que solo le había comunicado la muerte de Alejo, pero nada de lo que estaba viviendo.

—No es solo eso. Es el clima que se respira.

Martina no dijo nada. Dentro de ella se libraba una batalla. Tenía la impresión de que no podía situarse en el tiempo. En esos días, consultaba permanentemente su agenda y la sorprendía una fecha como si el calendario fuera más rápido que ella. ¿De qué le estaba hablando Julia? ¿En esa referencia al clima que se respiraba la incluía? ¿Era ella parte de esa casa realmente? La atacó la fantasía de estar atada a una cuerda.

No pudieron avanzar en la conversación. Julia acabó contándole cómo había sido su historia, le dijo que en algunos aspectos sentía que se parecían y que ella había tomado algunas decisiones equivocadas de las que no terminaba de arrepentirse. ¿Se lo contaba a modo de advertencia? ¿Intuía que ella podía equivocarse dándole la espalda a Juanjo?

—Bueno, espero que algún día nos visites en el estudio. Juanjo se alegrará —dijo como corroborando sus suposiciones. Julia se levantó y se apoyó en la baranda de la terraza. Alcanzó a distinguir a Juanjo, que llegaba en ese momento y esperaba a que se abriera el portón del garaje—. Sí que ha ido rápido. Ya está aquí.

Cuando Juanjo llegó, Martina recuperó el sentido de la realidad. Siempre resurgía esa sensación de protección que él le daba. En cuanto Julia se fue, le describió esa sensación de extrañeza que había sentido. Poderle contar sus sentimientos tan contradictorios la aliviaba.

—Trataré de que tu confianza se fortifique. A mí, estar contigo estos meses me ha ayudado mucho, no sé a ti —dijo Juanjo. Le besó los párpados, la punta de la nariz, y al llegar a la boca trató de transmitirle con fuerza su amor.

—Fue un día muy especial —suspiró Martina —Ahora quisiera irme a casa. Tengo que preparar un material para mañana y no me quisiera acostar muy tarde.

A pesar de todo, no conseguía entregarse totalmente. Lo hacía durante un tiempo, hasta que un gusanillo interior la conectaba con un deber que se imponía y una necesidad de estar en su casa como si alguien la estuviera controlando. No se acababa de dar permiso.

Sin embargo, más que en sus palabras, Juanjo reparó en su mirada brillante, nunca la había visto así y se preguntó si ese sería el brillo de la felicidad. Mientras conducía hacia la casa de ella, tuvo miedo de que algo se quebrara. El hecho de que no vivieran juntos acrecentaba su temor. ¿Estaría ella dispuesta a vivir con él en algún momento? No la quería presionar, pero lo deseaba con toda su ilusión, no le gustaba nada vivir solo, pero además con ella le parecía que podía ser maravilloso.

Esperó a que Martina cerrara el portal y puso en marcha el coche diciéndose que todo estaba bien, al fin, y que tenía que confiar más en su suerte. Y hasta imaginó que le regalaba un anillo de diamantes, como en la película romántica más conmovedora.

39

Martina se encerró en el dormitorio con una infusión de menta que bebió a pequeños sorbos mientras encendía el televisor y hacía *zapping* sin prestar atención. Se sentía confusa. Se colocó una mano en el pecho como si allí se escondiera la razón de su inquietud. Trató de concentrarse en un debate de la CNN, pero se le cerraban los ojos. Reconocía que Julia tenía razón al integrarla a la vida de Juanjo, pero a pesar de lo bien que se sentía junto a él, continuaba metida en una especie de cápsula y, aunque todo se había aclarado entre ellos, la agotaba que tantas personas pretendieran eclipsar la vida de él.

Tuvo una terrible pesadilla en la que Alejo venía a suplicarle su perdón, e insistía, le pedía que se fuera con él. La amargura la dominó al despertar. Lo primero que pensó fue que ahora sí le diría a Juanjo que necesitaba tomarse un respiro, un tiempo con ella misma, y que tal vez él debería hacer lo mismo. Posiblemente, ella no era más que una valla de defensa contra Camille. Su fantasía la estaba llevando lejos, Juanjo le demostraba su amor en todo momento. Daba igual. Estar sola le era indispensable. Siempre había rechazado la idea de pasar de los brazos de un hombre a los de otro sin pausa y era lo que había hecho. La pesadilla era un toque de atención que no debía desoír.

Sin embargo, antes de que Martina pudiera tomar una decisión, Juanjo la llamó a la editorial para comunicarle una novedad: ese próximo lunes viajaría a Roma. ¿Casualidad? Ella no creía en la casualidad. El gran proyecto que desarrollaban para el centro cultural lo obligaba a dar conferencias en los Institutos Cervantes europeos y a atender otros proyectos colindantes, para los cuales entraría en contacto con lo más granado del mundo del arte.

Le apenaba tener que separarse de Martina. Pero era responsable de los compromisos que su trabajo le exigía y que también le daba placer.

—A los próximos encuentros, iremos juntos, ¿quieres? Te daré las fechas con anticipación, así te organizas.

—Ya veremos —respondió Martina sin mucha convicción, como si le hablara de un tema que no entendiera del todo.

—¿Ya veremos? ¿Qué te pasa? Te noto triste, o rara. ¿Te sientes bien?

—No muy bien.

—¿Te paso a buscar a la salida?

—No, mejor llámame a casa a eso de las diez.

—¿Que te llame?

—Sí, prefiero explicarte por teléfono lo que me pasa. Ahora no puedo.

Juanjo se quedó muy preocupado. A las diez menos cuarto la llamó, estaba muy nervioso.

—Creo que ha llegado en buen momento tu viaje.

—¿A qué te refieres?

—Por el momento, hablemos por teléfono hasta que se me pase —No tenía un argumento demasiado consistente para justificar su alejamiento.

—¿Hasta que se te pase qué?

—Soñé con Alejo. Me pedía que me fuera con él.

—Pero sabes que eso es imposible.

—Sin embargo, necesito estar a solas con los recuerdos. Unos días.

—Está bien. De mis hijos ya me he despedido hoy creyendo que pasaría el fin de semana contigo. ¿No lo pasaremos juntos?

—Creo que no.

—Intentaré adelantar el vuelo a Roma, entonces —dijo sintiendo que el mundo se le desplomaba, pero había aprendido a frenar sus primeros impulsos—. Al menos, vendrás al aeropuerto, ¿no? —dijo con un pico de esperanza. Le costaba creer que eso le estuviera ocurriendo unas horas después de haber creído que alcanzaba la dicha. Irse a Roma era ahora una huida.

Pasó la noche en vela, no se consolaba, y a medida que transcurrían las horas se persuadía de que la decisión de Martina no sería definitiva. ¿Cuál había sido su error? ¿O fue ella la que confundió compañía con amor? Estuvo a punto de consultarlo con Julia, pero se concentró en la búsqueda de un billete por internet. Martina le había prometido ir al aeropuerto y deseaba verla lo antes posible. Reservó un vuelo para la tarde de ese mismo viernes.

Eran las seis de la mañana. Se tendió como estaba y durmió tres horas.

Tal como le había prometido, Martina fue a despedirlo al aeropuerto. Llegó cuando él ya había despachado la maleta. Se había vestido de negro. El negro le daba cierta seguridad en momentos así y le realzaba los ojos, que parecían más grandes. Había vuelto a enroscarse el pelo en una trenza y Juanjo la contempló desde lejos como si no hubiera otra persona en un kilómetro a la redonda y ella refulgiera en medio de El Prat.

Notó su expresión cansada y no pudo decirle que ambos se habían equivocado, como había rumiado la noche anterior.

En realidad, ninguno de los dos tocó el tema. Se limitaron a abrazarse y permanecer juntos los minutos que quedaban. Sobraban las palabras.

Anunciaron la partida y se despidieron con un beso en la boca del que Martina no hizo amago por desprenderse, de modo que Juanjo se sintió algo más esperanzado.

De allí se fue a la editorial y se concentró en la campaña de la escritora inglesa. No quiso analizar nada más. Tal como había deseado, tenía unos cuantos días por delante, ¿o tal vez meses? Juanjo no le había dicho cuánto tiempo le llevaría su gestión en Roma. Ese viaje era algo que él se merecía.

Martina jugó con la idea de que la experiencia podía ser tan intensa que decidiera quedarse más tiempo. ¿Pero acaso qué importancia tenía si ella quería alejarse de él? No se atrevió a decir: "cortar", después del abrazo, de sentirse arropada bajo su tibieza, de percibir la firmeza de su cuerpo envuelto en la gabardina, su elegancia y la forma en que la miraba, su seguridad se debilitaba.

En contra de lo que había calculado, pasó mal el fin de semana. No pudo dejar de pensar en Juanjo. ¿Qué estaría haciendo? Lo imaginó entretenido con marquesas y condesas. El domingo por la noche lo llamó y se encontró con su contestador. Se angustió. Comprendió que se le abrían antiguas heridas que nada tenían que ver con Juanjo.

Durante la hora siguiente, fue de la nevera al ordenador y del ordenador a la nevera. Un ansia de dulces la dominaba, cucharada tras cucharada, vació el frasco de mermelada de naranja mientras escribió correos electrónicos a distintas personas que no envió, simplemente para descargar su tensión. Entre ellos, empezó uno para Alejo y no lo pudo seguir, le empezó a arder el estómago y la garganta debido al atracón de mermelada y porque no estaba en medio de una pesadilla, como en las noches anteriores, sino enfrentada a la realidad.

Se estiró en el sofá, dejó encendida una pequeña lámpara con el propósito de escribir en la semioscuridad. Juanjo habla con los ojos, anotó en una servilleta. Y casi sin darse cuenta, agregó: Alejo desviaba la mirada. No pudo seguir. Se quedó en blanco. Entonces comprendió que no escribir había sido una manera de entregarse a Alejo y evitar que la escritura le revelara lo que no quería admitir. Cerró los ojos y le llegó un recuerdo en el que su padre, tiempo antes del accidente, le extendía un tazón de leche que ella vaciaba en el fregadero. ¿Cuál era la conexión entre ambos momentos? Que en ambos reaccionaba con cobardía.

Se preparó una manzanilla. Elisa le había señalado en una ocasión que no se atrevía a ser feliz. ¿Era eso? Pensaba en que tal vez Juanjo estuviera enfadado con ella. ¿Y si la llamaba a Julia para pedirle consejo? Estaba revolviendo la manzanilla más de la cuenta cuando sonó el teléfono.

—¿Martina? —era la voz de Juanjo que trasuntaba entusiasmo.

—Juanjo —El nombre fue lo único que pudo articular. Al escucharlo, le subió una especie de euforia por todo el cuerpo.

—¿Me llamaste? —dijo con cautela.

—Sí. Quería saber cómo estabas —la timidez que de pronto la atacaba la hizo recurrir al tópico y hubiera querido rectificar, pero no agregó nada más.

—Pasé el fin de semana con amigos y preparé las conferencias. Mañana tengo un día cargado de actividades. Después de la primera conferencia, me voy a reunir con los arqueólogos que remodelaron la casa de Nerón, quieren que hagamos algo en conjunto, están muy interesados en nuestro proyecto. Me gustaría que Julia hubiera escuchado los elogios. Mañana la llamaré. ¿Y tú? ¿Cómo van los preparativos de la escritora?

En medio de su propia vorágine, Juanjo seguía atento al mundo de Martina. Martina se lo agradeció interiormente.

Colgó el teléfono y permaneció inmóvil unos minutos. ¿Y si realmente tardara en volver? Se sobresaltó al darse cuenta de que esa posibilidad la ponía nerviosa. No pudo pensar más que en eso durante todo el lunes. Apenas comió una ensalada y volvió a trabajar para irse lo más temprano posible.

Por la noche, se preparó un bocadillo de jamón y abrió una cerveza. Frente al bocadillo intacto, trató de averiguar qué le pasaba. Intentó enumerar los pros y los contra de su relación con Juanjo como si confeccionara una lista mental para el supermercado. ¿Por qué utilizaba el recurso de la balanza que le había cuestionado a Elisa cuando lo utilizó para descartar a Suso? En cuanto empezó con los pros, su corazón amenazó con estallar. Comprendió que se había estado boicoteando por miedo al fracaso.

Sin meditarlo más, llamó a la agencia que abastecía a la editorial y compró un billete a Roma para dos días después. Se durmió y se despertó serena. La decisión estaba tomada. Le daría una sorpresa a Juanjo. ¿Y si él no se mostraba tan feliz al verla como ella deseaba?

La ilusión de reencontrarlo borró todo lo demás. Se siguieron llamando por teléfono, la conversación se iba haciendo fluida, pero ella se guardó el secreto.

Abrió el armario y se ocupó de seleccionar qué prendas iba a llevar, pocas, pero muy sentadoras.

Salió al mediodía y se compró un cinturón, una camisa larga de seda que usaría con unos pantalones pitillo de Cavalli y un par de zapatos cómodos "para largas caminatas compartidas", se dijo. Fue a la peluquería y le repasaron las puntas de la melena que ya estaba bastante larga. Se iba animando cada vez más. Contaba las horas que le faltaban para volar. Esta vez, si todo le salía bien, volaría por partida doble.

Para ella ya era un hábito abrir el manuscrito como un oráculo.

Leyó:

"Un inicio es el lanzamiento de todo lo que viene después, una causa que provoca consecuencias en la escritura y en la vida. Abre puertas y ventanas interiores. El mejor ejemplo es el inicio de una historia de amor".

Se sorprendió de que al escribir lo que sentía dejaba de huir de lo que hasta ahora huía. Asomaba su verdad, la que podía expresar solo en la libreta. No sabía qué era, pero escribir le ayudaba a probar algo nuevo, a iluminar una parcela de la realidad que hasta ese momento había permanecido en la sombra.

Nunca hubiera podido decirle en voz alta a nadie lo que sí podía decir escribiendo. Y menos de esa manera tan directa. Como en la vida, la primera ocurrencia surge de repente. Como en la vida, no hay que dejar escapar ese *flash*. El paso siguiente es buscar con una mirada activa e interrogativa.

Pensó que escribir era una manera de vivir. Consistía en un viaje desde lo rutinario a lo extraordinario. Al escribirlo se vive en presente.

No se había equivocado: eran dos Martinas las que convivían en su interior. Seguiría investigando. O sea, seguiría escribiendo hasta que se le revelara cómo hacerlas coincidir.

40

A la mañana siguiente, y tras la conferencia, a Juanjo lo esperaban una serie de reuniones con altos cargos de cultura italianos para planificar un proyecto conjunto de la Unión Europea que incluía la restauración de una parte de un palacio de forma similar al vanguardista edificio que él y Julia habían ideado. Pero cuando se dirigían después de comer a tomar el café a la sede de la FAO, Juanjo sintió unas molestias en el pecho y uno de los profesores del Instituto le insistió en acompañarlo al hospital. Las pruebas que le hicieron le dieron como resultado una leve lesión al corazón que lo obligaba a quedarse en reposo dos días.

Precisamente esa tarde llegó Martina. En el hotel, le informaron que Juanjo estaba en la clínica. Los miedos se volvieron a agolpar en su pecho. Sin embargo, le aclararon que lo de Juanjo no era grave y que lo habían hecho quedar allí dos días por precaución. Se encontraba relajado y había estado bromeando. Con el habitual desparpajo de las romanas, la enfermera le fue a anunciar que tenía una visita de Barcelona.

La alegría de Juanjo fue indescriptible. Estaba incorporado en la cama, rodeado de papeles y acompañado por el profesor que no lo había abandonado ni un minuto. El abrazo que se dieron contenía un cúmulo de emociones. El profesor percibió tal entendimiento entre ambos que pronto se retiró contagiado por el buen clima que se respiraba en la habitación desde que había entrado Martina.

No pararon de contarse cómo habían transcurrido esos días.

Martina pasó esa noche con él y por la mañana le dieron el alta. Se encontraba perfectamente. Se había tomado tres días libres y estaba dispuesta a disfrutarlos al máximo.

—Me has dado un tremendo susto —le dijo Martina mientras subían al taxi que los llevaría al hotel en el que Juanjo estaba alojado.

—Y tú, un maravilloso regalo. Mi corazón flaqueó sin ti y un hada te trajo —le dijo, dándole el enésimo beso y diciéndole lo hermosa que estaba.

La registró en recepción como su esposa y les dieron una suite más amplia. Mientras la preparaban, se fueron a dar una vuelta por la manzana. Había una librería antigua que tenía una cafetería en el fondo y Juanjo se la quería mostrar. Martina lo obligó a descansar a pesar de que él insistía en que se sentía mejor que nunca. Se sentaron en unas sillas de hierro con unos confortables cojines de cuero frente a una mesita de diseño irregular y pidieron una limonada.

—Este lugar lo ha diseñado uno de mis amigos italianos. Es un bohemio. Ya lo conocerás —dijo Juanjo.

—¿Estuviste con él este fin de semana?

—Sí, te confieso que estaba algo desolado y que estuve a punto de llamar a Julia para que me aconsejara, pero no lo hice.

—Bravo. Yo tampoco llamé a Elisa.

—En el fondo, los dos confiábamos en que estaríamos juntos, ¿no?

—Ahora me siento realmente mejor. Necesitaba echarte de menos —dijo Martina mientras se colgaba del brazo de Juanjo de vuelta al hotel.

—Y yo a ti. Ahora practicaré para entrometerme en tus sueños.

Juanjo había suspendido sus actividades y no salieron del hotel hasta el día siguiente.

—Tú me dijiste cuando te conocí que a todos nos sobra algo y nos falta algo. A ver, dime qué te falta y qué te sobra —dijo Martina, mimosa.

—Ahora que me acerco a la mitad de la vida, creo que voy encontrando el equilibrio, señora preguntona —dijo Juanjo colocando el índice en la nariz de Martina y dándole a entender que ella representaba para él ese equilibrio.

—¿La mitad de la vida? ¿Vivirás hasta los noventa?

—O hasta los cien para estar contigo.

Martina tenía el billete de vuelta para dos días después. Juanjo apuró las reuniones más urgentes y decidió interrumpir sus actividades y volver con ella después del episodio vivido en el hospital.

Lo primero que haría Martina al llegar sería citar a la misteriosa autora del manuscrito. Todavía no era publicable, pero era muy original el enfoque, las propuestas y los ejercicios. Tenía una deuda con ella.

—Quiero tomarme la vida con calma —le dijo Juanjo en el avión —Además, tengo ganas de estar con los gemelos y de que los conozcas.

Martina no dijo nada. Eran demasiadas emociones para tan corto tiempo.

41

Mañana traeré a los niños a conocer la casa. Me gustaría que estuvieras aquí, así también te co-nocen a ti —escuchó Martina la voz de Juanjo una hora después de que la hubiera dejado en su portal.

—Para que me conozcan a mí, mejor esperemos un día más. Ya bastante tendrán con acabar de adaptarse a la nueva casa del padre. Te los quedas el fin de semana y me recibís los tres juntos, se van a sentir mejor —dijo Martina con su habitual prudencia.

—¿Pero de dónde sabes tanto tú de niños? —le dijo Juanjo aprobando su idea.

—Sé de la vida —dijo Martina con humor y asombrada de que nada la frenara ni tuviera que defenderse de posibles ataques.

—Ya lo veo.

Al día siguiente, Juanjo fue a una pastelería y compró una tortuga de chocolate y una gran caja de canapés. Des-pués llenó en el supermercado un carro con frutas, yogures, salmón, quesos, panes y galletas, acomodó todo en la nevera y se fue a buscar a los niños. Comieron en el bufé giratorio de un restaurante japonés que a ellos les encantaba. Y de allí, al piso.

—Es ideal para patinar —dijo Jean Paul.

—De acuerdo, trae a tus amigos y organizamos competiciones.

—No tengo amigos para eso —dijo Jean Paul. La respuesta le hizo recordar a Camille, que nunca acababa de cuajar en una relación.

Blanca no dijo nada, pero observó todo con detenimiento. Se quedó largo rato asomada a la terraza y al fin le preguntó:

—¿No nos ibas a presentar a una amiga tuya?

Martina dedicó el día a todo lo que le gustaba. Elisa solía decir que para mantener la salud era necesario tomarse al menos un día al mes para hacer lo que a una le apetecía mucho.

A primera hora de la tarde, revisó las estanterías de una pequeña librería de Sarriá muy bien surtida, escogió dos novelas para ella y un ensayo para Juanjo, y dos libros para sus hijos. Para la niña, *El baile*, que narraba la historia de una adolescente que se vengó de su madre por lo que esa madre le imponía. Dudó antes de decidirlo. ¿Pensaría Juanjo que era una proyección suya hacia Camille? No importaba lo que fuera, la historia era excelente.

Para el niño, un libro de aeromodelismo.

Temía y anhelaba el momento de encontrarse con los gemelos.

Martina llegó cargada de bolsas a eso de las once de la mañana. Los tres le abrieron la puerta, como ella misma había programado.

—Hola —dijeron los niños y se quedaron mirándola durante un minuto que a Martina le pareció eterno. Esperaban algo y ella no sabía qué hacer. Juanjo hizo las presentaciones. Se lo notaba orgulloso de mostrar a sus hijos. Martina sintió un pico de celos. Les entregó los regalos, que los tres recibieron con aspavientos. Tuvo la impresión de que formaban una piña y ella se quedaba fuera. Pero esa impresión no le duró mucho. Pronto vino Juanjo junto a ella y se sintió mejor.

—¿Vamos a comer?

Salieron a comer a un restaurante cercano.

La niña la quería absorber demasiado y el niño le prestaba demasiado poca atención, la niña la miraba con expectación y el niño con indiferencia. Ni una cosa ni otra era lo que ella pretendía.

A media tarde se fue a recostar un rato. Estaba molesta. Nada había sido como ella había imaginado.

A Juanjo no le pasó desapercibido su malestar. Decidió esperar. Confiaba en que con el tiempo se limaran las asperezas, si las había. La dejó descansar y se fue a dar una vuelta con sus hijos.

Martina deseaba aclararse.

Estaba agotada. Se tendió en la cama sobre tres cojines, con las manos bajo la mejilla, como hacía cuando se sentía desamparada o perturbada por alguna razón. ¿La presencia de dos chiquillos inofensivos la perturbaba? ¿Desamparada? ¿Acaso Juanjo no emanaba fortaleza para tres? Comprendió que Juanjo era parecido a su abuelo. No lo había notado antes. Una dulce nostalgia la envolvió. ¿Estaba dispuesta a compartirlo con ellos? De la respuesta dependía su vida. ¿Y si la respuesta era afirmativa, qué pondría ella de sí para la armonía familiar? Porque Juanjo le estaba ofreciendo su familia. ¿Qué le ofrecía ella a cambio? Comprendió de pronto que ella, que se creía tan generosa, guardaba una dosis de egoísmo bien disimulada. ¿Entonces el pico de celos que sintió de entrada era determinante? Se burló de ella misma. Se extendió bocarriba y esperó a que Juanjo viniera a buscarla mientras acababa de conocer uno de sus demonios interiores. Sabía que vendría.

Tras él, asomaron los gemelos.

—¿Sirvo los helados? ¿Vienen? —dijo Jean Paul.

—Sí. Para mí, tres gustos —dijo Martina recordándose a esa edad.

Pronto estuvieron los cuatro en la terraza probando unos prismáticos potentes que Juanjo usaba para captar detalles lejanos de los edificios y que ahora servían para espiar los balcones vecinos. Se turnaron para ver quién hacía los mejores descubrimientos y no pararon de reír. El hielo ya se había roto.

Martina y Juanjo durmieron en habitaciones separadas. El niño en su habitación y Martina en la habitación de la niña, que le rogó que durmieran juntas, identificada absolutamente con ella. A la niña no le molestaba, incluso se probó el camisón corto que Martina estaba a punto de ponerse y Martina se lo dejó para dormir. Ella se puso una camiseta de Juanjo que le daba un aire de jovencita pícara.

Por la mañana, los dos se despertaron casi al unísono. Se reunieron en la cocina con la sensación de que compartían un secreto muy agradable. Martina tiraba de la camiseta como para alargarla. Él la atrajo hacia sí y la sentó en sus rodillas.

—Te quiero —le susurró en el oído.

Ella sintió una corriente tan intensa en su interior que se incorporó por temor a que los pillara uno de los gemelos y se puso a preparar un suculento desayuno.

Juanjo estaba asombrado de lo natural que al fin resultaba todo.

Una hora más tarde, aparecieron los niños tratando de contar sus sueños.

Cuando se volvieron a encontrar la semana siguiente, ya eran compinches. Empezaban a constituir una familia.

Martina llegó a casa de Juanjo con una caja.

—¿Qué traes? —preguntó Juanjo curioso.

—Es una sorpresa para Blanca. Espero que le guste.

En eso apareció Blanca que, a su vez, quería mostrarle algo a Martina.

—Mira, Martina, tengo una idea para un cuento. A ver qué te parece —le dijo después de darle un beso sonoro.

Las dos se miraron con beneplácito.

—Antes, toma esto. Aunque sé que ya eres mayor, me apetecía regalártela. Me la regaló mi abuela —dijo sacando una muñeca de la caja.

—Me encanta —dijo Blanca abrazando a la muñeca—. Mis padres nos compraban patines y patinetas, siempre lo mismo para los dos, y como Jean Paul era el preferido… se olvidaban de comprar muñecas ¿eh, papá?

Juanjo no dijo nada. Asistía a la escena desde un segundo plano.

En eso irrumpió Jean Paul, con la PlayStation en la mano y preguntó qué estaban diciendo de él.

42

En cuanto llegó a la editorial, buscó los datos de la autora del manuscrito en el archivo y le extrañó que solo hubiera dejado el mail, ningún número de teléfono ni su dirección. Además, el nombre era un seudónimo. Le preguntó a Amparo si la había visto llegar y le respondió que no, un mensajero se lo había entregado a una de las recepcionistas, que no alcanzó a distinguir su cara bajo unas enormes gafas oscuras. Más tarde le escribiría un mail.

Ahora tenía que recibir a la novelista inglesa. El encuentro con ella fue un éxito. Era una mujer de más de sesenta años, segura de sí misma, pero sin ostentación. Cuando llegó, Martina estaba de muy buen humor. Suspendió todas las actividades para dedicarle esos días. Era más gorda de lo que se imaginaba, nada preocupada por su físico ni por la vestimenta, usaba una falda de flores pequeñas con vuelo y una camisola marroquí que no combinaba con la falda ni con el físico. Sonreía mucho y transmitía la paz que Martina tanto buscaba.

Habló con ella de forma distendida. Le hizo las preguntas que había deseado hacerle y obtuvo respuestas claras y concisas. Admiró su modo de enfrentar la vida y se prometió tomar muy en cuenta sus ideas sobre el placer y las formas de dar con él. Era una verdadera maestra.

—Es un placer sentarse al lado del río a escuchar el ruido del agua, el secreto está en impedir que otros ruidos te entorpezcan la mente —dijo.

La novela contaba la historia de un hombre que quería sentir más de lo que sentía y con ese objetivo se acercaba a distintas personas y analizaba la intensidad de lo que vivenciaba. Un planteamiento interesante, mostraba su relación con la mujer, la hija y una vecina. Sin duda, hablar y escribir no se parecían en nada. Había sensualidad en esas páginas.

Se lo contó a Juanjo y Juanjo la escuchó con mucha concentración. Incluso fue a la cena de despedida que le organizó la empresa y Martina se sintió feliz al presentarlo como su pareja. Distinguió por fin la diferencia entre reconocimiento y seducción. Alejo la seducía para atraerla a su territorio, la encandilaba; Juanjo la reconocía en el territorio de ella, le ofrecía su luz.

Él se había hecho un nuevo chequeo esa tarde y todas las pruebas le habían dado perfectas. Estaba recuperado y podía hacer todo tipo de actividades de forma normal. Entre ellas, conducir. Por lo tanto, decidió que era una buena ocasión para ir a Barbastro.

El fin de semana, Martina y Juanjo fueron con los gemelos a lo de los padres de Juanjo y dejaron allí a los niños que comenzaban sus vacaciones de verano. Salieron el sábado a las ocho de la mañana. Tenían menos de tres horas de viaje. El trayecto se les pasó muy rápido. Hasta Lérida condujo Martina y allí pararon en la autovía y compraron regalos para los abuelos: una ensaimada mallorquina, un pañuelo gigante de seda y una pipa.

Los niños estaban de excelente humor. Además de que sus abuelos eran sus ídolos, deseaban reencontrarse con sus amigos. En el lavabo, Blanca se acercó a Martina y le confesó que le gustaba un chico de Barbastro.

—Creo que yo también le gusto. ¿Te parece que se lo tengo que decir o espero a que me lo diga él? Como los días de las vacaciones son contados.

—Pero ¿cómo lo ves si no es del grupo?

—Vive en la calle de mis abuelos.

—¿Y por qué no es del grupo?

—Porque es más grande.

—¿Mucho? —Tras la inesperada pregunta de Blanca, Martina quería recoger más datos antes de darle su parecer.

—Tiene dieciséis.

Martina le rodeó los hombros con su brazo. La imagen de Blanca y un adolescente más desgarbado que ella le provocaba ternura.

—Bueno, yo esperaría —le respondió intentando demostrarle que se tomaba el asunto muy en serio.

—Vale.

—A ver si lo puedo conocer antes de que nos volvamos.

—¿Cuándo volveréis a Barcelona papá y tú?

—Supongo que esta misma tarde.

—Mi abuela es amiga de su abuela, le diré que te acompañe a su casa con cualquier excusa. Pero no se lo cuentes a mi padre, tampoco quisiera que se enterase mi madre.

Con el secreto compartido, subieron al coche. Juanjo esperaba con el motor en marcha y Jean Paul con los auriculares aislándolo del mundo.

—Qué diferentes somos las mujeres y los hombres —suspiró Martina.

—Por suerte —dijo Juanjo mientras retomaba la marcha.

El resto del viaje las dos se sintieron más cercanas. Martina pensó que a la edad de Blanca ella no había contado con una madre sustituta a quien consultar. Se prometió firmemente ser su confidente. Juanjo le había contado que Camille no la escuchaba.

Tanto la madre como el padre de Juanjo la recibieron con mucho cariño. No ocultaron que estaban encantados con Martina. Martina estaba conmovida, ellos también le habían caído bien y sintió que podían llegar a cubrir su carencia de padres.

Pasaron un día agradable, hicieron un paseo por el casco antiguo, compraron verduras a los payeses del mercado, comieron una gran cazuela de pescado con pimientos en el patio de la casa, bajo la parra, a Martina todo le parecía exquisito. La madre de Juanjo les preparó una cesta con uvas e higos para que se llevaran. En la casa del chico que le gustaba a Blanca no había nadie, la vecina le dijo a la abuela que se había ido a pasar el día a Huesca.

—Ven tú también cuando mi padre venga a buscarnos —le dijo Blanca cuando se despidieron.

—Vendré —le aseguró Martina— No dejes de llamarme, tenme al tanto.

En el reloj de la catedral, dieron las siete y media de la tarde.

—Tus padres son fantásticos —le dijo a Juanjo en cuanto dejaron atrás Barbastro.

—Sí, son muy buena gente.

—Yo recuerdo cosas de mi madre. Como se las pregunto a mi tía, ya no sé si recuerdo lo que ella me cuenta o lo que viví —Martina pensó que la integridad de Juanjo se debía a que era producto de una familia feliz, una familia como la que ella deseaba.

Los gemelos se quedaron con los abuelos y ellos se volvieron esa misma noche a Barcelona. Cada vez, Martina pasaba más días en casa de Juanjo e iba llevando algunas de sus cosas poco a poco, pero aún no se había trasladado definitivamente, aunque él cada tanto se lo sugería.

43

Esa tarde, Elisa volvió a Sitges contenta. Puso la radio, pero prestó más atención a lo que pasaba en su interior. Ahora solo toleraba las sábanas de seda. Se deslizaba desnuda y no hacían el amor más a menudo, sino que lo hacían con más intensidad. La noche anterior, en algún recodo se había colado la mirada de Suso, pero la deslizó sin conflicto hacia el exterior. Después, creyó haber despertado con las campanadas de las cinco, a la luz lilácea que pasaba por las rendijas de la persiana, y haberse encontrado con su hija extendiéndole la manita junto a su cama, sin saber si era ella o su propia infancia amigándose con ella. En cualquier caso, recordó que las rayitas liláceas las guiaron hasta su habitación, como las migas de pan del cuento que le contó hasta que se quedaron dormidas. Se despertó pensando que cuando su hija tuviera su edad, recordaría a una madre que viajaba con ella por la casa en una cápsula espacial y a la que venía a buscar para meterla en su sueño.

Faltaban tres días para agosto y a Elisa le llamó la atención su falta de interés por planificar las vacaciones, como otros años. Suso se había ido con su familia a Toledo, la ciudad de su mujer.

Félix había comprado el barco e hicieron algunos paseos, pero los niños se aburrían navegando y ella se volvía a la casa con ellos. Se compró una novela de Doris Lessing, invitó a los vecinitos con los que se llevaban bien, y leía mientras ellos jugaban, o ellos eran los que iban a otras casas. Cuando Félix volvía, la encontraba leyendo, le pedía que fuera a buscarlos e improvisaban una cena. Le costaba abandonar el mundo que estaba descubriendo y volver a la realidad.

El sábado siguiente, sus suegros invitaron a los niños al zoo y Elisa se fue al barco con Félix. Se llevó la novela de la Lessing y una de Marcela Serrano, pero se pasaron el tiempo haciendo el amor al ritmo del oleaje, se saltaron la hora de la comida y después comieron hambrientos. Se sintió multiorgásmica, como había dicho una de sus compañeras de trabajo.

A menudo, tenía una sensación de alcanzar lo inalcanzable, de apresar a Félix, por fin, en sus entrañas al no poder conseguir que estuviera más en la casa. Esa vez fue distinto, más que la necesidad de tenerlo en ella fue la de ser ella el objeto, la mujer deseada; de acceder a la gloria en la cama. Fue ese descubrimiento el que la meció durante el oleaje. La mantuvo menos activa, pero más abierta, más dispuesta a respetar su propio ritmo, parecido al del mar. Y funcionó. Comprendió que esas horas le estaban descubriendo un camino a seguir. Y que ese camino no era el único ni era lineal.

Félix preparó un café cargado. Silbaba, pero no dijo nada. Parecía contento, pero desconcertado. Elisa no se preocupó por averiguarlo ni por dar respuestas. Se extendió al sol concentrada en su cuerpo. Tenía la sensación de haber escapado de un peligro. Tampoco trató de analizarla. "Deja que suceda" era una frase de amiga Alecia que puso en acción.

Félix le preguntó si le apetecía un paseo mar adentro, sin alejarse demasiado de la costa. Aceptó. Durante largo tiempo permanecieron en silencio. Se levantó una brisa fresca extraña para esa época del año. A Elisa le gustó el cambio de clima, como si augurara eso diferente que ella estaba gestando. Se abrigó y se quedó observando el horizonte hasta que volvieron a atracar.

Un día de la semana siguiente, Félix le anunció que se tomaría unos días libres, que podrían ir a la montaña con los niños, y que el próximo año tendría horarios normales. La noticia no le produjo el estado de euforia que tantas veces había imaginado ante esa posibilidad. El año anterior hubiera saltado de alegría, ahora le provocaba una rara inquietud. Recordó una novela que hablaba de cómo una cosa lleva a la otra, de que no se necesita que suceda un hecho fuera de lo común para vivir un año diferente.

En la última clase del curso, la coordinadora pidió una lista de los cambios experimentados, a modo de despedida. Para Elisa, el curso había sido un detonante más, pero no el primordial. Eso no lo dijo, su proceso se lo guardaba como un valioso secreto, del que formaban parte otras personas como Martina y Suso. De los resultados, escribió:

Antes me desesperaba al no encontrar las palabras más precisas. Ahora hablo solo cuando tengo algo que decir.

Antes rumiaba mis problemas y me acababan saliendo escamas en la piel, me dolía la cabeza o me aferraba al mando de la tele.

Ahora no llamo a todo "problema". No me lo paso pensando qué debo hacer. Hago y, a lo sumo, después rectifico.

Antes me comparaba con mis amigas, con mis conocidas, con las madres de los compañeros de mis hijos, con mis compañeras de trabajo y con las compañeras de mi marido.

Ahora uso ese tiempo para mirar facetas mías.

Antes nunca acababa de convencerme de que lo hacía bien.

Ahora, si lo hago mal, me doy permiso.

Antes vivía arrepintiéndome de lo que no hice y pude hacer.

Ahora valoro lo que Félix me da sin pedirle lo que no pude dar. Al menos, puedo hablarlo incluso con él.

Me dije: hoy empieza todo. Y empezó. En realidad, empecé yo.

Mientras colocaba un CD de Chico Buarque en la consola del coche, Elisa repasaba la lista mentalmente y se propuso algo más: pasar la vida por el filtro de los sentimientos costara lo que costase. Llamó a Martina y se lo dijo.

Al fin, después de ese año bisagra, como lo bautizó, hizo grandes descubrimientos, que podía haber agregado a la lista del curso.

Que, si decidía tomarse el día, se lo podía tomar (no dependía del jefe, sino de ella misma).

Que era bueno escuchar más a su cuerpo (el dolor era una advertencia de que algo no funcionaba bien y, en lugar de tapar con medicamentos, empezó a destapar con dedicación).

Que la estimulaba todo lo que le afectaba los sentidos: el sol, la lluvia, la luz, las canciones de Caetano Veloso, la sopa de remolachas, el olor de la madera, que la tocasen, tocar, las palabras sensualidad, nogal, fresa.

Que tenía que escuchar su propio proyecto. Lo aceptó como lo más importante del mundo, y supo que Félix era la persona adecuada para acompañarla.

44

Llegaron a las diez de la noche y pidieron una pizza a domicilio. Mientras Juanjo bajó a abrir el portal, Martina se quedó mirando una fotografía de París con el marco algo deteriorado que Juanjo había traído de su estudio y se la mostró preguntándole si le gustaba.

—¿La tomaste tú?

—Sí —dijo Juanjo divertido al verla devorar la tercera porción de pizza.

—¿Te conmueve especialmente París o es por tu historia con Camille? —Esta vez el nombre no se le atragantó y lo dijo sin carga.

—Esa foto la hice antes de conocerla, creo que la elegí entre otros cuadros por esa razón. Quería recuperar esos momentos previos a Camille. Después de esa foto... No sé, ahora me doy cuenta de que viví con un velo o algo así. Sé que en Camille el amor había ido ligado al daño, que yo fui una especie de bálsamo. Pero nunca lo hablamos. En realidad, no hablábamos de lo que nos pasaba por dentro.

—¿Qué rescatas de esos años?

—Los gemelos son lo mejor que hice en la vida. Bueno, hicimos...

—Me gustaría tanto ser madre... —Tras esa frase, Martina hizo una pausa, una de esas pausas que Juanjo temía, porque con el silencio había aparecido su imperiosa necesidad de estar sola.

Pero ahora era distinto, evocó de pronto el martirio que para ella habían sido los reproches solapados y no tan solapados de Alejo y su estado de ansiedad cada vez que estaba por venirle la regla. Por cierto, ¿cuándo le tocaba? Había perdido la cuenta esta vez. Buena señal. Le sonrió a Juanjo, que le tomó tímidamente la barbilla y la besó.

El largo beso que ella le devolvió lo tranquilizó.

—Me asustó tu mutismo de hace un momento. Algo te preocupaba, ¿no es cierto? —dijo Juanjo rompiendo las barreras que pudieran separarlos.

—Recordaba lo que padecí con Alejo. En un momento, pensé que si hubiéramos tenido un hijo todo hubiera sido mejor. Me engañaba, como tú con Camille —se quedó pensando en cómo sería tener un hijo con Juanjo. Le gustaba la forma en que trataba a los gemelos, sabía diferenciar entre la niña y el niño, los respetaba como la respetaba a ella.

—Y bueno, nos vamos a París y allí, tal vez...

—¿Al París de la foto?

—Al que fotografiemos juntos.

—Ahora no sé cuándo tiene que venirme la regla —dijo ella, feliz de no tener que usar subterfugios con Juanjo. Entre ellos no existían temas tabú. Lo mismo sintió Juanjo. Se habían acabado para ellos las estrategias y los temores.

Otro beso más profundo los fundió durante un largo minuto. Sus cuerpos les reclamaron el intenso goce. Martina, coqueta, lo condujo a la cama, se abrazó a él, recorrió su pecho lentamente con los labios, esperó con avidez el momento mágico en el que su sexo era el centro del mundo. Con Juanjo, no necesitaba demostrar lo bien que había aprendido a moverse. Se olvidó por completo de las clases de danza. Todos sus movimientos eran espontáneos. Poco a poco, Martina se convencía de que era una mujer terriblemente sensual. Cuando su boca cubrió la boca de Juanjo, supo que podía hacerlo enloquecer de deseo.

La sensación de plenitud fue maravillosa, nueva. Ni príncipe azul ni media naranja. Con Juanjo, Martina supo que los príncipes eran de carne y hueso y que era feliz siendo una naranja con otra naranja entera.

Juanjo ansió que el reloj se detuviera, que el abrazo no terminase nunca. La cogió por la cintura, la tumbó a su lado de espaldas a él, entrelazaron sus piernas y así se quedaron dormidos. Se despertaron serenos.

Martina sentía lo que nunca había sentido. Comprendió que lo que durante tantos años creyó que era un gran amor que la hacía sentir afortunada, había sido fascinación por un hombre guapo —Alejo era más guapo que Juanjo—, que sabía ejercer el poder —imponía gustos y razones—.

Juanjo la conmovía hasta lo más profundo de su ser, la escuchaba y le daba paz. Lo envolvió con una mirada de placer. Estaba enamorada. La convicción le dio alas. Ahora entendió el motivo por el cual Juanjo la había dibujado así.

—¿Soy yo la que dibujaste en un ángulo del tablero?

—Sí —dijo Juanjo riendo—. Vuelas y yo trato de alcanzarte. Lo hice apenas te conocí. Fue producto del temor a que te esfumaras. Bueno, no se percibe a simple vista, pero yo te alcanzo. Fue un modo de representar mi deseo y de fijarte a un objeto muy mío como es el tablero. Es una costumbre de mi madre y nos la inculcó: cuando ella quiere algo con muchas ganas, lo deja fijado para que se le cumpla. Tiene un libro antiguo que habla del tema, lo anota en papeles sueltos que guarda en una carpeta y esconde en el armario, le gusta mucho anotar sus deseos. Una vez encontré una de esas anotaciones, se había olvidado de guardarla en la carpeta. Decía: Que papá llegue pronto y no le haya pasado nada. Yo, en cambio, lo dibujo y, ya ves, me dio resultado —dijo acercándose a Martina y, juguetón, le hizo cosquillas.

Martina se echó sobre la cama bocarriba y abrió los brazos en cruz en actitud de entrega.

—Te amo desde antes de conocerte —le dijo Juanjo al verla así.

—¿Sabes una cosa? Nunca había pensado que uno puede escribirlo para que se le cumpla como hace tu madre. Creo que voy a llevarme bien con ella. Y siempre se está a tiempo de ser lo que uno quiere ser. Se lo diré a mi amiga Elisa, que persigue cábalas. —Surgieron en Martina las ganas de compartir su felicidad con otra gente.

Se quedó largo rato así, dejando que las nuevas sensaciones la invadieran. Juanjo la contempló también en silencio, le pareció la mujer más hermosa del mundo. Temía romper el encantamiento de ese instante. Martina lo miró con esa luz especial en su mirada.

—¿En qué pensabas? —le preguntó entonces Juanjo.

—En que me gustaría que fuéramos a visitar a mi hermano a Suecia.

—Cuando quieras. ¿Desayunamos y lo planificamos?

Juanjo abrió todas las ventanas, se dio una ducha y la llamó a la cocina, donde había desplegado todo lo que encontró en el armario y en la nevera: leche, cereales, yogures, queso fresco, galletas con semillas de lino, plátanos, miel...

—¿Qué prefieres? —le preguntó.

Martina traía el pelo mojado y venía descalza. Parecía una niña traviesa, sus ojos se destacaban, brillaban de un modo especial que a Juanjo no le pasó desapercibido.

—Todo me apetece. Empiezo por un café con leche, seguiré por un yogur con miel y cereales, unas tostadas...

Tampoco le pasó desapercibido a Juanjo el voraz apetito que manifestaba desde hacía unos pocos días.

—Cuéntame más de tu hermano —le dijo sirviendo el café para los dos y alcanzándole la leche.

—No sé mucho de él. Es físico. Seguramente debemos querernos, somos hermanos, pero no solemos comunicarnos. Ahora no sé qué me pasa, es como una necesidad casi física de estar con la gente a la que quiero. Mi hermano tiene un hijo de la edad de los gemelos. Podríamos ir con ellos.

Juanjo se emocionó, el corazón no le cabía en el pecho.

Después se quedaron hablando de Carlos, el jefe de prensa.

—En tan poco tiempo nos hemos hecho amigos. Es un verdadero amigo. Y, además, gracias a él te conocí a ti.

—Podríamos invitarlo mañana a cenar, ¿quieres? Es distinta la amistad entre los hombres que entre las mujeres —dijo Martina y le transmitió lo que le había dicho la escritora inglesa.

—¿A qué te refieres?

—Los hombres valoráis la lealtad, las mujeres valoramos la complicidad. De Elisa me siento orgullosa, me gusta presentarla como mi amiga. Y ella dice que le pasa algo parecido.

—No creas. A mí también me pasa algo así con Carlos.

—¿Qué te gusta de él?

—Que es claro y sincero. No sé qué apreciará él de mí, pero noto que me aprecia.

—Que eres inteligente y fuerte.

—Y tú, muy sensual —remató Juanjo, quitándole la taza de la mano y dándole un beso que ella le devolvió encantada.

Dejaron el desayuno a medias y se enlazaron felices. Acabaron haciendo el amor en el sillón del salón. Desde que estaba con Martina, Juanjo había descubierto que era un mágico ritual que no vivió así antes de ella.

—He sido muy casto. Tendría que haber probado más experiencias —le dijo poniendo cara de inocente.

—Aún puedes hacerlo —le respondió Martina, seductora. Con Juanjo se sentía libre para jugar, y la más sensual de las mujeres.

—Lo estoy haciendo —dijo él besándola.

—Espera, amor —dijo Martina asustada.

—¿Qué te pasa?

—¿Siento que todo me da vueltas?

—¿Un mareo?

—Una especie de vértigo. ¿Qué hago?

—Baja la cabeza. No te muevas que ya vuelvo.

Empapó un pañuelo en colonia y se lo alcanzó, aunque ya le había pasado. El resto del día lo pasaron leyendo, descansando, mirando la televisión. Al atardecer, llamaron a Carlos y lo invitaron a cenar al Orangerie, disfrutaron de las vistas, pidieron un tartar de salmón con aguacate y manzana y un cordero a la arcilla con alcachofas. Juanjo confirmó lo bien que se sentía con Carlos, al que Martina solía ver ahora más a menudo en la editorial. Les contó que había salido con una modelo y que el día anterior había conocido a una farmacéutica, se rieron con sus descripciones, y quedaron en ir a ver muy pronto cómo había quedado su casa.

Cuatro días más tarde, Blanca llamó a Martina y le dijo que el chico que le gustaba tenía otra novia, pero que no se preocupara porque un compañero del Instituto por el que muchas chicas suspiraban le había mandado varios SMS desde Barcelona.

—Pero Blanca, bueno, bueno...

—Me gustaría ir a Barcelona una semana, mi madre está en París, si nos venís a buscar, nos quedamos unos días con vosotros y después volvemos a Barbastro. Jean Paul no está muy convencido, pero a los abuelos, les parece bien.

Por la noche, a Martina le dolían terriblemente los ovarios. Fue Juanjo muy temprano a buscarlos. En el camino, les dijo que

Martina era su novia y que algún día le gustaría casarse con ella.

—Ya me lo imaginaba —se limitó a responderle Blanca. Jean Paul no dijo nada, como si para él tampoco fuera una novedad.

Al mediodía ya estaban allí. Martina estaba estirada con las persianas bajadas. La asistenta había preparado un pastel de zanahorias y uno de atún, que a los niños les encantaba, se levantó a comer con ellos y se volvió a la cama.

Los gemelos estaban en la terraza, habían puesto la música al máximo volumen y repetían incansablemente con los *rockeros*, batiendo palmas, 1 2 3 4... Martina les pidió que no hicieran ruido. Juanjo se había ido a su estudio.

Como el malestar iba en aumento, llamó a Samuel. Él le dijo que antes de una hora pasaría a buscarla, irían a su consulta privada y la visitaría. Ella le dio la dirección y le agradeció interiormente que no la citara en la clínica.

No le avisó a Juanjo. Le dijo a la asistenta que volvía en un rato y les dio un beso a los gemelos, a los que les habían prometido llevarlos a las siete de la tarde a un festival de teatro al aire libre en el Parque de la Ciudadela.

Se levantó, se vistió y bajó a la puerta. Su ansiedad le advirtió que el hecho de ver a Samuel la alegraba mucho y, sin embargo, no había hecho nada por verlo en los últimos dos meses. Miraba hacia una y otra calle buscando su Volkswagen blanco. Tenía la sensación de que volvía a conectar con la alegría, como si ahora pudiera tirar de un hilo en el que no había reparado y de los hilos que escogiera, dependería la trama.

Se abrazaron contentos de encontrarse. La consulta estaba cerca. En el trayecto, Martina volvió a sufrir otro mareo y Samuel le tomó el pulso con una mano sin detener el coche, le extendió una botellita de agua y le indicó que mantuviera el mentón contra el pecho. El despacho era un piso de medianas dimensiones, muy al estilo de él, la presentó a su secretaria y a su enfermera como una querida amiga y se apresuró a auscultarla. Le hizo una serie de pruebas, algunas las controló él mismo y otras las envió al laboratorio con carácter de urgentes.

Mientras aguardaban los primeros resultados, Martina le contó lo que le había costado llevar adelante su pareja con Juanjo, las dudas, las marchas y contramarchas. Tuvo la sensación de que, entre otras razones, había venido para escuchar la respuesta del sensato Samuel, que no se hizo esperar.

—Si aún dudas, aquí tienes una buena razón para resolverlas. Buenas noticias... —con los ojos húmedos, Samuel le confirmó que estaba embarazada.

Martina se largó a llorar en su hombro a la vez que se acariciaba el vientre.

—¿Estás seguro?

—Totalmente. Y me alegro de ser yo el primero en saberlo.

—Tantos años, querido Samuel, y ahora que no tenía ya la obsesión de antes...

—Suele ser así. La naturaleza es sabia. Será este tu momento y no aquel.

Además de la enorme alegría, las palabras de Samuel fueron un bálsamo para Martina.

—Gracias.

—¿De qué?

—De ser mi amigo.

—Bueno, ahora cuídate. Tú eres el centro del mundo por nueve meses. ¿De acuerdo?

—Cuento con un buen compañero, Samuel, quédate tranquilo.

—Ya te recetaré hierro y veremos cómo están tus defensas. Por ahora ve a disfrutar de tu bebé.

—De mi bebé... —Martina no pudo acabar la frase, la emoción la embargaba.

—Que será amigo del nuestro —completó Samuel, radiante.

—¿Vosotros...?

Ambos rompieron en una carcajada y, mientras lo volvía a abrazar, Martina pensó que Paula también tenía un buen compañero.

Quedaron en reunirse en casa de Samuel una de esas noches. Supo que Juanjo y él se encontrarían a gusto.

El mundo se detuvo para Martina ante esa revelación inesperada. Sintió lo natural como especial y pensó en dirigirse a un entorno agradable para escribirlo. Volvería a la casa de Juanjo que ahora la sentía como suya. Fue andando unas calles, le parecía que el mundo olía a flores de azahar, a jazmines, a menta. Se colocó la mano en la barriga de modo casi instintivo.

Allí se detuvo. Llamó a Juanjo y de modo misterioso le preguntó si podía dejar inmediatamente lo que estaba haciendo e ir a su casa. Calculó que los gemelos estarían a punto de merendar y que aún faltaban casi dos horas para el encuentro en el Parque de la Ciudadela. Había decidido que quería reunir a los tres y comunicarles la llegada del bebé a los tres simultáneamente. Le daba placer hacerlo así y le parecía justo.

Lo primero que hizo al llegar fue buscar la piedra turquesa y el manuscrito de la autora misteriosa que había trasladado a esa casa, con ambas se sentó en el único sillón de la sala, al que todavía a esa hora llegaba un rayo de sol, abrió su libreta y anotó: *Plasmo este instante irrepetible en el que comprendo que de ahora en adelante debo distinguir entre la razón de vivir y las trampas que yo misma me he tendido. Continuará.*

Cuando llegaba al edificio, Juanjo lo hacía en la moto. Entró al parquin y tomó el ascensor.

—Papá, ¿qué haces a estas horas en casa? —exclamó Jean Paul.

—Martina nos tiene algo preparado, creo —dijo alegrándose de que dijera "en casa" haciendo suyo también ese lugar que se estaba convirtiendo en un hogar.

—¿Qué es? —preguntó Blanca.

Martina los reunió en el único sofá de la sala, se sentó en una banqueta frente a los tres y les dio la noticia casi temblando.

—Tendremos un bebé. Seremos cinco —dijo sin más.

Juanjo y Blanca se lanzaron a abrazarla. Jean Paul se quedó algo más atrás, observándolos.

—Si es nena, compartiremos la muñeca que te regaló tu abuela —dijo Blanca.

—Mejor que sea un niño —dijo Jean Paul, sin más.

Las lágrimas asomaron a los ojos de Martina.

No pararon de hacer planes. Llevaron a los gemelos al festival, y Martina y Juanjo se acomodaron en una terraza cercana a esperarlos. Se quedaron tomados de la mano mirando cómo caía el sol.

—El sol cae hoy y renace mañana, como les pasa a las personas —dijo Martina.

—Como nos ha pasado a nosotros —completó Juanjo.

No hablaron durante unos minutos en los que Martina se quedó aferrada a su mano, pero sintiendo más que nunca los latidos de su propio cuerpo. *La mirada de un hombre era parte de la felicidad si reforzaba lo que una misma descubría*, así decía la autora del libro. Y agregaba: *Escribir para saber lo que se siente. Sentir para escribir mejor.* Martina había intentado buscarla, deseaba conocerla, darle algunas pautas para ordenar el contenido y decirle que publicaría el libro gracias al que había recuperado el hábito de escribir y la consecuente serenidad que daba atreverse a decir la verdad sin ninguna clase de temor. Había comprendido que para escribir y para vivir no se puede ser cobarde.

Ahora lo supo. La sensualidad era esa onda compartida. De lo contrario...

Cuando Juanjo volvió a decirle que la amaba, Martina se sintió como si fuera la primera mujer a la que un hombre le hacía una declaración así. Se borró de su memoria todo rastro anterior y se borró de su entorno la historia del mundo. Por un instante, desde Adán y Eva, ellos eran la primera pareja de amantes sobre la Tierra y pronto traerían al mundo el fruto de su amor. Alguien había dicho que la felicidad era eso, una chispa, un instante, ¿era eso? ¿No se habría precipitado? Se fueron a caminar por el parque, un pico de temor y de duda asaltaba a Martina, pero enseguida lo cubrió el alborozo que Juanjo le contagiaba, hasta que regresaron los gemelos y el alborozo fue general.

45

Martina llegó a la editorial tarareando la canción que Blanca escuchaba a todas horas. Al darse cuenta, le hizo gracia. Igual que la tarde en que Juanjo surgió de la nada para ocupar su corazón, la lluvia caía suave, pero persistente. Encendió su ordenador y le dejó un mensaje de voz a Elisa.

—Te invito a comer. ¡Prohibido decirme que no puedes!

A continuación, llamó a la recepcionista que le había alcanzado el manuscrito para preguntarle si la autora había dejado algún teléfono o algún otro dato.

—Nada, solo el mail que copió en el sobre. Estará equivocado porque no me llegan respuestas.

Martina le dijo que le pidiera al guardia de seguridad que rastreara en las cámaras del día que trajo el manuscrito a ver si de ese modo averiguaban algo más.

No había sido casual la llegada del manuscrito. Es una maga la que me lo envió. A ver si doy con ella, se dijo. También esto tengo que escribirlo. Escribir para que se concrete. Comprendió que no escribía porque no se atrevía a reconocer lo que le pasaba. Le había pedido a Elisa que viniera a buscarla a su despacho. Entonces, cerró la puerta y, mientras la esperaba, inició una carta a sí misma:

285

Querida Martina, querida YO:

Esta es la carta más difícil para mí. Pero tengo que escribirla. Yo era dos, poco a poco una fue desplazando a la otra. Creo que ya me definí. Hasta hace unos meses, me abrumaba decirme y decir lo que callaba. La escritura constituía una zona que ocupaban otros y no yo.

No me atrevía a cuestionar a mi madre. Ahora puedo decir que no hizo nada por acercarse a mí; sin embargo, entiendo que mandarme a mi habitación era la manera de protegerme del maltrato que sufría a manos de mi padre. Pero a la vez, me impulsaba a repetir su rol: el hombre por delante de todo y la mujer acatando sin rechistar.

Por otra parte, haber encontrado a mi ex abrazado a la enfermera no ha sido mi perdición -como creí en ese instante-, sino mi salvación. Mi perdición fue llorar en lugar de ponerme a escribir y tirar de ese hilo.

He logrado llegar hasta aquí. No quiero repetir los fallos anteriores. No quiero seguir autoengañándome. De lo que al fin estoy segura y defenderé a capa y espada es de lo que no quiero. Sé también que cada ser vive en el mundo que se fabrica. Y estoy creyendo que la magia es la que crea la realidad mientras que las palabras crean el pensamiento.

Ya no distingo si ciertas cosas que recuerdo las he vivido o las he soñado o son cosas que me han contado. La vida debería ser un constante "darse cuenta".

Ahora puedo reconocer mi yo secreto tapado por capas de contradicciones entre lo que decía y lo que sentía: así le otorgaba el poder a los demás.

Todo sucede por algo. Y también por algo llegó a mis manos el manuscrito de "la autora oculta", como la llamo...

Es absurdo hacer como que no pasa nada de lo que me pasa, y esforzarme para que nadie lo sepa, cuando para rozar la felicidad hay que gritarse la verdad.

Ahora, cada vez que estoy a punto de llorar, escribo. Escribiendo me he dado cuenta de que la vida es un entramado de luces y sombras y que depende y no depende de una que predomine la luz o la sombra.

Al escuchar la voz de Elisa, que llegaba en ese momento, escribió rápidamente la posdata:

Posdata: Tengo pendiente responder a la pregunta. Si tu vida fuera una película, ¿cuál sería la escena principal?

Martina interrumpió la carta y volvió a acariciarse el vientre. Había leído en un blog que la lluvia era beneficiosa en los primeros meses del embarazo, como en cualquier cultivo. Recordó la ley de la atracción universal de la que hablaba uno de los manuscritos que acababa de aprobar para su publicación. También de eso hablaría con Elisa. Sintió que se le ensanchaba el pecho al pensar en su amiga. Le había pedido que viniera a buscarla a su despacho.

Elisa se mantuvo expectante y en silencio, con una expresión entre curiosa y preocupada, pero como Martina estaba callada, no se atrevió a decir nada. En el fondo, presentía algo bueno, de modo que la cogió del brazo y saludaron con especial énfasis a un mensajero con el que se cruzaron al salir. Todas las personas les parecían amables. Martina cruzó la avenida con más atención que de costumbre. Al llegar a la otra acera sonó su móvil. Un mensaje de Juanjo.

Una vez que estuvieron en el pequeño local, y ante una cerveza y un platito desbordante de aceitunas, Elisa habló.

—¿Qué me tienes que contar?

—Que estoy embarazada —respondió Marina sin prolegómenos.

—¡Martina! —Elisa se abalanzó a abrazarla— De Juanjo, claro.

—Buena pregunta. Podría haber tenido unos cuantos amantes en estos meses ¿no? Mi cabeza es una licuadora.

—¿?

—Estoy hecha un lío. Feliz, muy feliz, y a la vez...

—A la vez ¿qué?

—Juanjo me acaba de mandar un mensaje de amor y yo...

—¿No sabes si quieres tenerlo?

—No, del bebé no tengo dudas —dijo cubriéndose el vientre con su brazo en un mecanismo de defensa espontáneo que hizo reír a Elisa—. Anoche soñé con un fantasma.

—¿Y qué pasaba? —.

—Pues... le daba la espalda...— dijo asombrada ante la revelación.

—Esa es la señal de que ya no eres la que eras.

—De hecho, en el sueño yo bailaba sin prestarle atención hasta que se diluyó con naturalidad. La primera asociación que tuve hoy, al despertar, fue "estoy tomando las riendas de mi vida".

—Vamos, eres la Martina de siempre quitándote miedos y contradicciones. Cuéntame más de Juanjo, ¿hay algún punto que no está claro? Porque tú siempre necesitas tenerlo todo claro, ¿no?

—Está encantado. Es un hombre maravilloso. De eso no tengo dudas.

—Entonces, concéntrate en el niño. O en la niña. ¡O tal vez son dos! *Soñar, dudar, amar* se podría titular tu novela, ¿no? O el orden es otro: soñar, amar, dudar, pero tratándose de ti, soñar siempre irá al principio.

—Uy, eso no lo había pensado.

—Pues, piénsalo y de tus dudas hablaremos más adelante —dijo Elisa llenando las copas para un brindis, una con vino y otra con agua.

—Sí, creo que esta vez lo haré mejor.

—Ni lo has hecho mal ni hay nada que temer. ¡Es la vida! Todo ocurre en presente.

Embargada por la emoción, Martina tomó la mano de su amiga por encima de la mesa y brindaron por ellas.

En cuanto se despidieron, le envió un SMS a Juanjo. Ni lo había hecho mal ni había nada que temer, la vida le estaba dando una oportunidad. Mientras lo enviaba, imaginó la expresión de él al leer el mensaje y entonces se dio cuenta de que tendría sus ojos en el teléfono, pero su mirada puesta en ella. Era eso, él la veía tal como era.

Al entrar en la casa de Juanjo, "su" casa, le pareció que allí la luz del sol brillaba con más fuerza. Entonces encontró la respuesta a la pregunta que le quedaba por responder: La escena principal de su película era la libertad. La libertad de elegir.

Y estaba eligiendo.

FIN